我的父亲母亲

林韵 / 著

中国文史出版社

序

这部作品是为了献给我的父亲和母亲。他们是普通的百姓，是普通的小知识分子，他们的一生没有波澜壮阔的事迹与故事，但他们的一生伴随着国家与民族天翻地覆的变化，又处处体现着与国家同呼吸共命运的特点。

纪念最好的方式就是传承。记得母亲弥留之际，感叹自己一生命运不济，没能成就一番事业，当时为劝慰母亲，我说要把她平凡的一生写成书，她欣慰地握着我的手说："会有人看吗？到时你一定把封面设计得漂亮一点儿。"光阴荏苒，后来我到北京工作定居，有了一个女儿。一天我告诉她："我要为爷爷奶奶写一本书。"她对我说："那书的封面一定要设计得漂亮一点儿。"看来这本书应该包含着我们上下三代人的传承。虽然父母辈一生非常平凡，但他们的一生又是那么的坚韧，从来没有放弃努力，这些正是我们后代所缺乏的品质，所以我也希望后辈们能通过阅读此书，把这些优秀的品质一代代传承下去。

为完成此书，我查阅了大量的文献资料，目的是为了尽量还原当时的环境，让读者读起来更加有代入感和时代感，但不知自己的拙笔描述是否达到了这个效果。不过有一点可以确定，这本书包含了我对天下父辈，对我自己的父亲和母亲真实的感情。几十年弹指一挥间，沧海桑田，风云变幻，唯有父母的养育之恩难忘。

由于自己能力有限，书中肯定存在着诸多不妥之处，希望读者能给予谅解和指正。也非常感谢您阅读了这本书，这是一种莫大的缘分，如有可能，我希望在今后再版时能不断地补充和完善。

在这里我要感谢与父母有缘的领导、朋友和亲戚们，感谢你们对父亲母亲生前的帮助和关怀，感谢你们对我们家庭的帮助。

在这里我还要感谢为此书的出版提供帮助的朋友们，感谢出版社的编辑们，感谢你们为此书的付出。

作　者

2021 年 5 月

目录

一、秋岚湘中

转山转水转佛塔，
不为修来世，
只为途中与你相见。

——仓央嘉措

公元1924年，无论是中国还是中国以外的世界，都处于一种动荡之中，这一年第二次直奉战争爆发，10月冯玉祥将军发动北京政变，末代皇帝溥仪被逐出皇宫。而在我们的北面，新兴的苏维埃政权正在俄国迅速崛起，这一年苏俄的缔造者列宁的逝世，使这场现代人类社会的巨大变革和探索，多多少少遭受了挫折和影响。

遥远北方大国的革命，此时仍未完全波及以农耕为主的中国，而孙中山先生的三民主义思想，正逐步被中国农村的乡绅、百姓所接受。虽然有北伐，有军阀混战，有轰轰烈烈的农民运动，但中国大部分地区，特别是山区农村，仍沿袭着千百年来的习俗，过着日出而作，日落而息的平静生活。

这一年秋天，地处丘陵的湘中山区，同往年一样秋高气爽，碧蓝天空下满山枫叶红黄相间。

在一个秋树掩映下的山谷里，小溪潺潺。山谷里面有不少小院、农宅，鸡犬相闻，粮田菜地，错落有致，这里就是巴江丰冲村。离谷口不远还有一个小院，依山傍溪，跨过溪上木桥，院门口挂着两个小木牌：“巴江丰冲村公所”“巴江丰冲小学”。院里只有两间稻草顶的平房，一间是村公所兼校长室，另一间大些的便是小学教室。院里空地上立了根旗杆，一面自制的“青天白日满地红旗”在飘扬，这是校长亲手印染的，说是为了让孩子们从小拥护民国。

山谷里面分布有许多三面环山的山坳，被湘人称为“冲”。在一个山坳里，依山坐落着一个湘中典型格局的两进式农家小院。依院的山坡郁郁葱葱，长满原生杂木林，最粗的树需两人环抱，这是小院主人的柴山。林中不时有野山鸡及不知名的大鸟扑棱棱飞出，有野兔、松鼠等蹿过，当然也有狼、野猪、黄鼠狼等出没。小院面对谷口，前面有一口池塘，池塘边种着蔬菜，再往前的谷地较平坦，是几亩水稻田。此时稻田水已放干，地里留着秋收后的金黄稻茬，一排排齐齐整整。由于地势沿小院、池塘至稻田逐渐降低，那干净的池塘既可以用来洗刷日常生产生活的大件，当然也能用于灌溉和养鱼。小院前不大的空地，有一个石磨，有一眼井，井不深，清澈的井水冬暖夏凉，常年不干不溢，是小院人们的生活用水。

井旁不远，还有一间大柴棚，原本由四根立柱支起一个屋顶，四面透风，现在已经把柴棚四周垒起了土砖，开了两扇窗户，装了一个粗板木门，成为一间可以暂避风雨的房屋。而原本堆在里面的木柴已经码到院里厨房的墙边。

小院进进出出的大小人等，也都干净利落，看得出这是一户在当地较富裕的农家。

小院绕过池塘，沿稻田间有一条较宽的田埂与山谷外的土路相连，沿着那条土路便可翻山越岭到达上面的乡、镇、县乃至省城长沙。

此时，一位身穿蓝黑土布长衫的中年男子正从谷口沿田埂急匆匆朝“冲”里的农家小院走来，身后跟着一个手挎包袱的中年妇女，再后是一个挑担的小伙。干稻田里另一位中年妇女边带着一位三四岁的女孩玩耍，边朝谷口来人张望，旁边几只大母鸡在觅食。

见中年男子走近，中年妇女赶紧抱起孩子迎上去，小女孩连声喊叫："爸爸，爸爸！"中年男子抬起因奔波而疲惫的脸："吴妈，带好大小姐，我刚把接生的陈妈迎来。"

吴妈应承着："杨先生可回来了，太太快生了，大家都急死了。"她一手抱着女孩跟在挑担小伙身后一路小跑，"儿子，今天随杨先生赶路累吗？"

挑担小伙应道："还好，妈你就别唠叨了。"挑担的是吴妈的大儿子福来。

杨先生叫杨汉和，既是乡亲和族人们选的村长，也是飘着旗帜的那所小学——丰冲小学的校长。那年代所谓农村小学，更像私塾，只有一位杨氏族人中当年的秀才老先生当教师，当然杨汉和除了掏银圆维持学校开支外，自己也常常给孩子们上课。低年级孩童课本以《百家姓》《三字经》《声律启蒙》等为主，自然也少不了一些朗朗上口的唐诗、宋词……年纪大些的孩子还要学传统的四书五经。

秋日里，行人从小学旁走过，都能听到学童们幼稚而略不齐整的读书声："天对地，雨对风，大陆对长空。山花对海树，赤日对苍穹。雷隐隐，雾蒙蒙，日下对天中。风高秋月白，雨霁晚霞红。……"

吴妈一家是外来户，以在杨汉和家打长工为生。五年前，一个大风降温的日子，杨汉和护送几个路途较远的学生回家，在乡村口凉亭中，遇到挑担小憩的吴妈一家三口。他们是因中原闹灾荒，流浪至此，此时大人已精疲力尽饥饿难耐，一个十几岁的孩子挤在他们和行李间冻得瑟瑟发抖。杨汉和开始是出于同情，暂留吴妈一家避避风寒，并给些食物果腹，还腾出柴房让吴妈一家住下，后来见吴妈一家人不错，考虑地里活儿也需人干，便把吴妈一家留下了。吴妈两口子主要帮杨家干农活儿，地里不忙时吴妈也帮杨家干些家务，男孩跟着杨汉和去学校和村公所跑腿打打杂，偶尔杨汉和也让他坐在教室后排随其他孩子一起念书识字。

山里农户的房子，大多就地取材，采用古老的榫卯结构，一屋一院。而杨汉和家比一般农户家的院子要好些，是两进的木质榫卯结构。推开院门是一间大堂，一般接待客人用，也是一家人吃饭看书的地方。大堂两边不大的厢房，左边一间是厨房，右边一间是来客的临时居住房间，有时学校里来了老师，山里的孩子们因天气回不了家，杨汉和也会让学生们暂住这里。

大堂正中供奉着一尊不大的佛像，杨汉和夫妇信佛，早晚会拜拜。佛像两边的柱子上有一副楷书楹联：

诗书行世善缘随，忠孝立身富贵至。

据说是一位云游至此的僧人，与杨汉和畅谈几日后，临别时所题。这副楹联也被杨汉和视作家训，用以熏陶孩子。

绕过大堂，后面是一个小天井，并排有三间厢房，是主人们和孩子们的卧室。

夕阳西下后，山里清凉无风，院里几间小屋却烛火通明，厨房屋顶的小烟囱炊烟缭绕。半夜过后，从小院传出了一声婴儿清脆的啼哭，这啼声划破了山野的宁静。

接下来的几天，小院通往土路的田埂，总有男男女女来来往往，中间也夹杂着孩子。在民风淳朴的当地，添丁进口可是大事，族人间更是关心，自然会走访看望。几天下来，小院子里的石桌上，便放了不少鸡蛋、腊肉，还有小袋的豆子、稻米等礼物。

沿小学前的土路往山外的方向走不远，山脚下有个较大的宅院，那里住着杨汉和的父亲杨竹清。其实这周边田地和山林都是杨竹清名下的，杨竹清早年还在县城、省城开有多家米店、杂货店。他有两个儿子，小儿子杨汉珍长年跟他在外经营闯荡，而大儿子杨汉和热衷于在家乡为族人办教育自给自足。湘中自古人才出，这与当地总有一批热衷于乡村启蒙与教育的乡绅分不开。

自从杨汉和娶了邻村富户张氏家族的女孩张福云为妻后，杨竹清便把一处山坳、柴山、田地划给杨汉和自立门户。生了孩子，自然要告诉父亲，更何况是个男孩。这天杨汉和来到父亲家里，见父亲正在屋里闭目养神，旁边桌上放着一本孙中山先生写的《三民主义》，杨汉和便静立一旁恭候着。

杨竹清是这一带少有的几位见多识广的开明乡绅之一，辛亥革命后，他支持孙中山的反清革命，支持民主共和制，不仅自己在外买孙中山的书看，还带回农村，发给孩子们看，并推荐给汉和，让他在学堂给孩子们讲解。

一会儿，杨竹清慢慢睁开眼："汉和来了。"

"来一会儿了，父亲。"

"听说生了个儿子?"

"是的，父亲。"

"这可是我的长孙啊。名字取了吗?"

"没有，父亲，儿来就是请示父亲这事，希望父亲给孙儿取个名。"

"孙先生说共和，必先建宪章，就叫建章，如何?"

"好的，儿遵父命，就叫杨建章。"

这个杨建章就是我的父亲，他的成长和教育，离不开他的父亲杨汉和，也离不开他的祖父杨竹清。多少年后，当他长大成人，走出大山去闯荡时，除了书和行李外，唯一珍藏的，便是祖父杨竹清的照片，直珍藏到自己去世前。

杨氏在当地几个村算一个大家族，在邻村还建有杨家祠堂，修有族谱，经过几百年的繁衍，如今海内外可能遍布有两千多人。但据族谱湖南湘乡《上湘巴江温杨氏续修族谱》［民国六年（1917 年）太原堂木活字本，杨心定、杨心泰纂修］五卷五册记载：始祖温铜宝，世居汀之宁化石壁，后遭黄巢之乱，游于江西石城。二十世温惟禄，字杰士，号有六，原系闽省发聪公六子，居福建汀州上杭古基乡，壮岁从戎，投杨将军（谱只载姓杨而无名讳）麾下，立为义将，故又为杨姓。另有族谱记载："五胡乱华"之际，温氏族人自中原南迁。唐僖宗时，温铜宝为避乱，自石城移居今福建宁化石壁。宋末，后裔经福建长汀、上杭分两支。

也就是说杨氏祖上并非姓杨，而姓温，说起这事，还有一段遥远的传说。

那是明朝末期动荡年代，群雄并起，逐鹿中原，李自成攻占北京城，崇祯皇帝朱由检自尽，随后李自成兵败山海关，清军长驱直入，占领北京城。当时明朝的陪都南京，以史可法为首的官员们望眼欲穿盼望皇帝和皇室南来，可最终等来的却是噩耗，只得拥戴福王朱由崧称帝，史称南明。

随后清朝多尔衮的多路清军铁骑从北到南攻城略地，南明将领纷纷投降、倒戈清朝，以求自保。但也有忠良明军将领，率部誓死抵抗，他们虽然英勇，但寡不敌众，更缺少粮草和后援，只能节节败退，损兵折将。

其中一股明军战斗减员厉害，便退守在福建上杭一带休整，并招募将士。

当时上杭有一温姓客家部族，人口众多，部族青年自幼习武练棒，势力庞大，周边匪患均不敢惹，温姓部族起初对败退至此的明军也非常戒备，保持距离。

为争取支持，表明诚意，获得一些给养，明军中的一位杨姓将军单骑赴会，拜见部族长老，恳请部族长老支持明军。拜会中杨姓将军向长老阐明了自己欲恢复南明王朝，建立汉民族自己的“南楚国”的理想。

部族长老被杨将军的真诚打动了，最终答应让其武艺最好的六公子带部族习武青壮年三百兵丁自携兵器加入杨将军部队，并愿意为杨将军的明军提供充足的粮草。杨将军当即跪拜部族长老，并委以温公子担当明军副将。

随后征战中的无数次冲锋陷阵，温公子的忠贞、勇敢，深深打动了杨将军，他们彼此间也建立了深厚的如同父子般的感情，杨将军后认温公子为义子，从此温公子在明军中改称“义将军”。

多年后，福建、广东清军势力渐强，南明小王朝渐渐支撑不下，一场激战中杨将军不幸身负重伤，临终前，他把自己心爱的独生女儿托孤许配给“义将军”，并嘱咐他们尽快突围，远离福建、广东的清军。

明军残部在“义将军”率领下突出清军重围，撤至湖南湘中一带大山中。面对湘中美丽富饶的山川，“义将军”深知大明已无力回天，便有意在此借山势以屯兵安顿部下，再伺机谋划建立杨将军理想中的“南楚国”抗衡清廷，这便有了杨氏在湘中的起源。

“义将军”为报答杨将军知遇之恩，也避免福建家族受牵连，从此改单姓“温”为合姓“温杨”，并要求后代改“杨”姓。都说男子汉行不更名，坐不改姓，而温公子改姓“温杨”，并让一支杨姓延续至今，可见温公子与杨将军感情之深厚。

二、湘中求学

春山暖日和风，
阑干楼阁帘栊，
杨柳秋千院中。
啼莺舞燕，
小桥流水飞红。

——白朴《天净沙》

杨建章出生后，在父母的呵护、祖父的关心下，逐渐长大。社会的变革和动荡也逐渐波及山里，从1937年7月7日“卢沟桥事变”后，各种动乱传闻也不时传来，虽然日军还未进山，但偶尔也有一小队一小队从战场上撤退到山里的国军路过村前的土路，虽然没有发生抢劫，但要村里提供吃喝，临走还要带些粮食。遇到这事，作为族人推举的村长，杨汉和自然疲于应付。山里富裕的自给自足生活渐渐失去，家家户户都感觉一年比一年生活困难。

杨家也不例外，杨竹清在外的生意只能维持，由于自己身体一年不如一年，生意主要交小儿子杨汉珍打理。而杨汉和仍然忙着家里、村里、小学那些事。

杨建章的启蒙教育自然在杨汉和的丰冲小学，1938年杨建章十四岁，该读中学了，祖父杨竹清把杨汉和叫去：“汉和，不能让建章老在家里学习古书，而应让他出去学习新学。”孝顺的杨汉和自然遵命。当时，人们把接受中国传统的文化教育称作读古书，把接受西方教育体系中的数学、物理、化学学习，称作读“新学”。

而按照现代教育体系办学的中学，全湘乡县只有一所，让一个孩子去读中学，不仅费用高，而且得远离父母，虽然在这动乱时期杨汉和夫妇有点儿困难，但为了孩子前程，确实应让孩子走出大山才行。

这一年夏天，湘乡县春元中学的录取通知书来了，十四岁的杨建章将第一次远离父母，背起包袱去县城中学读书，同行的还有吴妈的二儿子。杨建章出生第二年，吴妈的二儿子吴春旺出生了。他们长大点儿之后，彼此就成了玩伴和同学，杨汉和希望这一次两人也能继续做伴，一同去湘乡县城读中学，互相有个照应，自然杨汉和得付两人的费用。

这天早晨，两人的父母和小学儿时玩伴，一直把他们俩送到村口。两个少年背起包袱怀着远行的兴奋，向众人挥手告别，在乡亲们的目送下渐渐消失在远山的小路上。从村里到湘乡县城，大约得走一天，如果中午不耽误，天黑前可到达。

杨建章和吴春旺边走边聊，中午吃了从家里带来的饭团，二人稍事休息继续赶路。由于山外兵荒马乱，昔日路上常常遇到的商人长长的马队已没了，遇到的也是一家家、一群群拖儿带女、携老扶幼进山避难的人，从逃难的人群中知道：长沙已被日军占领。

前面不远处有个大山谷，听大人们说过了山谷，离县城就不远了。两人正快步前行，忽然听前面一声吆喝：“站住，干什么的?”俩孩子吓得一哆嗦，见前面大树下转出两个黑衣大汉，一个手里拨弄着一把大刀，一个手里捏着把步枪，显然是这一带出没的土匪。

吴春旺吓得直往后躲，杨建章毕竟大点儿，大声回道：“我们是去县中报道的娃儿。”

“哦，读书娃儿。”黑衣大汉中的一位笑道，“哪村的?”

“山里巴江丰冲村的。”还是杨建章回答。

“丰冲的?”树后杂树丛中又转出一位斜挎短枪、着国军军服的瘦高个，“丰冲哪户?”

“丰冲杨家，我父亲叫杨汉和，爷爷叫杨竹清。”杨建章回答。

“哦，杨家的公子啊，呵呵，与你爷爷老熟人了。”短枪瘦高个显然是个头儿，转身对那两位说：“读书娃，放他们过吧。”

“走吧，走吧。可外面来日本鬼子了，注意点儿!”握刀大汉挥着刀说。

杨建章拽着吴春旺赶紧通过，身后传来短枪瘦高个的沙哑声音：“娃儿，好好读书，注意避开日本鬼子，为湘人争气哟!”

后来，杨建章才知道，爷爷杨竹清由于常年经商，没少与这帮劫匪打交道。原本他们曾被国军收编过，可日军一来，局势一动乱，没了军饷，他们又结帮出来单干了。其实在他们身后，也有老婆孩子，劫道也是为了吃饭。一般当地人、穷人他们很少劫，主要劫外地人，但如果大商队肯出钱，他们也让过。后来一小队日军企图进山，还与他们交过火，由于日军人少，也摸不清他们底细，便放弃了进山的打算。

湘乡县城的春元中学，在湘乡县乃至湖南省都非常有名，是由湘乡县的蒋氏乡绅创办的，前身为长春私塾，后与当地元英小学合并，名称也改为“春元初级中学”，再后来又易名“湖南省私立春元中学”，解放后曾经改名“娄底市第一中学”，1985 年恢复“春元”原名，定名“娄底市春元中学”。1938 年时任校长是蒋显增。

这么一所看似普通的中学，我在查阅校志史料时，却不得不惊讶于当时该校教员的学历，有美国耶鲁大学、日本早稻田大学留学归来的，也有毕业于北京大学、北京师范大学、武汉大学、上海复旦大学、广东中山大学、湖南第一师范大学、西南联合大学等高等学府的，即使现在来看，该中学的师资也是超一流，可见当时湘人对办学治教的重视。

杨建章录取在初中部第四十三班，吴春旺没有与他同班。四十三班全班六十七名学生，不知现在还有健在的吗。他们是：范嗣彰、龙襄平、彭成美、陈立九、沈绍锡、成启祠、傅尔瞻、周阳秋、杨建章、康日新、范嗣鑫、彭璋、曹之纪、彭位鳌、胡致强、周用监、陈佑雄、成兴中、李毓衡、王绍义、彭绍裘、王君泽、喻涤涛、廖赐爵、周时和、易兆鸿、曾周盛、王鑫烈、杨文纯、杨艾龙、周意平、陈希霓、朱初馀、李发灼、朱伟夫、周乐奇、刘戴生、曾繁初、贺维美、罗清宙、周裕昆、李菊初、刘熙文、李毂贻、吴昌铭、贺林森、王禄星、彭遂良、李名禄、张自强、周香葵、成应来、谭剑光、喻正科、范耿光、戴明生、谭光、陈国梁、周熙春、胡寿南、彭介夫、周希明、刘逸乐、邓春楼、李仕华、成圣典、杨重山。

据说该班的数学老师是湖南唯一一所工科学校湖南大垅工业专科学校毕业的。也正是在他的影响下，杨建章在春元中学毕业后，也报考了湖南大垅工业专科学校。

春元中学开学典礼在学校操场上举行，由于战乱，前来报到的同学不多，但也有二百多人。这些刚刚十几岁的少年男女分成四个班，按班排成方队，此时正在学校操场上静静听着蒋校长的讲话。蒋校长是前清附生，虽然六十多岁，但终日精神饱满，嗓音洪亮：

> 本校位于湘乡平原中段，阡陌纵横，庐舍相望。清中兴以前，绝少闻人，类皆习于勤朴，崇尚节义，不慕虚荣，怡怡如也。蕴蓄既久，一鸣惊人，咸同以降，文通武达，区区一段之地，自督抚提镇以至府州县者计十有余人之多，员生举贡，不可胜记，近则毕业于国内外大学，得学硕博士学位者，又二十余人，猗欤盛矣。……昔曾文正公，尝抉两字以立言：一曰理，一曰情。理以濂溪周茂叔开其端，情以三闾屈灵均启其绪，善哉乎言，是不独可以概括湖南之文，即天下亦可作如此观

也。……欧化东渐，世运昌明，学术在天地炉场中，触会甄陶，变通尽善，凡天文历算声光化电，莫不极深研究，穷极理要。……而士也游心天地，与时推行，不以物喜，不以己悲，凡家庭社会国家世界，林林总总，物与民胞，概以吾之情意注之。……自曾文正公始，吾湘人留学外邦，兴教办学，开风气之先，茫茫学海，无际无边，方之舟之，唯敬戒不怠，方达彼岸，吾将以此自勉而勖诸生。……

那时春元中学初中开设的课程，与现在的中学课程十分相近：公民、体育、卫生、国文、英语、数学、博物（生物）、物理、化学、历史、地理、劳作、农业、图画、音乐等。杨建章和吴春旺到初级班报到后，这个小城就传出日军即将前来进攻的消息。

1937 年抗战全面爆发后，时任湖南省主席张治中将军为抵抗日军侵占湖南，积极组织各方力量准备抗日。1938 年 10 月，日军侵占广州、武汉。1939 年 9 月至 1940 年夏在正面战场上，日军相继发动了对长沙、桂南和宜昌的袭击。

为打破日军战略企图，中国第九战区代司令长官薛岳指挥十六个军三十多个师约四十万人的兵力，采取逐次抵抗、诱敌深入的作战方针，在湘赣阻击进攻的日军。

虽说日军在英勇的湘军抵抗下，未能达到侵占湖南大部的目的，但毕竟给湘中、湘北、湘南昔日富足之地，造成巨大的战争破坏，给传统的农业生产造成极大损失，大量房屋被毁，农田荒芜，大量难民流离失所，粮食供应也更加紧张。

到了 1941 年战局形势更加恶化，杨建章和吴春旺所读中学，有时每天只能供应一顿晚饭。十几岁正是长身体阶段，何况还要学习，有时饥饿难耐，他们只好拼命喝水。当时，对当地中学的保护非常重视，战区长官也经常派人来校，计划如战场形势恶化，学生和老师要及时迁至湘西。战事紧张时，每天晨起，校长和教导主任都要求同学们打好包袱，便于随时撤离。

1941年9月初，日军第11军司令官阿南惟几指挥四个师团、两个支队和航空兵、海军各一部，约十二万人，攻占岳阳、临湘一带，企图一举击溃中国军队第九战区主力。而国军依然采取引诱日军主力深入，继而见机围歼的战略，第九战区调集会战的部队共计四十个师五十余万人，依然由司令长官薛岳指挥，一场大战又在湘江大地激烈展开。

这天夜里，城外山上又传来密集的枪声和爆炸声，战区长官传令通知学校：第二天务必撤离！学校迅速通知每位学生，当晚务必做好撤离准备。

杨建章匆匆写了封信，叫上春旺，趁着月色，在城外一片枪声中，沿着县城窄窄的石板小道，找到一家名叫“阳西”的杂货铺。他们叫开杂货铺门，托杂货铺老板把一封信转交爷爷和两人的父母。信很简短：“我和春旺一切均安好，因日军来袭，我们已与学校外迁湘西。我俩已成人，如果分别时间长，我们会彼此帮助，照顾好自己，望大人们勿念。”有急事找阳西杂货铺老板，这是他们来这儿上学前爷爷对建章的嘱托。

九月的清晨空气格外清新，城外响了一夜的枪声，依然没有停止。在校园不大的空地上，同学们肩背简单行李，按班级排成方块。高年级的班级前，有面大红旗帜，上面绣着“春元中学”，蒋校长和教导主任及教职员工另列一队，大家大都短衫短裤短发。蒋校长身体欠佳，不便讲话，教导主任快步跨上一个土墩，很激动地一挥手：“同学们！我们国家已到了危难时刻，日本军队侵占了我们国家的大片河山，现在又想侵占我们湖南！现在将士们正在前线浴血奋战，你们是我们县的精英子弟，县府和战区长官非常重视你们的安危，特意抽调了一队国军弟兄护送我们西迁。”

同学们顺着教导主任的手势，发现校门口站着一排手持步枪、腰系武装带、军装破旧、神情疲惫的年轻士兵，数数共十位。同学们仔细观察他们严肃清瘦的脸，年龄看上去也大不了自己几岁。

教导主任接着说："同学们，我们计划从九峰山绕行，第一步暂在九峰山下的古庙休整，如形势进一步恶化，便继续西迁。迁徙中为避免遇上日军，我们会尽量走小道和山路，我和国军官兵走在前，八位老师携带书籍、资料殿后，同学们以班为单位走中间。大家要听从指挥，大同学要帮助小同学，男同学要帮助女同学，互帮互助，共同前进，争取不落下一位同学！迁到新址后，大家还要努力学习知识，不辜负你们父母和老师先生的栽培，我希望你们当中将来有人能成为国家光复和建设的栋梁！"

江南九月虽说不是盛夏，但中午依然骄阳似火，出城后队伍沿着山路前行。中午时分，突然听见队伍前面传来枪声，大家一惊，立即停下脚步，一会儿教导主任急急从前面奔回，低声向同学们喊道："前面遇到日本兵了！国军战士正在抵挡，同学们快往山上跑！"同学们便和老师一起不顾一切往山上树丛中钻。枪声越来越近，感觉中国士兵正在后退，日本兵哇啦哇啦的喊叫声也听得越来越清楚。

不少同学躲在树丛中吓得直发抖，这时突然听见侧面山上响起了密集的枪声，还夹杂着手榴弹的爆炸声，不一会儿，枪声停止，有人在山下土路上呼喊："同学们！老师们！没事了，出来吧！"是教导主任！同学和老师们这才从树丛中钻出。刚才遭遇的是一个日军小分队，好在刚巧一队国军部队从附近山梁路过，赶来增援，才全歼日军小分队，同学和老师们才得以保全。可护送师生的国军小战士，为阻击日军，有五人牺牲了。

继续前行前，师生们以班级为单位，向牺牲的五位战士默哀、三鞠躬。大山哀鸣，山风呼啸，远处零星的枪声不时划过耳际。

师生们在九峰山下一个破庙中躲避了三天，县城里派人传来消息，说攻到城边的日军已被国军消灭，学校不必西迁，于是学校外迁的人们又陆续返回小城。

就是在这抗战动荡的艰苦环境中，1942 年秋，杨建章以优异成绩完成中学学习，并在蒋校长的举荐下，怀着报效国家之心，报考了当时湖南省唯一一所甲类工科学校——湖南大垅工业专科学校（后更名为“湖南省立第一职业学校”）机械工程科，并被录取。而吴春旺由于未考上师范学校又回到了巴江，在杨汉和的安排下，在巴江小学担任教师。

三、大垅工校

碧云天，
黄叶地，
秋色连波，
波上寒烟翠。
山映斜阳天接水，
芳草无情，
更在斜阳外。

——范仲淹《苏幕遮》

1942 年秋，杨建章收到了大垅工校的录取通知书。位于长沙近郊的湖南大垅工校，经过三次长沙战役，虽然国军获胜，击毙日军八万余人，但工校的校舍、实习工厂设备等在三次战役中损毁严重，原应在 1942 年秋入学的新生，不得不延后至 1943 年春节后入学。

1943 年 2 月初，春节刚过几天，杨建章就急于赶去学校报到。那时山里孩子能考上外面的学校，被认为是件大事，按惯例本应放鞭炮，敲锣打鼓，送出山去，但时值战乱年代，无论乡绅还是族人，生活都很艰难，实在无力再搞仪式。

这天天刚亮，杨建章早早起来，在自己房中打好包袱。春节拜年，杨建章就与祖父、伯父及长辈族人们告知了节后即去学校报到的打算，但具体行程日期未告知大家，目的就是为了不惊动族人和乡亲，父母对这也很支持。

吴春旺感了风寒，在家养病，春节杨建章去家中看了他一次，说起中学往事，两人谈笑甚欢。吴妈家自从有了春旺，便在杨汉和家不远的另一谷口凹地里盖了一间草房。后来春旺的哥哥福来娶了临村一户长工家的媳妇，在旁边又加盖了一间，自己还打了一口浅井。由于冬天地里没活儿，除吴妈外，其他人就很少来杨家。

在杨建章出生后，家里又陆续添了两个弟弟、两个妹妹，加上姐姐，杨汉和一家有了六个孩子，加上杨建章外面读书的开支，生活越发拮据，好在爷爷时常接济。昨晚杨建章告知父母、姐姐、弟弟、妹妹们，今天早起就出发去学校。本想早起后静静地告别父母和兄弟姐妹后，自己悄悄地走，可当他背好包袱，走出卧房，才发现父母和兄弟姐妹都已起床，有的在伙房帮忙，有的照顾着弟弟妹妹在堂屋等他，堂屋大桌上已摆好热腾腾的煮鸡蛋和粥。母亲与姐姐正在伙房炒咸菜丝。

吃完早饭，穿戴好的父母一定要送杨建章，姐姐抱着小妹妹、弟弟们也跟了出来。外面寒风凛冽，远山还裹着白茫茫的积雪。杨建章一直阻止大家相送："外面风大，又寒，你们千万别送我。我一放假就会回来看望你们!"

最后父母商定：孩子们就在院门口与杨建章告别，他们俩送杨建章到村口。

踏着残雪和泥泞，父母一直把杨建章送到村口。要分别了，一年比一年苍老的母亲抹着眼泪，想到山外兵荒马乱，父亲杨汉和还想送一程，被已自立懂事的杨建章劝阻："父亲，母亲，别再送了，儿一放假就会回来看你们!"说罢，杨建章一步一回头地向父母告别，直至翻过一个小山岗。不知多少次回头后，寒风中略显佝偻的父母身影，已被远山阻隔，他不禁流下了热泪。

大垅技校创办于清朝末年，当时维新之风盛行，开矿产、铺铁路、设制造局（厂），史称"洋务"。为培养工业人才，湖南省长沙开办“工艺学堂”，这便是湖南大垅工校的前身。光绪二十八年（1902），由俞湘抚奏请清廷改“工艺学堂”为“农务学堂”。光绪三十一年（1905）又改为“湖南省城艺徒学堂”，设漆器、图案两科。光绪三十二年（1906）改为“湖南全省中等工业学校”，增设染织料，校长彭世俊。1911 年改为“湖南公立中等工业学校”，设机械、染织两科，校长蔡湘。1914 年 3 月改为“湖南省立甲种工业学校”，增设应用化学科。1916 年，湖南长沙经武门外大垅机械、染织实习工厂落成，后增建应用化学科实习工场。1923 年，大垅化学实习工厂落成，当时在全国也是颇具规模。1927 年 3 月改为“湖南省立工业学校”，原常德、衡阳第二、三甲种工业学校停办，并入，增设电机科。1928 年改为“湖南省立第一工业学校”。1931 年 4 月改为“湖南省立高级工科职业学校”（简称“湖南高工”）。1949 年 8 月改名为“湖南高等工业学校”。

1943 年湖南省立高级工科职业学校时任校长成希文，是一位对学生要求严格，深受同学们爱戴的校长。他要求同学每日必有早操、晨跑，无论酷暑、严寒，从不中断。成校长在湖南当地也是一位颇有威望的知名人士，他的一生充满传奇。民国四年（1915）他从日本东京工大毕业，其间受到孙中山革命思想的影响。同年接受了湖南省立甲种工业学校的聘书，担任纺织科教师，两年后担任纺织科主任。又两年，他被湖南省政府任命为湖南高工校长。从此后的十多年时间里，湖南高工在省内外声名远播，毕业生供不应求，深得各方工商业重视。

1945 年 8 月日寇投降后，湖南省政府做出决定：一、将原设南岳的工专迁长沙与高工合并（一个学校两块牌子）；二、任命成希文先生兼任工专与高工两校校长。此时，高工大垅校舍在战火中只剩下断壁残垣，工厂和机器设备、仪器图书更是损失惨重。为了及早复课与招生，成希文先生动员学校全体成员全力以赴，不到半年时间，两校全面复课并开始招收新生。

1949 年 8 月长沙和平解放，成希文先生受军管会之邀参加了政治协商会议。不久，湖南高工改称“湖南省工业学校”，派来了新校长，成希文先生调任湖南省工业厅担任顾问工程师。两个月后又调任武汉纺织专科学校副校长。随后不久，又调河南纺织学院任副校长，兼职郑州市人民委员会委员，并以无党派人士身份被推为河南省政协常委。直至 71 岁时才请求辞去校长职务，专任郑州市政协副主席。

杨建章当时就读于湖南高工机械工程科第二十九班，从父亲保留的通讯录看，同学们来自湖南各地。几十年岁月过去了，当年风华正茂的同学少年，不知是否还有人依然健在。他们是：杨毅刚　湘乡；吴宗潘　常宁；傅涤寰　湘乡；李泉韬　湘乡；谭孝格　湘乡；张子通　宁乡；胡仲初　湘乡；朱文渊　湘乡；梁克良　安化；刘承欢　湘乡；熊立达　湘乡；葛光宏　湘乡；康佛荫　湘乡；杨建章　湘乡；童长吾　邵阳；黄勋初　湘乡；潘佑珍　湘乡；王善武　宁乡；雷嗣云　桂阳；陈春生　宁乡；张永耀　宁乡；黎可均　湘阴；李钟瑞　湘乡；彭玉清　湘乡；何剑霓　宁乡；蒋日新　邵阳；丁延寿　湘乡；颜梅福　礼陵；杨先然　常德；张旭初　常宁；马爱初　长沙；宋谋玚　湘乡；周冠军　常宁；王显炳　宁远；奚　泽　长沙；刘　让　祁阳；李镇傅　长沙。

1943 年同盟国反法西斯战争转入战略反攻和进攻阶段，日军在太平洋战场上屡遭失败，使南洋（东南亚）各地日军的海上交通线受到威胁。日军大本营为保持本土与南洋的联系，决定打通从中国东北直到越南的大陆交通线，同时摧毁沿线地区的中美空军基地，以保护本土和东海海上交通安全，遂令侵略中国的日军约 51 万人，发动打通大陆交通线的作战，国民政府以约 100 万兵力进行抗击。

战争进行得非常惨烈，从 1943 年一直打到 1944 年，其间长沙遭到敌机的狂轰滥炸，全市实行紧急疏散。湖南高工以最快动作迁往湘乡永丰镇（今双峰县）郊外的王朗和堂，并在那里复课，随后还将实习工厂的机器设备等装箱运到了那里。在第四次长沙会战中，日军一路追击中国军队至湖南南部重镇衡阳。中国军队在衡阳顽强抵抗四十七天，最终衡阳失陷。

以后随着日寇侵略的深入，湖南高工再迁洞口，三迁黔阳安江，四迁黔阳托口，五迁溆浦桥江，成希文先生在艰苦的抗战岁月中，硬是带着这样一支包括教职工、学生及教工家属的庞大流亡队在湘西辗转迁徙，坚持教学。迁徙中，杨建章打听到家乡湘乡县城已遭日军侵占。

溆浦桥江临时教学点在一个三面环山的山坳里，几间平房，一口水井，老师和同学在艰苦的抗日烽火中便又开始了教与学。虽处湘西，远离前线，为了防止日军偷袭，学校严格按照当时国军的命令，每天必须二十四小时派人在山上放哨值班。

那是生活条件最艰苦的年代，学生每天每人只供应一碗米饭一小碟咸菜，而且盐也紧张。同学潘佑珍与杨建章均来自湘乡，他家与杨建章家不远，隔着几座山，他出身乡绅世家，是位高高的个子，头发有点儿自然卷，说话有点儿腼腆的帅小伙。

刚到溆浦不久，潘佑珍就不幸染病，开始同学们也认为他会像其他生病的同学一样，休息两天就没事了，毕竟大家都年轻，生命力是那么的旺盛。谁想第三天潘佑珍开始发烧，还浑身打战。成校长得知后赶紧派人去邻村找郎中来抓了中药喝了，可第三天、第四天仍不见好转，高烧不退，人也越来越瘦，越来越虚弱。

第五天一大早，成校长挑选了几位包括杨建章在内的身体较强健的同学和老师，用一副小树干制成的简易担架，亲自带队送潘佑珍同学去几十里山路外的国军后方野战医院抢救，待傍晚赶到野战医院，潘佑珍已气若游丝。

野战医院坐落在一片树林的空地上，外围布有岗哨，空地上支着两排大帐篷，不远处有条小溪，帐篷里到处躺着前线下来的伤员，呻吟声、号叫声不绝于耳。听说来了位湖南高工的学生，医生护士给予优先抢救。在那缺医少药的年代，即使是国军的后方医院，药品也少得可怜，其中抗生素尤其珍贵。看潘佑珍已生命垂危，院长破例批准给潘佑珍打了针当时贵比黄金的盘尼西林，即青霉素。

可还是太晚了，潘佑珍已出现内脏衰竭症状，当日凌晨，弥留之际的潘佑珍流下了热泪，十七岁的他太年轻，从没想过会这样离去。

他极虚弱地对身边的校长、同学和护士说："谢谢大家了！我死后，就近埋了吧。"

随后他托付杨建章："我的课本、笔记本方便时请转交我弟弟，希望他中学毕业能考上湖南高工机械科，继续我的专业。"奄奄一息的他说完闭上了双眼，泪水不停流淌，整个人只剩嘴唇在轻轻嚅动："别了，别了……"渐渐地，他的身体僵硬了。

旁边医生和护士把一床沾有血迹的白床单，盖在已经走了的潘佑珍同学身上，一个热爱生活，热爱学习，一心想学成后报效国家的青年，就这样永别了湖南高工的老师与同学。他走得极不情愿。围在周围的师生，在一片静默中早已泪流满面。

此时帐篷外已是黎明，远天已泛出鱼肚白，他们抬起潘佑珍朝停尸的帐篷走去，走近才发现，帐篷里外已躺满年轻国军士兵的遗体，一排又一排，都用满是血迹的白布裹着。不远处山岗下，几个国军战士正在挖坑，挖好一段，洒上石灰，把士兵遗体在坑中排好，就像出征列队，然后掩埋黄土。静静的山谷中，只有铁锹挖土时撞击石块的清脆的声音。

由于战乱交通阻断，加上天气炎热，潘佑珍的遗体没法运回家安葬，只能伴随着几百国军弟兄，在不远的小岗上下葬。成校长特意定制了石碑，上刻："湖南大垅工校机械科二十九班同学潘佑珍之墓，民国三十二年八月"。

那时同学们学习劲头很足，每天清晨，琅琅的读书声便在溆浦学校附近的大山、密林中回荡。为强身健体，学成后报效国家，大家在成校长的带领下，不仅开荒种地，自力更生改善生活，还坚持每天晨跑，男女同学无论冬夏坚持洗冷水浴。到了秋天，伙食渐渐好点儿，每天不仅有碗米饭，还配有红薯、土豆，大家年轻的身体渐渐强健起来。

杨建章学的是机械专业，当时溆浦附近有一个从长沙搬来的军械维修厂，有大量战场上损坏的军械需维修，课余时间，他就与同学一道主动去军械厂帮工，从车工至钳工，样样都干。军械厂也很欢迎湖南高工的学生，毕竟专业素质高。

冬去春来，又进入南方酷暑，1945 年 8 月 6 日，为了避免大量伤亡的登陆战，并逼迫日本尽快投降，美军在日本广岛投下第一枚原子弹，三天后又在长崎投下第二枚原子弹。苏联红军也根据《雅尔塔协定》，随即在 8 月 8 日对日宣战，发动八月风暴行动，并立刻于 8 月 9 日出兵中国东北。

从 1943 年离家后，杨建章就没再回过家，加上战乱和邮路中断，也没有父母和弟弟妹妹们的消息，直到 1945 年秋抗战胜利后，学校陆续迁回长沙近郊，杨建章才给家里写信报了平安。这年年底杨建章顺利从工校毕业。

四、毕业返乡

云渺渺，
水茫茫，
征人归路许多长。
相思本是无凭语，
莫向花笺费泪行。

——晏几道《鹧鸪天》

1945年9月2日，日本投降仪式在停泊于日本东京湾的美军军舰“密苏里”号上举行。日本代表在无条件投降书上签字，中、美、英、苏等九国代表相继签字。至此，世界反法西斯战争落下帷幕。

随着抗战的胜利，湖南大垅工校师生们终于开始从紧邻湘西怀化的溆浦迁回长沙近郊，这年10月杨建章与同学们在溆浦完成了最后的留守任务，也回到了满目疮痍的长沙郊区校园。抗战胜利，国家重建急需人才，特别是机械工程人才，校方在国民政府支持下一边加紧恢复建设，一边开展教学。这年冬季寒潮来得特别猛，长沙气温接近零度，整日天气阴沉，寒风飒飒，在四面漏风的教室里，杨建章与同学们坚持着完成了毕业考试和毕业课题研究——《关于中国纺织机械的引进与吸收研究》。在当时，中国纺织工业主要集中在上海、青岛、天津三地，直至解放后，“上青天”都在纺织行业内非常有名。

青岛因地处盛产棉花的山东胶州半岛，条件更是得天独厚，当年作为德租界、日租界，德国人和日本人在青岛建有多处纱厂、纺织厂、纺织机械厂。抗战胜利后，国民政府经济部设立“中国纺织建设公司”，并于1946年1月由重庆迁址上海，同时设立天津、青岛、沈阳三个分公司，其中青岛分公司接收了日本占领时期的“大康”“内外棉”“隆兴”“丰田”“上海”“公大”“宝来”“富士”“同兴”等九大纺织厂，并在接管后按上述顺序分别改名为中纺第一至第九棉纺织厂。随后大批湖南大垅高工学生涌入青岛，在纺织厂、纱厂、机械厂中担任工程技术人员和管理人员，故有“青岛纺织，大垅天下”之说。

冬季来临后，学校因经费紧张，连取暖炭火盆中的木炭也供应不上，为了抵御严寒，学校要求完成毕业研究和考试的毕业班学生尽快离校，在家等候学校毕业分配通知。在离家近三年后，杨建章终于要回家了。三年的时光，杨建章完完全全长大成人，虽然由于缺乏营养，身体看上去不是那么强壮，但思想已经成熟。

这是一个初冬的早晨，杨建章习惯性地早早起床。按照学校的惯例，杨建章与剩下的同学们顶着寒风，沿着校园最后晨跑三圈。早饭后，杨建章先去校长室与成校长道别，然后与任课的先生们道别，与晚走的同学们一一惜别。最后从地铺草席上扛起由一床破棉被和几件补丁又补丁的衣物打成的包袱（父亲后来回忆：书籍等寄存在长沙李镇傅同学家中，衣、被虽破虽旧，一是舍不得，二是沿途还可御寒），穿着一双已露脚趾的布鞋，揣着几个烤红薯，顶着寒风，和同是湘乡籍的同学宋谋玚、刘承欢（几十年后，三人再相聚时，谈起那次回家之路，仍然记忆犹新）挥手告别了送行同学，徒步踏上了返乡之路。

长沙至湘乡县城（现为湘乡市）也就一百多公里，现在开车也就一个多小时车程，而当年杨建章他们三人在寒风中走了四天才到，当时如果坐马车可能快些，但三个穷学生，身无分文，只能徒步。途中他们到处可见因战乱造成的民不聊生，一些昔日美丽的江南农村不少被战火摧毁，甚至有些整村被烧成灰烬，田地荒废严重，逃难人群不绝。他们遇见一位看上去有十几岁，瘦弱成皮包骨头的小姑娘，和她的爷爷、奶奶依偎在路边一草垛旁要饭，见他们实在可怜，三人商量后，留下两床破被和三个烤红薯。

到达湘乡县城后，杨建章想带两位同学去找一位与爷爷有多年生意往来的铺子留宿一夜，并讨口热水或热饭吃。可经日军占领后的湘乡县城变化太大，被战争毁坏的房子，残垣断壁，人去楼空，只剩一片惨淡景象。失望之余，三人在一户人家屋檐下准备过夜。

好在屋里住着的一位孤老奶奶，见门外寒风中三位学生娃可怜，便把他们三人让进了屋内。其实屋里也家徒四壁，到处漏风，但比屋外已暖和了许多。老奶奶以讨饭为生，交谈中她告诉杨建章他们：她的丈夫死得早，她原有的三个儿子在湘乡县城帮人打零工挣钱糊口，抗战中三人都被政府军抓了壮丁，上了前线，至今生死不明。她原想冬天回乡下投靠她弟弟一家，可思来想去因惦记着三个儿子，怕他们回来找不到娘，于是便留下来在寒冬中苦苦坚守。

老人的话深深打动了三个学生，他们把剩下的最后一个红薯分成四份，在柴火中烤热，一份给了老奶奶。喝着老奶奶烧的热水，吃掉了最后一点儿红薯，三人顿感浑身热乎了不少。这一夜在柴火旁，三人轮流裹着剩下的一床破被熬过了一夜。

第二天天一亮，他们把最后一床破被给了老奶奶，喝饱了老奶奶烧的热水，告辞了善良的老人继续赶路。在一个十字路口，三人相拥分手，互道珍重。

由于饥寒交迫，进入大山后，杨建章一个人渐渐感觉体力不支，只好走走停停，天黑前他摸到一个破庙，找了墙脚避风处打算在此过夜。迷迷糊糊中杨建章被一阵脚步声惊醒，微睁双眼发现庙外天已开始放亮，“咣咣”的脚步声来到他面前停下，还伴随着金属碰击声。

“这里有人！”有人说话，“谁?!”紧接着手电筒在他脸上身上胡乱晃动。杨建章慢慢从地上支撑起身体，发现眼前是一队国军士兵，十几人，破庙里还多了几个木箱，一挺机枪架在上面。显然他们也累了，发现杨建章这副模样，感觉没啥危险，不少士兵已散开各自找地方休息。

那个拿手电的可能是个官，脸上有道明显的伤痕，他一直盯着杨建章，见他坐起来便问：“哪儿来的?”

“湖南高工刚毕业，回家去，路过这儿。”

“湖南高工的?”他半信半疑，“这里面是什么?”他指着杨建章的包袱，一把抢了过去。打开后见里面有个大信封，装着杨建章刚领的毕业证书。军官抽出毕业证书，把包袱丢给杨建章。他一边用手电照着，一边仔细端详，看着看着，露出了一丝笑容，态度也随之缓和：“真是高工的学生。”

他灭了手电，把毕业证还给杨建章，接下来他们气氛轻松地聊了聊家常，原来这队士兵都是湖南籍，昨晚执行任务行军走了一夜，天刚亮发现这个破庙便进来休息。

几个士兵已在破庙前的空地上架起一个小锅煮粥，军官见杨建章又饥又寒，便示意士兵分给他一小碗。一碗热粥下肚，杨建章感觉浑身暖和起来。

一小时后，士兵们出发了，临走军官朝杨建章肩上拍了拍说：“好好学习，好好工作。”便随队离开，慢慢消失在大山中。

目送军队远去，杨建章感到体力渐渐有些恢复，便拍拍浑身尘土也继续赶路。直到天擦黑，杨建章才有气无力地推开了阔别三年的家门。

忽然冒出的杨建章，虽然看上去完全像个破衣烂衬又脏又弱的流浪汉，但还是让父亲、母亲和兄弟姐妹们又惊又喜。

那一夜，在湘中大山的阵阵寒风中，这户人家油灯闪闪，欢声笑语不断。山里毕竟未受到日军和战争破坏，虽然也生活困难，但毕竟家还在，人也在，田地也在。母亲拿出了一条珍藏在地窖，舍不得吃的腊肉，父亲找来了暖和的衣裤，姐妹们淘米洗菜，弟弟们劈柴烧火。一家人围着杨建章转，回家的感觉真好！

吃完饭、洗完热水澡，待兄妹们都睡下了，杨建章与父亲聊了很久。在这三年战乱中，最疼爱他的祖父杨竹清去世了，听说临走前还呼唤着他的名字。祖父的田地、房屋原本应该杨汉和、杨汉珍两兄弟平分，但杨汉珍不乐意，说外面生意有许多亏空需要补。杨汉和心里虽不快，但还是最终同意把父亲家产、土地让给了弟弟继承，作为兄长，杨汉和认为自家的屋够住了，土地也够用了。

这一谦让客观上也挽救了杨汉和一家，几年后当地解放，紧接着轰轰烈烈的土改运动，就是以土地多少划"阶级成分"。杨汉和和他弟弟都因拥有土地而被划为地主成分，属于革命的对象。但地主又有区别，杨汉和土地较少，解放前因生活困难又卖掉一些，最后定性为"破产地主"。

而他弟弟因拥有土地较多，又有隐藏财产行为，家属中又有人随国军去了台湾，被定为拒绝改造的大地主，在一次群情激愤的批斗会后，被民兵押到一个小山后面砍了脑袋。杨汉和虽没被镇压，但家里的土地、财产、农具、房屋都像其他地主、富农一样，分给了当地贫下中农。土改运动客观上极大激发了新中国农民的社会主义热情，而地主家的人从此自食其力，被监督劳动，成为专政对象，又遭受历次运动冲击，生活一落千丈，不少人不堪忍受逃往异乡，这是后话。

建章回来了，第一件事就是在父亲陪同下，去祖父杨竹清坟头烧香叩头，祭奠深爱他的祖父。村里出了一个湖南高工的毕业生，在当时也算件大事，族里人前来道贺的络绎不绝，有些家有女孩待嫁的甚至想着向杨汉和夫妇提亲，均被杨汉和夫妇婉言谢绝，因为他们考虑建章毕竟要去山外工作，婚姻之事还是应由他自己做主。

吴妈和吴春旺也来了，多年不见，建章和吴春旺这对儿时的玩伴与同学，自然有许多话要叙，在杨汉和安排下已是小学教员的吴春旺盛情邀请建章在家休息一段时间，就抽空去小学校给学生做做报告，上上英语课、数学课，讲讲物理、化学常识，讲些湖南高工的新鲜事，让山里的孩子长长见识，杨建章自然欣然答应。湖南自古有尊师重教的习俗，巴江小学就如同现在的村小，经费大都由当地的地主、乡绅、富裕大户们捐助，就学者均为当地的适龄孩童。巴江小学是从私塾转变而来，至 1946 年开始，巴江小学开始采用民国教育部通用课本，但低小仍辅助沿用过去私塾的一些启蒙教材，如《三字经》《弟子规》《千字文》等。

在巴江小学高小，除开设语文、算术、自然课外，令人吃惊的是，当时巴江小学高年级竟然开设有英文课。可见当时湖南农村对孩子们小学教育的重视。当时校长是杨汉和，张拂山是副校长兼教师，教师有同为湖南高工的同学张竹生（杨建章的舅父）、吴春旺、张科林、武扬科、左仑、黄春华（女）、王绍忠（女）和彭荷萱（女，张副校长妻子）。

这一年冬天，杨建章在家乡过得愉快而放松，大部分时间吴春旺陪伴左右。虽然战后湖南的各种重建恢复缓慢，但邮路已经得到了恢复，春节后学校的工作安排书就到了，杨建章和同班另五位同学被当时的国民政府的“中纺青岛分公司”录用。杨建章赶紧书信联络其他五位同学，约定日子，大家去省城长沙碰面，然后青春结伴去青岛工作。

五、青岛工作

长亭外，
古道边，
芳草碧连天。
晚风拂柳笛声残，
夕阳山外山。

——李叔同《送别》

1946年春节过后，杨建章再一次告别父母、兄弟、姐妹们，告别了族人乡亲，要去大山外工作了。依然行囊简单，依然依依不舍，所不同的是抗战结束了，终于可以用自己学的知识报效国家，报答父母，干一番事业。

一次次回头，直到看不到送行的亲人时，杨建章情不自禁地摸了摸胸口的几块银圆，临走前父亲用布把这几块银圆包好硬塞到他手里，说是祖父留下的，让他路上用。杨建章将信将疑，他看着父母、兄妹身上补了又补的旧衣，知道家里人口多，生活已大不如从前，几块银圆在当时山里，可是一笔不小的财富，可是父亲态度坚决，他也只好从命收下。

杨建章到达长沙后，分配去青岛工作的同学也陆续到达，他们相约租住在学校附近的一家小旅店中。几位同学、校友短暂分离后又相聚自然兴奋，大家仿佛有说不完的话。几天里大家顿顿都去附近一位同学家开的小餐馆聚餐，席间大家吃着辣辣的湘菜，喝着米酒，畅谈未来，有的兴起赋诗一首，有的把酒当歌高唱一曲，好不痛快……

几位同学包括谢达伍（后担任青岛国棉三厂细纱车间主任，中共党员）、黄昌智（后担任青岛国棉三厂设备科科长，中共党员）、宋楚平（后曾担任北京国棉三厂织布车间主任，改革开放后，我因出差进京，曾代表父亲看望过宋伯伯）、陶叔元（曾调往纺织工业部纺织机械工业公司工作）、胡召南（曾任郑州国棉五厂劳资科长）、刘雪傲（曾在济南恒丰纱厂担任工程师）等等，其中不少同学成了毕其一生的知己。

几天的吃吃喝喝，欠下了同学家小餐馆不少费用，同学家里客气说免了免了，可大家一商议过意不去，人家也是小本买卖。大家决定领到路费后先还一部分，余下的写张欠条，到青岛工作后大家领到工资先还长沙饭钱，由谢达伍牵头。

几天后大家相约去学校领了一点儿路费和一张当时国民政府“中国纺织建设公司”出具的“路条”（类似于现在的介绍信），他们一路就凭路条领车船票，从长沙乘火车至汉口，再从汉口乘江轮沿长江而下至上海，最后从上海乘客货混装海轮到达青岛。

父亲后来回忆，几位同学路费本来就不多，还了饭钱，剩下的路费更少了，为了省钱，一路上他们吃得最多的是面条。轮船上伙食贵，他们一天只吃两顿。但第一次出远门，同学们青春相伴的兴奋之情难以自抑，为了尝尝海水的味道，在海轮上他们竟把一个小瓶用细绳吊着，弄了一瓶海水，每人抢着喝了一小口，那咸咸的味道，让从大山和南方第一次走出来，看到大海的他们终生难忘。而祖父的几块银圆，杨建章一直珍藏着，在随后的几十年岁月中，即使再困难也没舍得拿来换钱，直到改革开放后，我们兄妹成年要结婚了，父亲才把我们叫到跟前，打开布包，一人两块当珍宝传给了我们后一代。

到青岛后，父亲被分配到中纺公司青岛第一机械厂担任技术助理员，工作第一天就见到了中纺青岛分公司副经理兼第一机械厂厂长王新元。王新元是湖南人，南洋大学电机系毕业，当时是青岛纺织界中共地下党组织的主要负责人之一，当然这些父亲解放后才知道。

中纺公司青岛第一机械厂全称“中国纺织建设股份有限公司青岛第一机械厂”，是创建于1920年的私营华昌铁工厂，当时主要承揽企业机械修配业务。1929年改名利生铁工厂，有工人300余人，设备60余台。1938年春，日军占领青岛，强制收买利生铁工厂，更名丰田式铁厂，由日本人松冈房吉、野崎诚一经营。1943年，被日本三井洋行集团购买，改成制造炮弹、枪械等军工产品的工厂。1945年8月日本投降后，被当时的民国政府接收，改名“中国纺织建设股份有限公司青岛第一机械厂”。1951年1月1日更名为“国营青岛纺织机械厂”。1985年被纺织工业部列为技术改造重点企业，同年被国务院批准为机电产品出口企业。

父亲参加工作第一天，与王新元厂长的见面，是在王新元厂长的办公室。那天王新元厂长西装革履，他高高的个子，文质彬彬，脸庞棱角分明，英俊而潇洒。他的中式办公桌和办公椅后面是一排书橱，里面大多是机械和技术方面的书籍。王新元厂长对父亲等几位新来的湖南籍同学非常关心，邀请他们一个一个地进自己的办公室谈话。他详细了解了父亲的学习和家庭状况，鼓励父亲在厂里好好工作。这是父亲第一次与王新元厂长面对面交谈，王新元厂长的亲切和关怀，给父亲留下了深刻的印象。之后父亲才知道，他们几位同学之所以能来青岛工作，正是王新元厂长从毕业生名单中精心挑选的结果。

谈话后不久，中纺公司委任何培桢（湖南长沙人，北平工业大学机电工程系毕业）接替王新元厂长，担任第一机械厂厂长，顾鼎祥为副厂长。

在当时的青岛纺织系统，机械工程人才汇聚，湖南籍又占有很大比例，同年湖南大垅工校在青岛的四十五位同学还发起成立了“旅青大垅校友会”，校友会包括李襄臣（湖南长沙）、洪稚明（湖南宁乡）、李德寿（湖南衡山）、梁迪谦（湖南安化）、郭振象（湖南沅江）、胡南章（湖南宁乡）、詹家棠（湖南常德）、李忱石（湖南长沙）、罗元禧（湖南新化）、左景宏（湖南湘阴）、李傅纯（湖南澧县）、罗振湘（湖南邵阳）、李伯熊（湖南衡山）、伏辉群（湖南湘阴）、郑兆升（湖南长沙）、言心安（湖南湘潭）、傅业创（湖南醴陵）、欧阳国本（湖南醴陵）、陈希超（湖南浏阳）、黄允中（湖南长沙）、谢树庭（湖南新化）、谭珍儒（湖南新化）、黄建宇（湖南长沙）、陈家骏（湖南攸县）、谭悦陶（湖南湘乡）、胡高贤（湖南湘乡）、喻定元（湖南宁乡）、武作德（湖南长沙）、杨建章（湖南湘乡）、吕增盘（湖南长沙）、胡召南（湖南湘乡）、车尚（湖南湘潭）、范春乾（湖南长沙）、吴绍麟（湖南湘潭）、刘雪傲（湖南湘乡）、谢达伍（湖南长沙）、邹炳燧（湖南湘乡）、陈远耀（湖南攸县）、丁金华（湖南攸县）、陶叔元（湖南长沙）、刘自淳（湖南长沙）、刘叔文（湖南衡阳）、易兆鸿（湖南宁乡）、黄述湘（湖南平江）、宋楚平（湖南长沙）。

大家业余时经常聚会，交流技术心得，互相解决技术难题，传阅进步书刊和技术类读物，声援青岛各纺织厂工会组织的罢工，当然也常常叙说湘情。解放后父亲才知道，湖南大坺工校旅青大坺校友会在当时是青岛地下党组织的外围组织，其中不少同学在解放前就已秘密入党。

中纺公司青岛第一机械厂当时主要负责青岛纺织系统纺织设备的维修、改造，后来配套生产各种纺织设备。据父亲回忆，他初来青岛时，得益于许多湘籍师兄、同学的关照，特别是副厂长顾鼎祥对他技术上的无私指导，他很快熟悉了工厂环境，熟练掌握了技术流程，并在短短两年之内，就能独立担任技术员工作了。

副厂长顾鼎祥也是青岛纺织界一位传奇的人物。顾鼎祥，曾用名顾家骥，上海人。1925 年 6 月毕业于上海南洋大学机械系，获学士学位。1946 年 6 月到中纺公司青岛第一机械厂（现青岛纺织机械厂），先后担任工程师和第一副厂长兼总工程师等职。

1949 年解放后中央贯彻以轻养重经济战略方针，决定自力更生，由国内厂家配套生产全程棉纺织机械。在顾鼎祥的主持下，1950 年 5 月，青岛纺织机械厂成功地制造出首台国产梳棉机，经验收试用符合质量标准，当年生产 59 台。接着顾鼎祥博采众长，三次造型、定型。1954 年该产品被纺织部定型为 1181 型梳棉机，台时产量为 5.5 公斤，正式列为纺织部系列设备并出口国外。

20 世纪 60 年代初，国家为了解决“棉粮争田”、纺织原料不足的问题，把发展化学纤维提到重要的位置，安排青纺机厂制造粘胶纤维机械。顾鼎祥带领技术人员日夜奋战，深入车间解决技术难题，1961 年青机厂圆满完成了粘胶纤维中的二硫化碳设备及电锭、变频机组等电气设备的试制任务，为杭州、丹东、南京、新乡等化纤厂提供了建厂装备。以后又承担了多项维纶设备和腈纶设备的制造。为了解决腈纶压滤机的滤板、滤框的铝合金铸造和表面防腐等技术关键，他深入实际试验研究，终于利用当时的国内材料及装备条件，达到了国外同类产品的质量要求，顺利地投入批量生产。他以自己的实际行动，为开发国产化学纤维设备做出了贡献。

解放后顾鼎祥曾当选为全国第三届人大代表、山东省第二届人大代表，并担任过山东省机械学会理事、青岛市机械学会副理事长、青岛市科协常务委员、政协青岛市第一届委员会委员、青岛纺织机械厂科协主席，1985 年病逝于天津。

除王新元、顾鼎祥厂长等领导外，在青岛工作期间，不少同事、同乡也成为父亲终生的朋友和知己，如后来工作在纺织工业部纺织机械工业公司的陶叔元（湖南省立高级工业学校电机科毕业）、工作在纺织工业部纺织机械工业公司纺织机械研究所的黄镇、青岛纺织机械厂的沈正元（浙江大学机械系毕业）、后调去云南昆明工作的湖南湘潭刘靖邦（湖南楚怡高级工业学校机械科毕业）等等，有些人一直到晚年都与父亲保持书信往来，沈正元夫妇还曾专程来南昌家中做客，给我们后代留下很深的印象。

当时的中国，除上海外，青岛是另一个中西文化的交汇地，除自身的殖民地属性外，大量的留洋归国人员也带来了许多西方文化和习惯，再加上平时同学聚会都是西装领带，喝咖啡、啤酒，吃西餐，父亲自然也受到影响，生活方式慢慢有了改变。在当时的青岛，同事结婚办喜事，都是采用西式婚礼，这一点好像青岛现在还保持着这一传统。

当时的青岛纺织业工厂分为职员和工人两个等级，其中职员的待遇远高于工人，而职员中也有区别，其中工程师、技师、技术员、技术助理员又高于办事员、助理员和雇员。而厂长、副厂长往往由工厂里的主要技术工程师担任。

从湖南大山中走出来杨建章是个节省的人，总想减轻家里的负担，工厂工资大都存起来寄回家，解放前夕有时工厂开不出工资，就用布匹、毛料相抵，布匹、毛料他也大都寄回湖南老家，而湖南老家的父母也舍不得用，说给建章留着将来娶媳妇，谁知解放后这些钱与布匹随家里房产、土地等一律上缴充公，成为家庭财产的证据。不过一旦遇到同事有需求，杨建章也挺大方。

一天杨建章路过办公室，见小办事员刘思福正在抹眼泪，已经走过去的他，又折返回来问："怎么了，小刘？"

"父亲去世了，家里来人说没钱安葬。"小刘哽咽着说。

小刘是山东本地人，与杨建章年龄相仿，业余时间他们常常一起在厂里打篮球，便相识了。

"你每月工钱呢？"杨建章问。

"都给我妈看病了，我们家还欠着许多外债。"小刘平时只是在厂子里打打杂，干些跑腿的活儿，工资收入并不高。

"来，你跟我来。"杨建章二话不说拉着小刘就走。

他们来到杨建章的寝室，这屋子面积不大，一张书桌上堆满技术书籍和图纸，还有笔、尺等制图工具。房间里面靠墙的单人床上放着一匹细纱布、一匹毛料，是厂里刚发给技术员抵工资的。

"两匹布料你拿去用吧，看能否去市场上换点儿钱。"杨建章指着床说，"我原本要寄回湖南老家的，这次就不寄了。"

"这得多贵，我可怎么还。"小刘往后缩。

“不用还了，你拿去应急吧。”说着，杨建章抱起两匹沉甸甸的布往小刘怀里塞。屡次推却后小刘怎么也拗不过杨建章，便收下了。

几天后刘思福回来上班，送给父亲一包大枣，还说要把他做纺织工的姐说给父亲，杨建章乐了：“这是哪儿跟哪儿，你姐比我大，不合适。”

从此，刘思福和父亲成了知心好友，小刘后来积极参加解放前纺织厂的工人护厂队，并秘密入了党，解放后参加了职工业余技校学习，并担任青岛一家纺织厂的党委书记兼厂长。一次父亲出差去青岛，刘厂长得知后派司机专程接父亲来厂，召集厂里中层以上干部接待父亲，他向全厂干部介绍：“杨工可是我们青岛纺织行业的老人，也是我的恩人。”从此，刘厂长每年都会从山东往我们南昌家里寄些特产，如花生米和苹果，搞得父亲和母亲着实不好意思，在一次搬家后，父亲对母亲说：“别把地址告诉刘厂长了，省得人家再寄东西，他还的礼已经够重了。”

六、护厂运动

塞下秋来风景异，
衡阳雁去无留意。
四面边声连角起，
千嶂里，
长烟落日孤城闭。

——范仲淹《渔家傲》

1947 年，中国大地风起云涌，国共两党在齐鲁大地首先拉开了决战序幕，从莱芜战役到孟良崮战役，国民党损失惨重，国共两党的力量也正悄悄发生着变化。

在青岛纺织系统各工厂，国共两党也开展了激烈争夺，由于战争影响，原材料、燃料供应中断，青岛纺织厂大部分处于停工状态，底层职员、工人生活失去了保障，罢工浪潮不断。1947 年 6 月，青岛染织业二十余家工厂工会组织了联合罢工，要求资方给工人配发实物生活用品。

青岛纺织业当时机器设备非常先进，因此成了国民党政府中一些买办们眼中的肥肉，趁着时局混乱，不少官僚、买办趁机利用各种渠道，向纺织厂股东们施以高压，甚至威胁股东们以低价出让股份。他们企图低价收购后，加紧压榨工厂血汗，或把企业南迁。1947 年 7 月，在地下党组织的号召下，青岛各纺织厂筹购委员会发布宣言：反对官僚买办承购经营，实现资本家之剥削。

这一年，中国纺织学会青岛分会（中国纺织工程学会的前身）、中国工程师学会青岛分会相继成立。在发黄陈旧的名册上，父亲当时和后来的许多老领导、老同事赫然在列，如：王新元、王刚毅、孔子梁、吴怡庭、车尚、李庄寿、李德寿、李力仁、李仲实、汪静、周念会、周显通、易介淳、胡兆钦、范澄川、陶叔元、屠炳南、陈椿年、黄柏鸣、贺之光、会阴民、杨樾林、郑兆升、顾鼎祥、龚长椿、邓绍模……他们是当时中国纺织业的技术精英，也是国共两党争夺的技术人才，其中不少人在新中国成立后的社会主义建设中，发挥了重要作用。

青岛的秋天是美丽的季节，这一年秋天杨建章有了初恋，但这场恋爱来得快，去得也快。

来青岛工作后，杨建章最喜欢去的地方是栈桥一带的海边，任凭海风吹拂，心潮澎湃，看日出日落，潮涨潮退。这天他换上西装，系上领带，又独自来到海边凉亭中，略有不同的是今天他显得格外深沉，扶着栏杆静静望着远方。不一会儿一位身材适中，穿着白色连衣裙的姑娘朝亭中缓缓走来，她默默地走进小亭，默默地在杨建章身边站住。

他们谁也不说话，就这样默默地看着大海，听着海浪有节奏的涛声。

最终还是姑娘先开口，她侧身不无忧虑地看了一眼杨建章，小声问："考虑好了吗？"

"对不起。"杨建章也侧过身，口气有些迟缓，"可能，可能不能陪你去南洋了。"杨建章缓缓地解释道："父母年纪大了，弟妹们又小，我是长子，家里全靠我接济，我不能抛下他们不管。"

姑娘的眼神从期待变为失望，她默默地点点头表示理解。

姑娘叫马怡，在一次同事的西式婚礼上，父亲和她分别做伴郎和伴娘，就这么认识了。她哥哥留洋归来后在父亲厂里当工程师，她是利用大学暑假来青岛游玩顺便客串了伴娘。接下来的假期，在马小姐哥哥的介绍下杨建章成了她的导游，自然彼此留下很好的印象。马小姐回南洋后，他们通过几封信，信都很朴实，彼此介绍各自的学习与工作。

这次马小姐回青岛是来接她哥嫂一家去南洋，一是因为在那边她父亲拥有庞大的产业，需要哥哥一家的帮忙与继承，二也是为躲避国内的战乱。当然她此次来还有一个目的，就是希望说服杨建章与她一起去南洋发展。知道这个消息后，杨建章考虑了好几天，掂量再三，最终还是放弃了去南洋的打算。

那天，在秋日的夕阳下，杨建章和马小姐有了初恋第一次也是最后的吻别和拥抱，从此两人天各一方，再也没有联系和见过面。多少年后，每当杨建章想起这段感情，都显得非常惆怅。

杨建章没有白白留下，几年后，为躲避家乡的运动，杨建章把他母亲和弟妹们接出大山，与他父亲杨汉和告别时，当时已身患重病的杨汉和对他说："谢谢你，儿子，谢谢你把你妈妈和弟妹们带出大山，仅这一点，我和你爷爷当年培养你，送你出去读书就对了！"

到了1948年，随着国军的败退，青岛形势越发紧张，国民党特务活动也越来越猖獗，他们威胁资方人员及家属，胁迫他们要么把厂迁往南方，要么拆掉或炸毁。青岛城区越来越混乱，昼夜不时传来枪声和警笛声。

青岛中纺公司总经理范澄川是位传奇的爱国进步实业家，他与副经理王新元按照地下党组织的布置，配合默契。面对当前形势，各工厂工会提出了"工厂是工人的饭碗！""坚决反对破坏工厂！""坚决反对工厂南迁！"等口号。

中纺青岛分公司所属十三家工厂，不仅成立了工人武装护厂队，而且成立了护厂总指挥部，要求一旦一家工厂有难，其他工人武装护厂队必须迅速增援，并制定了组织规程、联络信号，还成立了救护、消防、接待各个应急部门，制作了厂旗、袖标。为了加强工人武装护厂队的实力，地下党组织还从解放区运来一批枪支弹药，把各厂工人护厂队真正武装起来。但总的来讲，护厂队主要武器仍以钢钎、铁棍、木棒等为主。

为声援工人护厂，声援爱国的资方人员，湖南旅青大垅校友会每次聚会的主要任务之一，就是捐款捐物，支援护厂队。对湖南旅青大垅校友会，同为湖南籍的地下党员王新元非常关心，时常出席他们的活动，给大家以各种鼓励。

这年冬季，青岛非常寒冷，常常伴有呼啸的大风。一天夜里，杨建章正在宿舍看书，突听厂区内枪声大作，一会儿电也停了，刚点上蜡烛，就响起了敲门声："杨技术员，快开门!"是刘思福熟悉的声音。杨建章赶紧开门，小刘一手提着短枪，一手搀扶着一位戴眼镜的陌生年轻人进来，年轻人负伤很重，鲜血染红了上衣，但意识似乎还清醒，他友好地朝杨建章笑了笑，感觉也是一位文化人。小刘和杨建章轻轻扶着受伤的年轻人在床上躺下，不一会儿年轻人就处于半昏迷状态。

杨建章急着对小刘说："看来你的朋友伤得不轻，得赶紧去医院抢救。"小刘谨慎地听着外面的动静，嘱咐杨建章："你帮我照看一下，我去找人，一会儿回来。"临走他又提醒："把蜡烛灭了，有人敲门千万别开，外面特务太多。"说完轻轻带门出去了。

小刘走后，杨建章赶紧吹灭蜡烛，把门用椅子顶上，做好了最坏打算。屋外还是脚步声不断，枪声不绝于耳，感觉战斗很激烈。半小时后，枪声终于渐渐远去，似乎转移去了厂外。不一会儿，又传来小刘急促的敲门声，杨建章打开门，发现除小刘外，还有还有厂医和另外几位护厂队员。大家把伤员抬上他们带来的单架，临走小刘使劲握了握杨建章的手，无言地表示感谢。

当时杨建章还不知道，小刘此时已经秘密加入了中国共产党，是一名中共地下党员。多少年后，小刘已是某纺织厂党委书记兼厂长时，他对父亲杨建章说："我当时真想发展你入党，可组织上考虑到你的家庭出身，没有批准。"已经步入晚年的杨建章听后，苦笑了笑："我那时还真没有你觉悟高。"

小刘他们走后，杨建章赶紧把地面血迹拖干净，并把床上沾有血迹的床单撤掉，扔进屋外的垃圾桶里。这一切处理好，他才返回房间休息。

睡到天蒙蒙亮的时候，杨建章又听见了"咣咣咣"的敲门声。他刚迷迷糊糊地把门打开，“咣”地脸上就挨了重重的一拳，一股热血伴着剧痛从鼻腔中流了出来。

门外几个黑衣大汉不由分说，就把杨建章反手绑了起来，接着又是一阵拳打脚踢，并在宿舍里乱翻，搜出了一些小刘送给他的进步书籍。“住手，不许打人！”屋外传来小刘的声音，还有拉枪栓的声音。

“妈的，想造反哪！”“砰！”有一个黑衣人冲了出去，朝天放了一枪。此时屋外更多的脚步声传来，显然特务们已被武装护厂队员们团团包围，屋里的特务们除了骂骂咧咧也没有别的办法，彼此就这么僵持着。

“你们谁是领头的？”不一会儿，屋外传来了王新元经理的声音。屋里一个黑衣胖子应称道：“老子是。”一边说一边提着短枪来到屋外，王新元经理与他在屋外空地上进行了单独谈判，两人声音不大。好一会儿，胖子才回到屋里，很不情愿地对他的手下说：“放人，撤退。”临走，黑衣胖子仿佛不解恨似的又狠狠地踹了杨建章一脚。

特务们一离开房间，王新元经理和刘思福他们就冲了进来，王新元经理见杨建章被打得浑身是血非常心疼，他拉着杨建章的手嘱咐小刘他们：“赶紧给杨技术员找一个安全的地方好好休养治疗。”

随后杨建章被安排到护厂队附近一个安全的房间休息，厂里每天安排一位护厂队员为杨建章提供保护。

几天后杨建章从小刘那里打听到，那晚负伤的是一位青岛地下党组织的负责人，他刚进厂就被特务盯上了，特务们冲进厂里抓人，工人护厂队与特务们展开了激战，最终在其他工厂工人护厂队的支援下，才把特务们赶走。没想到没抓到人的特务们不甘心，天刚刚亮又返回厂里寻找，据说他们是沿着血迹找到了杨建章的房间，好在工人护厂队和王新元厂长及时赶到。

而那位负伤的年轻地下党组织负责人，最终没抢救过来，牺牲了。听说那位年轻人牺牲了，杨建章也非常难过，因为那位戴眼镜的年轻人，年龄可能与他不相上下。

在解放前夕，青岛纺织系统在地下党领导下的护厂运动，涌现出许多可歌可泣的英雄事迹。在当时恶劣的环境下，能把青岛纺织系统的所有工厂，完好无损地交到党和人民手中，不能不说是青岛地下党组织创造了一个奇迹。这里面除了纺织厂工人阶级的奋斗和抗争外，也有纺织系统高层的配合，其中进步实业家中纺青岛分公司总经理范澄川，配合地下党护厂的故事就广为流传。范澄川总经理因护厂有功，解放后曾担任青岛纺织管理局副局长、中国纺织科学研究院副院长。

范澄川原为宋子文的亲信，1945 年秋天在宋子文的提议之下，国民政府成立了中国纺织建设公司，负责经营敌伪投降后的纺织工厂及附属产业，该公司在青岛、天津以及东北另设分公司，负责当地工厂的接收和经营事务。

日本投降不久，范澄川即出任中纺公司青岛分公司总经理一职，他们一行七十余人于 1946 年 1 月抵达青岛，接收了青岛的九家纺织工厂。除范澄川之外，同时抵达青岛的还有经董必武批准担任副经理的王新元、部门主管毕中杰、范澄川的秘书赵仲玉等同志，他们都是中共地下党员。

在此后的几年里，青纺公司内部的地下党组织，秘密发展壮大，宣传进步思想，甚至不定期召开座谈会。当时的座谈会常以聚餐的方式进行，内容主要是相互交换观点，传达陕北新华广播电台的最新消息和评论。

不过百密一疏，这些秘密活动还是被特务发现并举报给了南京，南京方面责成中纺总公司总部处理，青岛地下党组织面临的形势瞬间变得非常危险，特务情报中称：青纺公司内部共党分子活跃。所幸情报经总部转给了范澄川，范澄川并没有处理此事，而是把情报转交给了副经理王新元处理，为防止万一，从此以后座谈会改为地下党员个别秘密联络。

范澄川通过他独特的方式保护中共地下党员不止一次。1947 年，当时的青岛国民党警备司令部曾经给范澄川发出一封秘密电报，称在青纺公司发现一名共党分子，要求他查明事实，并报警备司令部。范澄川的答复是：其人确系共党，但早已离开公司了。

范澄川经理敢如此轻慢回复，跟他与国民党警备司令关系特殊有关，之前范澄川曾经帮助国民党警备司令贩卖过几批布料，并且拒绝了对方的酬谢。

到了1948年解放战争的战事进展顺利，国民党政府败兆显现，国民党特务将两万多公斤的烈性炸药偷偷运到了青岛，国民党政府这一行为的目的很明显，即是在败逃之际炸毁青岛所有工厂，破坏生产。

当时的范澄川总经理出于知识分子和实业家的满腔热情，想要保护好这些工厂，但自感力不从心，直到有一天，他发现在自家信箱出现了一份宣传革命，号召保卫工厂，保卫青岛各个棉纺厂，保卫人民财产的宣传单，宣传单上的口号竟与他的想法不谋而合。

其实范澄川经理的一举一动，早就在王新元领导的地下党组织的关注下，终于地下党组织认为争取范澄川的时机成熟了。几天后，跟随范澄川多年的漂亮女秘书赵仲玉主动来到他办公室，亮明自己的真实身份，希望范澄川与党和人民站在一起，保护好青岛纺织系统的所有工厂。多少年后范澄川回忆道：党的地下小组成员、秘书赵仲玉同志来与我联系，我当时又惊讶又激动。之前我收到的宣传品，正是她和另一位女党员郭美珍同志所缮写、油印、投放的。

范经理是一位孝子，走哪儿都只身带着母亲，来青岛工作也一样，了解这个情况后，中共地下党特意在重庆时就早早安排了两位女同志，作为他的秘书和助理，目的就是为了争取范澄川，可这一切他本人浑然不知。有了地下党员的鼓励和帮助，范澄川一个大胆的计划出炉，他想要借国民政府之手进行护厂，并得到了地下党组织的批准。

几天后，国民党青岛绥靖公署的主任大特务刘安琪约范澄川一起吃饭，推杯换盏间范澄川提出：战事混乱，工厂治安不稳，难免有暴徒趁机作乱，打算从每个工厂工人中挑选若干工人组成护厂队，与厂内原有的武装警卫人员一同护厂。刘安琪没有意识到这一招正是防止他们着手破坏，便点头表示赞成。

见刘安琪同意，范澄川当晚回到公司，紧急让秘书根据谈话做了份记录，第二天一早送到绥靖公署备案，从此青岛各纺织厂护厂运动公开大张旗鼓开展起来。

然而刘安琪不是傻子，几个月之后，他渐渐发现，这支护厂队训练程度非同一般，并不是冲着几个暴徒而去的，大有防范正规军之嫌，明白就里之后，他开始对范澄川猜疑并防范起来。一次刘安琪参加宴会，假借酒劲，公然说道："范澄川这小子就是个赤色分子，我早晚要把他扔到大海里去。"

但刘安琪毕竟忌惮范澄川的背景，终究不敢直接把范澄川抓起来法办，于是他开始试探，派人给范澄川送去机票，称战事动乱，要范澄川和老母赶紧去上海或者南方避难。范经理多次拒绝后，刘安琪疑心更重，并安排特务二十四小时监视范经理居所，并下令必要时可以随机处置。

危急关头，王新元领导的中共地下党组织向董必武和党中央报告，并建议：范澄川经理压力很大，处境困难，建议党中央可以通过我方广播电台对范澄川提出警告，指责他准备逃跑，以麻痹敌人。十天之后解放区新华广播电台播出了这样一则消息："青岛匪帮刘安琪等阴谋在逃窜前，炸毁青岛市工厂及市内各项建设，青岛中纺公司经理范澄川也和他们沆瀣一气……"当范澄川知道这是中共地下党的主意时，倍觉温暖。

第二天青岛绥靖公署给他打来电话问道："范老板，听到昨晚新华广播没有？作何感想啊？"范澄川当时在电话一端结结巴巴，使得绥靖公署认为他已被共军吓破了胆，便解除了对他的监视。

到了1949年，国民党政府军队江河日下，大势已去，青岛各棉纺厂的护厂工作更加繁重了。从现有的资料可以看出，各支护厂队之间号令分明，训练有素，颇有民兵的性质。《青岛第一印染厂防护团实施办法》中记载了一则警报明细，较为有趣，“大门（一班）连续两声短笛；北面（辽宁路围墙一带）两短声，中间一间隔；东面（三班）三短声，中间一间隔……”这种长短交错的笛声，既能表明敌人方向，又能说明事态严重程度，颇为科学。

到了1949年5月份，国民党官兵抢布的行为开始出现，其中一支溃败部队在中纺一厂一次就劫掠走四万余匹布，到5月28日忽然传来消息，称青岛当地的国民党军队不会撤退，将死守青岛市与共军决战。这可让地下党组织焦虑起来，原来情报说国民党军队2月将撤离青岛，现在已经推迟了三个多月，如果再推迟几个月，一些有共产党嫌疑的同志面临的处境将更加危险，地下党组织认为虽然各厂戒备森严，但此举终有些守株待兔，唯有知道国民党军队准备何时撤退，才能从容应付。地下党组织决定，一定要摸清楚敌人撤退的具体日期。经过策划，决定委派范澄川亲自跟青岛军统特务头子陈孝祖见面，探探口风。

这次谈话约在青岛莱芜路一家当时有名的高档咖啡厅进行，约谈前范澄川和地下党组都做了充分的准备，以防不测。因为范澄川有一段时间没有与特务们见面，他也摸不准现在特务们对他的看法。

在咖啡厅一个昏暗的包间中，靡靡之音和淡淡的咖啡味在四周弥漫，范澄川按约定准时到来，可军统特务头子陈孝祖却迟迟没有露面，一个小时后还是没有露面，范澄川心里没底，他从咖啡厅打电话问秘书赵仲玉是否要继续等下去。赵仲玉告诉他，据情报，陈孝祖半小时以前已经带着他的女秘书离开住所，让他继续等。

果然十几分钟后，包间帘子被揭开，先是进来两位便衣，几分钟后陈孝祖搂着一位妖艳的女人走了进来，范澄川赶紧张罗着沏茶，冲咖啡。

陈孝祖知道范澄川此次急于求见，一定有求于他，他让妖艳女人坐在他的身边，顺手把一把已经上膛的手枪放在桌上，他这是要镇镇范澄川。范澄川赶紧给女人递过去一沓钞票，那女人也不客气，拿起来就数。陈孝祖缓缓坐定后，就自顾自地喝起茶和咖啡来，他见范澄川没有开口，就问道："范老板，你这一阵躲哪里去了？"

范澄川给陈孝祖递去一支雪茄香烟，怯怯地回答："近期局势动乱，工厂里情况复杂，一直在各个工厂、车间走动。"

他满脸堆着讨好的笑，显得害怕而颤颤地用专用火机帮陈孝祖点上雪茄："你们都走了，可不能把我一个人留在这里，这会害死我的。"

陈孝祖满意地吸了一口，一只手放在女人的大腿上，而眼睛却眯缝地盯着范澄川观察："不至于如此吧，范老板，以你的能耐，不至于吧？"

见范澄川又凑过来，女特务娇嗔地把陈孝祖的手推开："讨厌。"

"你是不知，我处境有多危险！"范澄川趁机把一个大金锭塞到陈孝祖手中，陈孝祖掂了掂手中大金锭，示意女特务和便衣特务去屋外。

当屋里只剩下他们两人时，陈孝祖小声问范澄川："分给你们的炸药都安排好了吗？这可是南京方面老头子亲自督办的。"

范澄川点点头："我临走前肯定把工厂炸了，你们放心，否则今天我也不敢来见你。"

"那就好。"陈孝祖依然在掂金锭，看着范澄川怯怯的样子，陈孝祖把金锭往桌上一放，咬牙切齿地说道，"说实话，不是看在你和宋子文的面子，你那些护厂队，老子临走前全杀啰。"说完陈孝祖依然不解气，"妈的，护厂队竟敢伤我的弟兄，虽然你事后拿了大笔钱摆平，可那几个护厂队挑头的，老子早晚得收拾他们！"

"是，是，我回头把他们开除，任你处置。"范澄川一脸落魄害怕的神情。

陈孝祖忽然操起金锭和枪站起来，做出起身要走的样子。范澄川急了："这就走？那、那……我们什么时候再见面?"他一把抓住陈孝祖衣角，也霍地站了起来，声音发颤，"你们真不能把我丢下不管啊!"由于动作过大，把桌上的杯碗碰得叮当乱响。

见屋里有动静，女特务和两个便衣掀开帘子想进来，陈孝祖把金锭递给女特务，再次示意他们出去。

然后他回过身来，把范澄川按在座位上，俯下身小声对范澄川耳语道："四天为期，你要走来找我，来晚了，我可不负责你是否走得掉。"

这几句话使得范澄川焦虑的心情，瞬间得到缓解。与陈孝祖见面后，他立即通过秘书赵仲玉向党组织汇报：由此判断，国民党军队从青岛撤退应该就在四天之内。

5 月 31 日中国人民解放军攻克了城阳，大批溃败的国民党军队涌入青岛市内，那一晚青纺公司下属的九个纺织厂在地下党的组织下，实行灯火管制，工厂里一片寂静。

那晚在皎洁的月色下，武装护厂队员们守卫在各厂区制高点上，看着国民党军队和各种辎重沿着厂外公路过了整整一夜，护厂队员们想着青岛就要解放，个个内心无比激动，不知不觉东方发白了。

1949 年 6 月 2 日上午，解放军先头部队抵达了青岛郊外，当天下午，刚被任命的中共青岛市委组织部部长的宋子成在一队解放军的陪同下，来到纺织一厂见到了范澄川总经理和地下党员们，并紧紧握住了大家的手。

青岛解放以后，杨建章和他纺织系统同事们的工作和生活，也翻开了新的篇章。

七、迎接解放

青青子衿，
悠悠我心，
但为君故，
沉吟至今。

——曹操《短歌行》

1949 年 6 月 2 日青岛解放，同日青岛市军管会和人民政府成立，军管会任命刘特夫、钟植为驻中纺公司青岛分公司军代表，范澄川、王新元等仍留任正、副经理。

从 6 月中旬开始，中纺公司青岛分公司所属企业陆续复工，杨建章与当时青岛纺织业大多数工人阶级、知识分子、技术人员一样，满怀热情地投入到新中国建设和支援解放战争的生产中去。

那时车间里机器轰鸣，人人脸上挂着幸福的微笑，劳动积极性空前高涨。

1949 年 9 月 21 日至 30 日，中国人民政治协商会议第一届全体会议在北平举行。中国共产党及各民主党派、人民团体和无党派民主人士等代表（含候补代表）共六百六十二人参加了会议。在党中央的关怀下，中纺青岛分公司副经理王新元作为纺织工业代表出席了会议。

1949 年 10 月 1 日下午 3 时，中华人民共和国举行开国大典，毛泽东主席在北京天安门城楼上宣告："中华人民共和国中央人民政府成立了！"王新元作为第一届政治协商会议代表也出席了开国大典。

王新元临上北京前，曾召集中纺青岛分公司的工人代表，大部分湖南籍的同学们、各工厂的技术骨干开会，希望大家在纺织企业努力工作，为建设好新中国做出贡献，同时希望大家关心国家大事，与党和人民站在一起。

会后王新元招待大家吃饭，其间范澄川、王新元一一给大家敬酒，当来到杨建章他们的湖南籍同学之间，王新元如同师长，更是语重心长嘱咐他们："你们都年轻，又有技术，赶上了为国家贡献的好时代。"他还特意问了父亲最近身体情况如何。当得知父亲上次事件后，身体已经恢复健康，王新元显得非常高兴。

10 月 1 日那天，远在青岛的杨建章与湖南大垅同学会的同学们一起，早早聚集在一位留德工程师家的别墅中，在海滨草坪上围着他家的收音机收听了开国大典广播。留德工程师夫妇也特别热情，在别墅外的草坪上，又是烧烤又是咖啡又是啤酒地招待大家。多少年后，父亲回忆起当时的情景说：当时大家都很年轻，听完广播大家热血沸腾，自豪无比，不知谁提议，走，喝酒去，我们好好庆祝一下！于是大家一群人来到附近一个酒楼，借着酒性又是唱又是跳，欢庆到很晚才散去。

开国大典后王新元曾经短暂回到青岛，听说王新元副总要调到北京工作，父亲杨建章同中纺湖南籍的工程师、技术员们常常结伴去看望他，他的住所常常传出大家欢乐的笑声，在杨建章和大垅同学会的同学们眼里，王新元副总不仅是一位中共地下党的英雄，也是一位和蔼可亲、可以信赖的大哥。事实上从解放前开始，在青岛纺织业的筹建上，技术工程人员的引进、培养上，王新元确实付出了很多心血。说范澄川、王新元是青岛纺织业近代的奠基人之一也不为过。

这年 10 月 24 日，又一件喜事传到青岛纺织系统。中共地下党员把青岛纺织工业所有企业全面完整地保护下来，交到国家和人民手中，为此做出杰出贡献的中纺青岛分公司副经理王新元，被新成立的中央人民政府任命为中华人民共和国轻工业部副部长。

欢送大会上，大家依依不舍，不少人眼含热泪与王新元依依告别，当父亲来到王新元面前时，王新元握着父亲的手说："杨建章好好干，好好建设我们自己的国家！你和大垅工校每一位同学，都是我亲自挑选来的，这几年你工作、技术进步不小，你还年轻，好好干！"这一番话，父亲记了一辈子，晚年常与我们晚辈提起，当"文革"艰难中得知王新元副部长冤死狱中时，很少流泪的父亲竟抱头痛哭，这也是我们后代见到父亲当我们面流泪的仅有的一次，可见他与王新元副部长感情之深厚。

时间进入 1950 年，青岛纺织工业各厂生产热情高涨，大家以厂为家，互相攀比着开展劳动竞赛，提高生产产量，杨建章比以往都忙。

这年 5 月，在青岛纺织系统"红五月"劳动生产竞赛中，青岛国棉六厂细纱女工郝建秀脱颖而出，在"红五月"劳动生产竞赛中成绩突出，创造出"少出白花"工作方法，后被全国总工会正式命名"郝建秀工作法"，先在青岛纺织各工厂推广，后在全国纺织行业推广，大大提高了生产效率，提高了织布质量。

各纺织厂女工们都邀请郝建秀去讲课、指导，郝建秀无论走到哪儿，都常常被年轻的纺织女工们所包围。一次父亲去青岛国棉六厂解决技术问题，在湖南同学的带领下，特意来到郝建秀工位，看她的操作。此时她的工位上，已被几位外厂女工所包围。郝建秀高高的个子，身着纺织工服，脸蛋红扑扑，一双劳动的大手，在运转飞快的纺织机前，手法既轻巧又严谨，看得几位女工不得不佩服和鼓掌。

趁她休息间隙，杨建章和同学过去向她表示敬意，当介绍到自己时，郝建秀爽朗地笑了："原来被特务们打得浑身是血的机械一厂的杨技术员就是你，我们厂工人都听说过你。"听郝建秀这么一说，杨建章反而觉得不好意思起来。短暂的见面，郝建秀给父亲留下了深刻的印象，据父亲回忆，后来他还听过几次郝建秀的报告，但都只是作为观众，远远地关注着她。

在旧社会，纺织工人地位低，女工们更是没有社会地位。解放后，青岛纺织女工中出了这样一位佼佼者，一位劳动模范，广大青岛纺织女工格外自豪，把她看成是自己的骄傲。作为从青岛纺织工业走出来的中国工人阶级的优秀代表，郝建秀同志后来担任纺织工业部部长、党组书记。

1950 年 10 月，中国人民志愿军赴朝参战，拉开了抗美援朝战争的序幕。青岛纺织行业生产的布匹，作为战争前线急需物资，需要开足马力生产。纺织厂开足马力生产，纺织设备配件和维修量就大幅增加，纺织机械厂从厂区车间到办公室，整天灯火通明，杨建章和全厂工人们常常日夜加班，尽快抢修好一台设备，就能尽快为前线多生产一匹布。

杨建章一方面积极投入到生产中，一方面心情也变得越来越沉重。从家里的来信得知，湖南老家的土改正在如火如荼地进行，家里因拥有少量土地，被定为地主成分，农会没收了土地、农具，没收了家里值钱的东西，包括杨建章寄回家里父母没舍得用的布匹。祖屋也被没收了，分给了村里其他农户住，目前一家近十口人，挤在四面透风的柴棚居住。杨建章的父亲给他写信，希望他把母亲、兄弟姐妹们接出大山，去外面谋生……杨建章知道，父亲不会轻易向他提条件和要求，看来家里的日子确实越来越艰难。

湖南省湘乡县，春秋战国时期属楚国地界，秦朝时设长沙郡湘南县，清朝湘乡县属长沙府。1922 年湘乡县直属湖南省辖县，1986 年 9 月 12 日，国务院批准湘乡县改为湘乡市。

从 1950 年 6 月开始，全县组织土改队，下乡开展土改运动，其工作内容有：一、访贫问苦，以村为单位召开斗争会，由苦大仇深的贫雇农登台控诉，斗争地主阶级。二、整顿农村政权，保障贫雇农在乡村政权中的绝对领导。划分阶级成分。三、没收地主封建财产，包括土地、房屋、粮食、现金、耕牛、农具、家具等。四、民主协商分配果实，按人口把地主财产分给贫雇农。五、组织生产。

这天，工作组一名干部带着两位民兵来到柴棚前："杨汉和出来！去参加批斗会！"

杨建章弟弟杨建平扶着杨汉和出来，想陪父亲一起去参加批斗会。

"孩子不许去！"干部不同意。

杨建平不肯，杨汉和回头瞪了杨建平一眼："回去，照顾好你妈。"

从山上刚打柴回来的姐姐、妹妹，背着柴枝，怔怔地看着父亲，小脚母亲追出来，不停地给干部和民兵作揖："斗争可以，别打汉和，他身体不好，谢谢了！"

两个青年民兵低下了头，毕竟杨校长、杨先生曾是他们的启蒙老师，村里的孩子哪一个不是在杨校长的丰冲小学启蒙的？

批斗会现场在村里一块空地上，一个土坡相当于批斗台，干部们在土坡旁左边的长条凳上坐着，身后站着几名民兵。地主富农在土坡右边一字排开，低着头，个个哭丧着脸。贫雇农们拖家带口在台下有说有笑地坐着，见杨汉和过来，吴妈从人群中跑过来："杨先生，你脸色很不好，注意身体呀！"

杨汉和哼哼了两声，不知如何回答。

吴春旺跑过来，拉走了母亲："妈，你糊涂啊，怎么能跟阶级敌人说话！"

批斗会开始，干部喊一个人名字，其中一个地富分子就上土坡接受贫雇农批斗，当杨汉和上台时，吴春旺霍地从人群中站了起来，他挥舞着拳头吼道："我要控诉！"

"很好！"工作组的干部鼓励道，"到前面讲！"

吴春旺跑到土坡上，手指着杨汉和："他，就是一头披着羊皮的狼！"

台下一阵骚动。吴春旺高声控诉："无论酷暑严寒，杨汉和对我们家都残酷剥削，我母亲冬天给他们家洗衣服，手冻得通红。一次在井台边摔倒了，头都碰破了，鲜血直流，可第二天这个地主照样逼我母亲去干活儿。他们家有好几位少爷、小姐，从来就知道享受，为什么他们自己不干，要剥削我们雇农?！我们雇农干的是牛马活儿，吃的却是猪狗食……”

“打倒地主阶级!”干部带头呼起了口号。

“打倒地主!”台下群众应道。

“冤有头，债有主，我们贫雇农今天解放了，翻身当家做主人了，”吴春旺越说越激动，“就要好好清算杨汉和这个地主，让他永世不能翻身!”

说完飞起一脚朝杨汉和踢去，杨汉和一个趔趄扑在地上，嘴角顿时渗出了血。台下又是一阵骚动。

“春旺!”吴妈大声呵斥道，“不许打杨先生!”吴妈不顾一切地冲上去挥舞拳头要揍春旺，春旺先是一愣，见母亲确实愤怒地冲他而来，撒腿就跑，边跑还边喊：“打倒地主杨汉和!”

这次批斗会后，吴春旺因有文化，家庭出身好，立场又坚定，被吸收进了村委会和农会。

八、重回南方

飞云倚岫心常在，
明月沉潭影不流。
明月有情应识我，
年年相见在他乡。

——袁枚《随园诗话》

青岛解放后，原来的中共地下党组织和地下党员，公开成立了党组织，公开了党员身份，杨建章发现不少他的老领导、老同事，还有大垅同学会中的同乡、同学，在解放前就秘密加入了中国共产党，成为一名光荣的中共党员，有的为党的解放事业已做了很多工作。年轻的他，在大伙的感召下，一边积极努力工作，钻研技术，一边积极要求进步，向党组织靠拢。

1949 年 6 月 2 日青岛解放，1949 年 7 月 30 日中共中国纺织建设公司青岛分公司党委成立，随后各厂党组织公开成立，中共地下党员身份陆续公开。当青岛纺织机械厂党组织一成立，杨建章就向党组织递交了《入党申请书》，党组织特委托原中共地下党员刘思福同志找杨建章一对一谈话，鼓励他努力工作，要经得起党组织的考验。

可慢慢地杨建章发现，厂里陆陆续续有同事入党，而自己入党的事，却石沉大海。不久小刘同志又找到杨建章，杨建章急切问道："小刘同志，我入党的事，组织怎么考虑?"小刘沉默了一会儿，对杨建章说："考虑到你的家庭出身，可能组织上对你的考验时间会长点儿，你要有思想准备。"

"家庭出身?!"杨建章惊讶道，"这与我要求进步，要求入党有关系吗?"

小刘没有回答，只是默默地、使劲地点了点头。

这次谈话后，杨建章夜里失眠了，这是他第一次深深感受到"家庭出身"对自己生活、工作、要求进步的影响。不幸的是，随后几十年，"地主家庭出身""不好的家庭成分"还将深深地影响他及他的家庭。

多年后，杨建章才知道，为了他入党，小刘曾在支部会上为他力争，为此还受到其他党员的批评。直到晚年再次重逢，当小刘已是青岛某纺织厂厂长兼党委书记，杨建章仍是一位普通工程师时，小刘还为没有当成他的入党介绍人，向他表示歉意。父亲也豁达地向小刘同志表示："我家庭出身不好，而你还为我力争，险些影响你自己的前途，道歉的人应该是我。"

没能加入中国共产党，似乎是父亲一生的遗憾。当我参加工作时，中国已进入改革开放新时代，青年人升学、提干、入党已经不再唯成分论，记得父亲曾对我说："你们赶上了好时代，学好技术，努力工作，靠拢组织，争取入党。"后来我成为单位入党积极分子，当我告诉父亲时，他格外高兴，当晚特意让母亲多炒两个菜，说要全家庆祝一下。可惜我 1996 年入党的时候，父亲已于 1995 年去世，不然他一定会非常高兴。

解放后，随着国内战争陆续结束，邮路得以保障，杨建章几乎每月都能收到家乡的来信。1950 年后，杨汉和给杨建章的来信开始吐露出农村家庭生活的困难，希望他想办法把母亲、和兄弟姐妹们带出大山生活。再后来，信越来越短，只是问候，只字不提家庭困难。

杨建章知道自己的父亲，一定是家里越来越艰难了。因而他也有了离开青岛回南方的打算，希望能离家近些，好帮帮家里。

转眼到了 1952 年，可歌可泣的新中国立国之战"抗美援朝"

进入了第二阶段，新中国的建设也在轰轰烈烈地展开。青岛作为现代纺织工业的基地，当时聚集着大量各类技术人才和技术干部，因各地建设需要，从青岛抽调技术干部已成常态。杨建章的不少老领导、老同事，包括湖南大垅同学会的同学、老乡已陆续离开了青岛，奔赴祖国的四面八方。

1952 年第二工业机械部成立，为发展新中国自己的航空工业，早在建国之初的 1951 年 4 月，中央军委就批准成立航空工业管理委员会，同年国务院批准成立航空工业局，归口航空工业管理委员会管理。从 1952 年开始，中国航空工业局与二机部一起在全国抽调技术干部，支援核工业和航空工业建设。

1952 年 5 月的一天，杨建章正在纺织机械厂车间忙碌，厂组织人事科电话打到车间，让他去一趟。十分钟后，杨建章匆匆赶到厂部所在的二层旧式砖瓦小楼，一楼最右边是人事科。人事科长是位军代表，他热情地招呼杨建章坐下："来来，小杨，坐坐，我们刚接到纺织局人事处电话，你已被抽调去国家航空工业系统工作。"

"是吗?"杨建章有些吃惊，毕竟太突然，"厂里还有谁?"

"我们厂就你一位。"人事科长说，"这是好事啊！航空系统工资待遇、福利，各方面都比我们纺织系统高。你是部里点招的，他们要求去航空系统工作的技术干部年轻，技术水平出色，政治上可靠。不是顾全大局，像你这种人我们厂是舍不得放走的。"

"我家庭出身不好，能干航空工业吗?"杨建章问道。

"放心，你肯定是通过部里干部政治审查了!"人事科长拍拍杨建章肩膀，"你的档案上月就被部里调去审查了。而且厂党组对你解放前后的表现予以了充分肯定。"

人事科长接着说："但时间很紧，你只有三天时间在厂里办理交接，处理个人事情，三天后你必须去北京报到，由北京重新分配你的工作。"

三天时间！从人事科出来，杨建章马不停蹄地与青岛的同乡、同学、同事们告别，把技术资料和工作移交厂里其他技术员、工程师，宿舍的衣服、棉被也送给了工友，自己只携带一个皮箱，里面有两套心爱的西服和一些珍藏的照片、书、信。第三天杨建章拿着人事科开的介绍信、订的车票，在厂门口与前来送行的老乡、同学们依依不舍地告别。

刘思福赶了过来，他执意要送杨建章去车站。拗不过他，杨建章只好同意。

一路上，小刘为入党之事再次表示歉意："支部对你的表现非常肯定，希望新单位党组织会重视你。"杨建章宽慰他："你已尽力，组织上肯定有自己的考虑，到新单位我还会继续努力。"杨建章又嘱咐他："你根正苗红，入党又早，今后应尽量多读些书，在技术上下些功夫，以后是你们的天下。"

多少年后父亲回忆，当时进京没什么特别的兴奋。倒是告别那么多朝夕相处的同乡、同学和同事，说走就走，感觉有种莫名的伤感。

1952 年的北京，还保留有许许多多的故都遗存，虽然在拆，但大部分的城墙、城门楼依然还在，街道大都是土路，不宽，不少街道上还立着古时的牌楼，出行还主要靠人力车。路上汽车很少，公共汽车少而且很慢，大都烧的是劈柴。但人们精神面貌很好，个个彬彬有礼，新中国的首都一派百废待兴而又欣欣向荣的景象。

按照通知，杨建章找到二机部人事处，接待他的是一位穿军装的中年女干部，态度和蔼可亲，在详细询问了他的学习、工作、家庭情况后，对杨建章说："目前部里、地方都需要技术干部，我希望听听你自己的意见，是愿留在部里，还是希望去地方工作？"

"我希望去南方工作，离家近点儿，父母年纪大了，弟妹们又小，这样照顾他们方便些。"杨建章诚恳地道出了自己的想法。

女干部点点头："你是湖南省人，江西省南昌市正要建一个飞机生产基地，他们也急需技术干部，你去那儿吧。"

女干部接着说："但你的调令要三天后才能拿到，先安排你在招待所住下，如果你中间想改变主意，可直接来找我。"杨建章点头同意。

走出二机部人事处，杨建章回头打量一下，这只是一栋不起眼的小楼，有点儿像青岛厂部的办公楼，门口也没警卫，无须登记，各种军人、干部、学生模样的人出出进进，犹如现在最基层的政府办公地点。里面各处室门上要么有个木牌写着处室名称，要么干脆贴张纸，用毛笔写着"××处""××科"，里面的家具大多老旧，门口放着一排立式暖水壶，给客人倒水也是用部队里的旧搪瓷杯。干部大都着旧军装，态度非常和蔼，给前来办事的人员以宾至如归的感觉。

到招待所放下行李，杨建章去街上找书店买了本地图，找到了江西南昌的位置，果然湖南、江西为邻省，又处长江以南。

"好地方，好地方。"杨建章在心里叹道，当即便下定了去江西工作的决心。

其实许多年后，父亲表示过后悔，他曾感叹自己太年轻，不会选择。当时他不知道江西不仅在人文、经济上均落后于青岛、湖南很多，而且在观念上、企业管理水平上也比青岛、湖南差。

当杨建章下定决心后，便找到一所邮局，给家里写了一封信，告诉父母自己要回南方工作了。

信发出后，杨建章开始去逐个拜见已调到北京工作的青岛老领导、老同事，他们包括已经调到纺织工业部工作的陶叔元、黄镇、曾达人，调到北京纺织系统工作的宋楚平、胡景邻、王厚刚等。

老朋友见面分外高兴，听说杨建章要调到南方航空系统去工作，黄镇说："一定要组个局，大家趁机聚一聚，同时欢送欢送杨建章兄弟。"其实这次来北京，杨建章最想见的人是王新元副部长，不过他没有对同事们说，因为他听说王新元副部长非常忙。

欢聚的地点定在前门全聚德，晚上大家陆陆续续从四面八方赶来。大家欢聚一堂，仿佛又回到了在青岛工作时的青春岁月。大家都说还是老习惯 AA 制吧，而黄镇却坚持说："还是按照青岛的老习惯，谁召集谁做东。"同时黄镇神秘地告诉大家："今天晚上还有一位神秘的贵宾要来，先暂时保密。"

杨建章提议："既然有贵宾要来，大家到齐了以后再开吃吧。"可黄镇又拒绝了："不行不行，贵宾说要晚点儿来，让大家先吃先喝。"既然不让等，大家就遵照黄镇的吩咐开始吃喝聊起天来，风华正茂的年轻人聚到一起，气氛一会儿就热烈起来，渐渐地大家把贵宾之事也忘了。

眼看聚餐就要结束，餐厅的门突然被推开了。黄镇第一个站起来鼓掌，一群年轻人"哇"了一声，全兴奋得站了起来，原来是老领导王新元副部长来看望大家了，黄镇说的神秘贵宾就是王新元副部长。

杨建章是其中最激动的一个人，他上前紧紧握住王新元副部长的手，一时激动得说不出话。看得出王新元副部长看见大家非常高兴，他一直拍着杨建章的肩膀。

没想到这次见面，是父亲最后一次见到王新元副部长，没有再去拜见王新元副部长成为父亲终身的遗憾。

三天后，杨建章从女干部手里接过了调令，调令上写着："派遣杨建章同志去江西省南昌市 320 厂工作。"

320 厂是代号，还有一个名称叫"南昌洪都机械厂"，1951 年 4 月 17 日新中国的航空工业管理局成立，成立伊始即着手在全国布置成立飞机制造厂，其中包括位于江西南昌的飞机维修、制造基地。

南昌洪都机械厂也就是今天的南昌飞机制造公司，是一个传奇的企业，建厂追溯起来可能要到 1935 年。1935 年 1 月 21 日，民国政府财政部部长孔祥熙代表中华民国国民政府军事委员会，与意大利工程师阿坎波勒代表的意大利公司，签订了在中国成立一家意式飞机制造厂的合同，并将地点设在江西省南昌市，公司全名为航空委员会下属的"南昌中央飞机制造厂"，简称"中意飞机厂”。

1937 年，抗日战争全面爆发，驻南昌的意大利员工纷纷回国，工厂开始疏散机器设备。这年 8 月，日机来犯，炸毁了厂房和还没来得及疏散的物资。

1938 年初，国民政府决定将几个中外合办的飞机制造厂和其他军事航空工厂整合重建。原“南昌中央飞机制造厂”从南昌撤退，人员和设备大多由鄱阳湖乘木船到九江，再沿长江逆水经武汉、经三峡历经艰难蜀道，到 1939 年上半年，人员设备才陆续撤到重庆，转至南川县建设厂房。

重庆市万盛区丛林镇西南两公里的山岭中，有一个由石灰岩层、钟乳石形成的天然大溶洞，名叫“海孔洞”。该溶洞四周林木环绕，地形隐蔽，高数十米，宽十八米，纵深二百一十米，可容纳上万人。海孔洞就是搬迁至重庆的原南昌中央飞机制造厂，改名为“国民政府航空委员会第二飞机制造厂”（通常称“南川飞机厂”，或简称“第二飞机制造厂”，当时的第一飞机制造厂在昆明，第三飞机制造厂在成都）。

海孔洞外还修了一些房子，外墙全部刷黑，洞口山上种了大量的青冈树，从空中根本看不出有洞。洞内设有机工、钳工、白铁、机身、机翼、电镀等车间，洞外建有铸锻、油缝、修配、木工、修理等车间，洞外车间全部用松枝覆盖。为保证安全，还派了一个营在此驻扎，洞口的坝子上架有机枪，山顶设有岗哨，除飞机厂的员工外，任何人不准靠近洞口。

为轰炸飞机厂，日本轰炸机经常低飞盘旋，在全面抗日战争的八年里，日军获得国民政府在南川县建有飞机制造厂的情报，先后多次派飞机轰炸，但由于工厂隐蔽防护好，未能找到目标。后日军判断工厂设在县城，在距工厂 20 公里的南川县城投下大量炸弹，并在中国上海和日本的报纸上扬言：日军已将第二飞机制造厂夷为平地。实际上日军始终未发现工厂。

1943 年，我国著名飞机设计师陆孝彭（后长期在洪都公司任职，为强 5 等多型飞机总设计师）被分配到位于南川的第二飞机制造厂任设计员。1944 年 11 月，作为中国空军第四批出国实习生，另一著名飞机设计师徐舜寿与陆孝彭一同赴美。1946 年秋徐舜寿回国，到南川飞机厂工作。

抗战时期南川第二飞机制造厂人才汇集，尽管工作非常艰苦，然而，日机的封锁、轰炸，挡不住年轻人航空创业的热情，和陆孝彭工程师一起工作的，不少都是后方院校的毕业生，有航空、机械、土木、机电、化工等各方面的工程技术人员。大家学术钻研气氛很浓，工作绝无迟到早退的现象。

在飞机设计阶段，工作场地每天非常安静，大家伏在几十张意大利造的绘图台上，只能听到手摇计算机“嗞嗞”“嚓嚓”的响声，间或伴随着英文打字声……

在抗战极困难的条件下，第二飞机制造厂利用现有技术水平和制造能力，利用库存器材，在没有参考样机的情况下，发挥中国技术人员的聪明才智，竟然在短短两年内就试造成功了“中运一号”运输机，这不能不说是中国飞机制造史上的奇迹。

1947 年，第二飞机制造厂奉令迁回江西省南昌市。1948 年 12 月，全国解放前夕，国民党将第二飞机制造厂重要物资、人员迁往台湾，但仍然留下不少爱国知识分子和熟练工人。

1951 年 4 月新中国的航空工业诞生了。六天后，刚刚成立的中国航空工业管理局正式通知南京 22 厂迁往南昌市，在中意飞机厂旧址上新建现在的南昌飞机制造厂，也就是当时的南昌洪都机械厂，代号 320 厂。

从 1951 年 4 月 23 日这一天开始，一个充满传奇的航空企业，翻开了新中国航空工业的新篇章。解放后直到改革开放，南昌洪都机械厂在南昌，乃至全省都属于首屈一指的国营大厂，那里的几万干部、工人包括家属都有一种自豪感，家属生活区内应有尽有，俨然是一座城中之城。

1952 年 5 月，一声汽笛，杨建章怀揣部里的调令，兴奋地乘上了南下的火车，开启了他的一段新的人生历程。

九、榕山王场

我翻遍十万大山，
不为修来世，
只为路上能与你相遇。

——仓央嘉措

展开中国地图，我们会发现长江流域滋养了中国从西部，至南部，至东部大片的土地。如果我们沿着长江从上海的入海口逆流而上，经南京、武汉、重庆，刚刚进入四川时，长江在这里拐了一个U形，而四川省泸州市合江县城，就坐落在这个U形岸边，再逆流而上就是宜宾，过了宜宾再逆流而上，长江被称为金沙江，再往上一直进入青藏高原，进入青海省，进入长江的源头通天河、沱沱河，这里是终年积雪的唐古拉山，环绕着许许多多海拔六千多米的雪山。

合江位于四川盆地南缘，川黔渝接合部。县城东北与永川、江津接壤，距重庆市区一百七十公里；南与贵州赤水、习水毗邻，娄山山脉纵贯其间，全县地貌浅丘、深丘占二分之一，中低山区占二分之一，既是鱼米之乡，也是风景绮丽的旅游胜地。

合江县是长江上游置县最早的县城之一，汉武帝建元六年（前135年）汉王朝为震慑南夷诸国，任唐蒙为中郎将，征发巴蜀士兵千人，加上粮食、珠宝等辎重万余人，从赤水河口符关（今合江南关）出发，沿赤水河上行，直达夜郎。唐蒙会见夜郎侯多同时，赐予财宝，并谕以威德，劝其归附大汉，还相约在此设置官吏，让多同之子为县令。夜郎周围小国见状也纷纷归附汉朝。汉武帝为安抚夜郎国，采取“分巴割蜀”之举，与夜郎诸国一起，置犍为郡。西汉元鼎二年（前115年）置符县，即今合江县城。

这里既有涛声不息的长江水道，也有马蹄啸啸的漫长古道，这里千百年来汇聚了中原文化和巴蜀、黔、滇文化，形成厚重的底蕴和独特的气质。

离合江县城九公里，在长江南岸，有一个地方叫榕山镇，又称“王场”，据传该镇始建于宋代。

时间回到1927年9月29日（农历九月初四），这天艳阳高照，榕山镇中间那条可以通向长江码头的石板路上人流络绎不绝，在石板路旁有一户人家，看青瓦白墙的院落和瓦房，应该是镇中较殷实的家庭。院门朝着石板路，院子里面挺大，有果树有花草，井井有条，一看便知这家主人很是勤劳。

院中天井太师椅上坐着一位衣着长衫，长相较帅气的男人，面前小方桌上放着茶壶、茶杯，看这桌椅茶具，便知这户人家的讲究。此时他一边抽着旱烟，一边不时朝屋里瞄几眼，似乎在盼望着什么发生。突然屋里传来阵阵婴儿的啼哭声，有女人高喊：“生了！生了！”男人赶紧立起身，大声朝屋里问：“男娃女娃？”

除了婴儿的啼哭声，没有人回答他。

他等不及跑进屋子，不一会儿又快步冲了出来，嘴里嘟囔着：“又是女娃，又是女娃……”

接生婆急急在后面追着喊道：“冯公子，冯公子！”

可男人头也不回，甩了院门径直朝镇上一个茶馆走去，接生婆无奈地甩着手又回到屋里。

这个婴儿就是我的母亲，在她出生前，前面已有两个姐姐。这个叫冯公子的男人叫冯可均，是我的外公，榕山镇一富家子弟。我的外婆李良，年轻时聪慧、漂亮、能干，但文化不高，出身贫寒。

此时外婆正无力地躺在床上，当她得知生下的又是一个女孩时，不禁流下了两行热泪，她太爱自己的丈夫和家庭，太想为冯家生个儿子。

“多好的孩子，眉目清秀，一看就聪明，虽然是个女娃。”当接生婆把包好的婴儿送到李良面前时，她含着眼泪笑了，并把孩子紧紧搂住。

母亲出生后好几天，冯公子才喝得醉醺醺地回家看了一眼孩子，李良希望丈夫留下，一同照看孩子，可冯公子没待半天又走了，留下空空荡荡的屋子和母女二人。李良是旧时小脚女人，生孩子后身体又虚弱，没奶喂养孩子，看着饿得直哭的孩子，生产第二天，她只得挣扎着下床，熬些米汤喂给孩子喝。

就这样，母亲在东家一口米汤、西家一口面糊中，渐渐顽强长大，也因营养不良，母亲从小就瘦弱多病。

母亲出生后第三年，母亲的妹妹出生，外公冯可均见又是一个女娃，更加不高兴，在母亲和妹妹出生后不久，便借口没有儿子，将外婆和家中四个女儿遗弃，在外面另娶了一个二房。不知是无脸面对外婆李良还是四个孩子，外公从此再没有踏入这个家门。虽说二房为冯公子终于生了一个儿子，但最后守着儿子生活的外公结局很是悲惨，这是后话。

其实母亲还是很思念自己的父亲，在她的晚年常常对我们孩子说：“女孩有什么不好？父亲如果与我们一起生活有多好，我母亲也不会那么辛苦劳累，我们四个女孩又聪明，又能干，一定会好好报答他。即使后来在外有了儿子，但生活那么艰难，也可以回来找我们，我们姐妹和母亲是多么善良的人，一定会接纳他们，全家团圆一起生活，总比在外面死撑着强啊。”这，外公的在天之灵是否能感知呢？

外公出走后，家庭生活没了来源，外婆李良带着四个女儿，守着几间冯家祖屋，一点点，一件件，把家中值钱的东西都变卖了。为了生活，外婆起早摸黑为别人洗衣服、纺布、做针线、刺绣……外婆年轻时就是当地远近闻名的刺绣巧人，记得多年后每当母亲为我们孩子做针线活儿时，都会唠叨：“你们外婆那个针线、绣花才做得好呢，在我们那儿特别有名。”

外婆还有一个“伟大壮举”，在那种艰难困苦中，她仍然坚持让她的四个女儿接受现代教育，从小学到中学都没落下，这在旧中国，在那么重男轻女的氛围中，别说这种家庭，即使在较富裕的家庭，也未必能做得到。外公出走后，善良的外婆总是自责，她认为丈夫不喜爱自己，与自己是旧时代女人，是小脚，没文化有关，她不想让自己的女儿重蹈自己的覆辙，她希望自己的女儿将来比自己幸福。

穷苦人家的孩子早当家也早懂事，母亲从懂事起就知道分担家务。每天在榕山镇的石板路上，总能看到一个扎着两个小辫的瘦弱女孩，提着小篮子去镇外菜地里捡菜叶。开始镇子外的菜农没太在意这个小姑娘，来得多了，一次一位上了年纪的菜农问母亲：“小姑娘，每天捡这些烂菜叶给谁吃呀?”母亲一昂头：“自己吃呀。我们家里穷，妈妈说饭里多拌些菜叶，大家能吃饱点儿。”菜农爱怜地看着母亲，赶紧从刚收割的圆白菜中拿出一棵放到母亲的篮子里。

母亲回到家，择菜、洗菜，待傍晚姐姐们放学，外婆拖着疲惫的身子带着妹妹回来。外婆会在母亲捡的菜叶中撒些米，或者拌些面粉，一锅煮开，这菜糊就是全家的晚餐。

一次不知哪儿蹿出一条大狗，朝捡菜的母亲边吠边追了过来，吓得母亲大哭狂跑，一不小心，摔在石板路上，篮子和菜叶撒了一地，鼻子和脸也磕出了血。路边一家店铺的伙计见状，赶紧出来把狼狗赶走，并牵着母亲的小手把她送回了家。外婆看着满脸是血的母亲没有责备，只是一边揩着母亲脸上的血迹，一边抚摸着她的头，一边默默流着泪。

母亲九岁那年，一天外婆把母亲拉到身边，说：“孩子，你不用每天去捡菜叶了，你该去读书了。本来去年就应该送你去，已经晚了一年。”

“我不想去上学，我想去工作挣钱。”母亲看着外婆，天真地说。

“傻孩子，哪有不读书、不识字的？”外婆爱怜地看着母亲，“你看你两位姐姐不是都在读书吗？”

“不，我不上学，我要跟你一起，带妹妹一起去工作。”

“小孩要听话。”外婆故意拉长脸，显出不高兴，“学一定要上，我还让算命先生给你取了个好名字。”

听说自己有名字了，母亲露出了笑容：“我有名字了？叫什么？”

“叫冯琍。”外婆抓起母亲的小手，用自己的手指，在母亲小手心中画着，“两点一个马，冯，一个王字旁，加一个胜利的利，冯琍。”也许是因为母亲出生的榕山镇，又叫王场，所以采用了这个带王字旁的“琍”，从此这个名字伴随母亲终身。

当时的榕山镇就一所小学，叫“榕山镇小学”，母亲的启蒙就在这所小学。四川省合江县榕山镇小学位于长江出川第一镇，始建于 1926 年，占地约十亩，后更名为“合江县第九高级小学”。解放后，榕山镇设区政府为榕山区公所，合江县第九高级小学更名为“榕山区中心小学”。

十、苦难童年

丝丝杨柳风，
点点梨花雨。
雨随花瓣落，
风逐柳条疏。

——刘庭信《一枝花》

冯琍要上学了，开学第一天，外婆早早起来，为她熬了一碗粥，破例给了她一个煮红薯，并亲自叮嘱她要换上干净衣服。冯琍打出生那天起，就没有穿过新衣服，她的衣服大都捡两个姐姐剩下的，鞋也是，所以她脚上的布鞋总是又旧又不合脚，为此也没少摔跤。外婆一边帮她换衣服一边叮嘱她："以后读书了，就是学生了，衣服破点儿旧点儿没关系，一定要干净。"外婆递给她一个蓝色印染花布做的小包，那是外婆前几天夜里缝出来的，里面有砚台、墨条、毛笔，还有一小卷毛边纸，这就是书包。外婆继续叮嘱："不干净，不讲究，先生、同学们会瞧不起，记住了吗?"冯琍听话地直点头。

二姐冯玲今天不上学，正好在家带妹妹，外婆便要亲自送冯琍上学。外婆是小脚，行走不便，冯琍搀扶着她，二姐和妹妹在门口欢送并一齐嚷嚷："冯琍同学，冯琍小同学，回头让我们看看呀!"冯琍只好回头朝她们笑笑，想着从今天开始要读书学习了，确实满心欢喜。

二姐冯玲比冯琍大六岁，此时已同大姐开始读中学。冯玲从小聪明伶俐，人也漂亮，据说外婆希望她的女儿中有两位伶俐的，所以一个叫玲，一个叫琍。冯玲也是冯琍的启蒙老师，她在学校学会的儿歌、舞蹈，回来就教冯琍，学习上也会给冯琍帮助和指导。据母亲后来告诉我们，她的一手毛笔书法，也是二姐的真传，母亲的毛笔字开始写得并不怎么好，二姐见后常常拉着母亲来到屋檐青石板前，用毛笔蘸着井水练字，并一笔一画纠正她，几年练下来，姐妹中就她两人写得一手漂亮的行楷。四姐妹中，冯琍与二姐感情最深，可惜的是二姐去世太早。

六十年后，母亲已是近七十岁的老人，常常因糖尿病晚期在江西省武警总医院住院治疗，一次为感谢医生护士对她的关照，出院前她让我们孩子带张红纸和笔墨来，说要写张感谢信。出院当天，她把红纸铺在病床上，躬着身，悬着臂，二百多字的感谢信一挥而就，那漂亮的毛笔行楷，引来病人、家属、武警干部、战士、医生、护士的围观和啧啧称赞。

榕山镇小学在镇外一片空地上，四周没有繁华的石板路和店铺，但校门口的土路是四邻八村进镇的必经之路，人来人往也还热闹。校门口不远处有个用竹竿和破毡布支起的简陋棚子，不知什么时候起里面住着一位满脸胡茬的老人，棚子前土路边支有一个简易烤炉，老人以卖烤红薯为生。上学第一天外婆与冯琍去学校路过棚子时，老人从棚里急急出来，给外婆鞠躬行礼：“冯太太。”

外婆也回礼道：“洪先生。”显然他们认识。外婆给冯琍介绍：“这是洪先生，一位好人。”

老人又朝冯琍行礼：“冯小姐。”母亲懂事地赶紧向老人鞠躬：“洪爷爷好。”

告别老人，外婆一边摇头，一边叹息：“洪先生是位好人，可命不好。”

那个年代，能送孩子来学校读书识字的，都是当地较殷实的家庭，中午带来的午饭也不会太次，至少能吃饱。而外婆能给予冯琍每天的食物只有一张薄薄的大饼，每当中午吃饭时，冯琍总是一个人躲在教室一角，一是为了避开同学的眼光，另一方面也是避开饭菜香味的诱惑。小孩子正值发育期，营养不良常常使冯琍快放学和回家的路上头晕眼花，有时学习也没法集中注意力。她常常闻着同学带来的烤红薯香味想：如果妈妈每天能给我也增加一个烤红薯就好了！

这天放学回家，饿得发慌的冯琍推开房门，见桌上真有一个烤红薯，她跑过去抓起来就咬了一口。“冯琍，快放下。”外婆听见响声急急进来，“这红薯是给你妹妹治病用的。”外婆指指墙角的一小袋红薯，抚摸着冯琍的头，和蔼地说：“乖孩子，幺妹出生后体弱多病，最近咳嗽好长时间没好，镇上郎中说，要多吃烤红薯，我用几天的工钱才换来这么一小袋红薯。妈知道你饿，一会儿就吃晚饭了。”冯琍懂事地点点头，把红薯放下，委屈地跑到院子里抹了抹眼泪，自己躲到一旁去看书，从此再没碰过给妹妹治病用的红薯。

合江县地处四川南部边缘，湿度大，雨水多，特别初夏季节，天气说变就变，刚才还阳光灿烂，一会儿又倾盆大雨。这天快下课，天又阴沉了下来，老师赶紧收拾东西提早下课，同学们也蜂拥着跑出学校，朝各家奔去。冯琍也想早点儿回家，跟着同学一起跑起来，可没跑多远，眼一黑，扑通一声扑倒在了泥地里。

不知过了多久，听见耳边有人呼唤：“冯小姐，冯小姐……”不是妈妈，是一个陌生人的声音。冯琍挣扎着睁开眼睛，自己躺在学校边的棚子里，身下垫着几把干稻草，棚子外面正哗哗下着大雨。刚才喊自己的正是学校边卖红薯的洪爷爷。

见冯琍醒了，洪爷爷微笑着递给她一个烤红薯，不凉不热。“你一定饿了。”洪爷爷说道，“吃吧，孩子。”确实饿了，冯琍大口地吃起来。见冯琍好点儿了，洪爷爷叹了口气：“嗐，你妈撑这个家也真不容易啊，还要供你们读书。将来你们长大了，应该好好报答她才是。”冯琍懂事地点着头，老人接着说：“你妈年轻时，可是一位美人，又漂亮，又能干……”这是冯琍第一次从外人口里，知道了自己母亲年轻时的点点滴滴。

回到家后，冯琍把发生的一切告诉了外婆，外婆摸出几个铜板，要她上学时转交给洪先生。可洪先生不肯收下，没办法，冯琍又把钱退还给外婆，外婆只好说：“哪天我去见见他，当面致谢。”

夏去冬来，春节又临近了。那个年代当地一些富裕人家春节时兴办堂戏，就是请一些小戏班子，轮流在各家表演，唱的大多是川剧。自从外公出走后，冯家亲戚就与外婆家断绝了来往，好在外婆这边还有几家亲戚较殷实，外婆有时困难得揭不开锅时，也会厚着脸皮找亲戚们帮衬，有的家还行，也有的给脸色看，说话难听得很。

川渝出美女，外婆有个远亲表妹，冯琍称她表姨或姨娘，不仅有一副好嗓子，姿色也上乘，嫁给了一位国军军官，据说是位师长，军人常年在外，可她不愿随军吃苦，常年在家待着，习唱读书，悠闲而自在。她特别崇拜外婆的刺绣、针线，更崇拜外婆腌制的各种泡菜。自然她对外婆家也是慷慨帮衬最大的，可惜的是 1949 年解放军进军大西北时，她那师长军人特意回来接上她和已经五六岁的儿子（也是独子），仓皇朝云南逃窜，不幸军车翻下大山，夫妻二人当场遇难，所幸儿子只是手臂骨折，保住了性命。据说翻车时她舍命护着儿子，临死前她说出了已经搬到成都的外婆家地址，并把孩子托付给师长的一位副官转交给外婆。这是后话。

春节家家办堂会，自然少不了她家，春节前她早早给外婆捎来口信，大年初一至初三，去她家大宅院子里住上三天，管吃管喝，还有堂会看。可外婆自从外公出走后，不太愿意凑亲戚们的热闹，她打算派大姐、二姐代表全家去，自己和冯琍、妹妹留在家里守岁。

这时的大姐、二姐也已是少女，有了几分姿色，家里也时常有男生借故前来拜访。大年三十到了，二姐改变了主意，要去同学家守岁，这下外婆犯了难，她不放心大姐一人三十晚上走夜路，她想了又想，把冯琍叫来："你陪大姐去表姨家看堂会，但不能在表姨家耽搁太久，你要赶回来，家里只有我和你妹妹。"

冯琍不太乐意："我也是女孩，我一人回来也怕。"

外婆佯装生气："你远看像个小男孩，歹人不会伤害你。"确实，冯琍终日顶个短发，身上的衣服破旧，颜色又深，好多不认识的都以为她是个小男孩。其实外婆心里也难受，只是在大姐和冯琍二者中，她必须要更保障大姐的安全，毕竟大姐大了，快工作了，可以帮全家减轻不少负担。在外婆的劝说下，冯琍终于答应了陪大姐一起去。

大姐和冯琍的到来，让表姨非常高兴。表姨平时也很喜欢冯琍，她硬要冯琍也在家里住几天，可冯琍是个懂事的孩子，她答应了外婆就会努力去做到，她对表姨说："我答应了妈妈，要尽快赶回家，家里只有妈妈和妹妹。"表姨心疼冯琍的懂事，赶紧吩咐用人准备两大包年货，递给冯琍的时候表姨嘱咐她："回去问你妈、你妹好。"冯琍懂事地点头告别。

大年三十晚上，四周村里不时传来鞭炮声，但野地里行人稀少，加上夜深有风，偏僻的地方伸手不见五指，冯琍拎着年货，深一脚浅一脚往家赶，为了壮胆，她唱起了二姐教她的儿歌：

小呀么小二郎呀，
背着那书包上学堂，
不怕太阳晒，
也不怕那风雨狂，
只怕先生骂我懒哪，
没有学问（啰）无颜见爹娘，
（朗里格朗里呀朗格里格朗），
没有学问（啰）无颜见爹娘。

小呀么小二郎，
背着那书包上学堂，

不是为做官，
也不是为面子光，
只为做人要争气呀，
不受人欺负（呀）不做牛和羊，
（朗里格朗里呀朗格里格朗），
不受欺负（呀）不做牛和羊。

小呀么小二郎，
背起那书包上学堂，
不怕太阳晒，
也不怕那风雨狂，
只怕先生骂我懒哪，
没有学问（啰）无颜见爹娘，
（朗里格朗里呀朗格里格朗），
没有学问（啰）无颜见爹娘。

这童音在郊野寂静的夜空，显得格外嘹亮，多少年后，当冯琍病危弥留之际，半昏迷中她嘴里也常常哼唱着这首儿歌。

走着走着，冯琍感觉不对，总感觉有人在跟着自己，她回头看，果然漆黑中有一个黑影，好像还手持木棒跟着自己，她快他也快，她慢他也慢，越紧张冯琍步伐越快，鞋掉了也不敢回头去捡。终于上了镇子的石板路，两边店铺的窗户不时透出昏暗的烛光，冯琍胆子稍稍大了些，她站在路中间，回身大声问那黑影："你是谁？为什么一直跟着我？"

那黑影闻声，"咣当"放下木棒，踉跄几步向前，作揖道："冯小姐，是我，你洪爷爷。"

借助微弱的烛光，冯琍认出是洪爷爷："洪爷爷，是您呀。我以为遇见了歹人。"

"听见冯小姐一路唱歌，我也担心你的安全，所以一直跟到这儿。"

“前面不远就到家了，谢谢您了！”冯琍从年货中拎出一包递给洪大爷，“给您，新年好！”

洪大爷摆着手慢慢后退：“不了，谢谢冯小姐，问你妈好。”随后慢慢消失在黑夜中。

时间进入1938年，中国的抗日进入最艰难的时期，大片国土沦陷，大量难民携家带口入川。榕山镇地处四川东南角，气候有云贵高原的特点，但极端天气也时常发生。这年刚进入12月中下旬，学校还未放假，气温就骤降接近零度，冬天不仅来得早，而且气温也较往年低，早上起来，田地里一片茫茫的白霜。

早上冯琍加了件衣服，告别了在厨房忙碌的妈妈，独自朝学校走去。远远就看到洪爷爷的棚子前围了一圈人，洪爷爷的烤炉也未像往常一样冒出袅袅炊烟。

“洪爷爷怎么了?”冯琍自言自语快步拨开人群往里钻，吃惊地看到棚子前躺着一个人，上面已经盖了个破草席，像路边常常死去的难民一样。

“洪老头倒霉又可怜的人啊。”旁边的围观者你一句，我一句议论着，“可不是，当年家里也是有田有房。”

“怪他好赌啊。”

“是啊，不仅输光了家当，媳妇也跑了。”

冯琍泪流满面地挤出人群，连续几天她都因为洪爷爷的去世而悲伤不已。

冯琍的童年注定充满了苦难，她两位姐姐童年时，我的外公冯可均先是在合江县汽运公司当差，后转榕山镇长途汽车站当站长，他的收入加上外婆的勤劳，家里还是很殷实。

待冯琍和妹妹出生，她的父亲从不顾家到抛弃家庭出走，她的母亲不仅没了丈夫的收入，而且冯家也与她们不再来往，家里生活一天天陷入窘迫。妹妹幼小，还能获得母亲的一些呵护，而冯琍不大不小，她的母亲只得既把她当男孩子使，又把她当丫鬟使。

多少年后，当我的外婆病危时，她拉着守候一旁的冯琍的手说："几个孩子里面，我最对不住的是你，你两位姐姐小时候还过了一段好日子，而你和妹妹出生时，家里一天比一天困难，妹妹因我带在身边好一些，只是苦了你，我是顾得了这头顾不了那头。"

"母亲，别说了。"此时冯琍已成泪人，母亲的话又让她回想起许多童年时的辛酸往事。

那年冯琍已在榕山镇小学读了四年，这年初夏，她感觉右耳里胀痛，半边脸也肿了，她回家要求母亲带她去镇上找医生看看。整天辛劳的母亲放下手中针线，看了看冯琍的耳朵说："可能上火了，过几天也许会好，孩子，看郎中得花钱。"

又叮嘱她："睡觉前热敷下，也许会好些。"

一周后，冯琍耳朵里肿胀更加严重，并开始有异味的液体流出，上课时同学们嫌她臭，不愿靠她太近，冯琍只得一人靠墙角坐着。

教书先生发现不对劲，上前询问了她的病情，下课后他把冯琍送回家，并要求外婆赶紧带孩子找医生看看，否则不许来学校上学。

没办法，外婆第二天只得带冯琍去看郎中，郎中是位白胡子老人，当地的中医世家，他们家的中草药都由他亲自进山采挖后依照古法炮制。他检查了冯琍的右耳后，直埋怨外婆："来得太晚了！怎么不早来！"

郎中捋着下巴的白胡子对外婆说："这叫赤毒上涌，好在从耳朵里出，如果从其他部位出，可就要命了。"

接着他又说："重症要用重典，好在我们家药品都还齐全。口服、外用药必须一起来才行。"

外婆赶紧接话："大夫，我们家穷，喝的药不要了，弄些药洗洗耳朵吧。"

郎中听罢沉默了，他看看外婆，又看看冯琍，眼神来回好几趟，在静默了好一会儿后，他摇摇头说："好吧。"起身便进了药房。

不一会儿他拎了几包药出来，叮嘱外婆：“每天煎一包，凉后洗耳用。”

外婆从兜里哆嗦地掏出仅有的铜板递给郎中，郎中执意不收，并叮嘱她们：“药用完了，再到我这儿取。”说完一直把她们母女送至门外。

回家后冯琍把几包药整整齐齐码放在自己平时读书、写字的小桌上，并在每包药上写上自己的名字。

郎中说每天煎一包洗耳，可她和外婆舍不得，一包药煎了又煎，用上好几天才换包新的，这几包药用了一个多月。

一个多月后冯琍的右耳渐渐好了，可化脓引起耳膜穿孔，从此冯琍右耳失聪。“宝剑锋从磨砺出，梅花香自苦寒来”，在如此艰苦的生活中，一年后冯琍仍以全年级第一的优异成绩从榕山镇小学毕业。

十一、国立六中

倚遍阑干，
只是无情绪。
人何处？
连天芳草，
望断归来路。

——李清照《点绛唇》

1941 年中国抗战和世界反法西斯战争都进入了艰苦时期，中国大地到处燃起抗日的烽火，大批沦陷区难民涌入四川、重庆，这年春天又来得格外的晚，一直倒春寒，路边就有许多难民冻死或饿死。

因大姐和二姐中专毕业在成都各找了份工作，于是外婆带着冯琍和妹妹去成都投靠两位女儿。这年冯琍十四岁该上中学了，虽然两位姐姐会拿些钱给外婆，可一家人租房吃饭已所剩无几，外婆已经没有钱供冯琍继续读书了。

抗战时期“国立中学”的设立，可以说是当时中国教育的奇迹。“七七事变”爆发，日寇大举入侵，大片国土沦丧。不愿做亡国奴的中国人凡有条件后撤者，纷纷踏上了流亡的漫漫长路。一时之间，几百万难民向西南、西北撤退，这其中包括数以十万计的青少年学生，他们离开家乡，拜别爹娘，跟随师长，迈开双脚，奔向大后方。

大批青少年学生流落大后方，后方学校又经费拮据，师生衣食无着，情况十分危急。国民党的有识之士呼吁救助流亡学生，共产党的《解放日报》也发表了《救救大后方青年》的社论。当时占统治地位的国民政府采取紧急措施，教育部从 1937 年 12 月开始，着手筹建专为接收沦陷区、战区流亡学生的“国立中学”，其注册学生全部享受“贷金”待遇。国民政府维持战时教育的最大困难，是大部分离乡背井的学生都丧失了经济来源，政府不但要负担起对他们“教”的责任，还必须承担对他们“养”的义务。

1938 年，国民政府开始实施“贷金制度”，规定家在战区的学生，可向政府申请“贷金”，毕业后三年内向政府无息偿还。但抗战持久，学生毕业后并无正常就业环境，加之自 1940 年以来国内通胀日趋严重，“贷金制”在 1943 年被“公费制”取代。而先前的“贷金”并未要求归还，国家实际上承担起了流亡学生们的全部学习生活费用。

抗战前没有国立中学的建制，公立中等学校都是由地方政府管理，为省立、市立或县立。抗战兴起，为了安置失学青少年，便首先在内地各省（河南、陕西、甘肃、四川、贵州五省）设立国立中学，这是国民政府的一种战时措施和应急手段，以鼓励东部沦陷区的中等学校内迁。

自 1937 年底到 1939 年初，是抗战初期最困难的一段时间，也是组建国立中学较为集中的时期。由于战局诡变，教育部的许多措施均带有临时性质。所以，最早成立的国立中学都是以学校内迁到某省冠名，如东部某地的中学迁到内地某省，即命名为国立某省临时中学，如国立湖北临时中学、国立四川临时中学、国立贵州临时中学等。由于“临时中学”给人以非正规感觉，不久，教育部便明令取消了“临时”二字，直接以到达省份命名了。

进入了 1939 年，日寇在各个战场不断大举进攻，中国半壁河山陆续陷落，已组建的国立中学不得不再次或多次继续后撤，校名也就不得不一改再改。由于沦陷区的继续扩大，流亡学生不断增加，又成立了许多新学校。于是，教育部决定校名以收容多数学生所来自的省份命名，如国立山东中学、国立平津中学等。但这种命名方式有时会自相矛盾，如从河南撤退到甘肃的中学，不论命名为河南中学还是甘肃中学，都与已有的中学校名重复，只能取名国立河南第二中学、国立甘肃第二中学。仅从当时学校的命名也可看出战时中学初期编制的仓促和混乱。

从 1939 年 4 月起，教育部决定国立中学不再以省、市来命名，而改按成立时间的先后顺序，以数字排序命名。其间，共排序成立了二十二所国立中学。听人介绍专招外省流亡进川的国立六中的学生都免费，于是不愿让冯琍失学的外婆，带着冯琍去国立六中的成都招生点试试运气。

招生点在长途汽车站附近，这一带是沦陷区进川难民的汇聚地，人员混杂，治安、卫生较差。招生点设在一个临街的木制民宅内，不看门口的小木牌还真不知道这里是“国立六中的招生处”。冯琍她们到时，门口已站着几位青年学生模样的少男少女，他们大都破衣烂衫，带着简单的行装，有的赤脚穿着草鞋，不知经过多少苦难才来到成都。

门口有一排高矮不一的小木凳，供大家休息。对面有一张小方桌，备有纸墨、毛笔，供来人登记用，门板上贴着红纸，上书：“艰苦奋斗，发愤读书，追求知识，抗日救国!”

每位入川学生登记后，由一位中年女老师安排，一一叫去后屋面试或笔试，由学校负责招生的老师决定是否录取，并安排在什么分校、什么年级学习。

面试的是位老先生，他见冯琍又瘦又弱，母女二人又一口四川口音，便知道她们是本地人，直截了当地告诉她们不能录取，因为国立六中只招外省沦陷区的流亡学生。外婆对着老先生好话说尽也没用，只好带冯琍回家，打算另想办法。

冯琍不死心，第二天起了大早，告诉外婆，说自己再去试试，临走外婆嘱咐道：“出门当心点儿!”同时塞给她一张薄饼，这是冯琍一天的口粮。冯琍头也不回地走了，外婆看着她单薄的背影直摇头："这孩子太犟。"

瘦小的冯琍怀揣着外婆的薄饼，穿着补丁又补丁的衣服，这衣服是由姐姐们留下的，不仅不合身，而且已看不出原本什么颜色，脚上的布鞋也破了大洞，露着两个脚趾。她独自一人穿过一条又一条车水马龙的街道，快中午时分凭昨天的印象找到了招生处。

当她倚靠在门框边，一点点儿往屋里蹭时，那位负责安排面试的中年女老师发现了她，有些吃惊地问："小姑娘你怎么又来了？一个人来的?!"冯琍点点头，小声说："我想为你们做义工。"冯琍眼巴巴地看着对方，"我会写字。"

女教师温和地摇着头说："我们人手够了，不缺人呀。"说着想把冯琍往门外拽。冯琍不肯走，扶着门框说："我可以帮你们抄抄写写，我不要钱，也不用吃饭。"

这时从门外进来一位穿着旧西服西裤，留着络腮胡子，脸庞消瘦，戴副眼镜的中年男人，他站在一旁端详了一会儿这个倔强瘦弱的女孩，对女教师说："我来劝吧。"他把冯琍安排在门口小凳上坐下，半蹲在她面前，锐利的眼神透过镜片端详着冯琍，然后他耐心地说："小姑娘，你还是回家去找妈妈吧，外面乱，你一人容易出危险，你这个年龄，也不是干义工的年纪呀。"

"我可以写字，我认识字，我就是想帮你们干些活儿。"冯琍低着头，依然反复说着那几句话，边说边把露着脚趾的旧鞋往凳子下面藏。

中年男人见已到中午，便回头对那位中年女老师说："王老师，你先带孩子去吃口饭吧。"然后他微笑着对冯琍说："先吃饭，下午我们再聊。"

冯琍不肯离开小凳子："我带了吃的，我只想帮你们干活儿。"说着从怀里摸出那张外婆给的薄饼。中年男子见了，那锐利的目光似乎失去了光泽，低下头沉默了一会儿，站起来拍了拍冯琍瘦小的肩膀，过去与中年女教师耳语了一番，便离开了。

女教师走过来，微笑着对冯琍说："行了，我们教导处长同意你留下了，我们先去吃饭吧。"冯琍将信将疑地看着她，依然不肯离开小凳。

女教师想了想："这样吧，我去端碗面来，你就在这儿吃，行吗?"冯琍默默点了点头。

就这样冯琍在国立六中招生点干起了义工，招生点多了一位热情的小服务员，招生点中午管她一顿饭，其实这也是母亲一天唯一的一顿，刚到成都，安家不易，外婆手上积蓄已用完，家里正是吃了上顿没下顿的时候。

母亲写得一手工整的毛笔小楷，干活儿又勤快，那时每天都有入川学生远道而来报名，她都哥呀姐呀跑前跑后地热情接待。后来才知道，那天接待她的，穿旧西服的中年男人是国立六中的教导科长，姓张，但大家都叫他张处长，据说是留学归来，曾在国民政府教育部干过处长。那位中年女老师是国立六中德阳二分校的副校长，姓王，大家都称她王校长。

母亲在招生处干了几天义工，老师们就对她刮目相看了，特别是张处长每次来，看了她抄写的报名表和名单，都夸她字写得好，大家了解到她家境如此贫寒，都动了恻隐之心，特别是张处长有意帮她留在国立六中读书。但当时所有外省流亡学生必须造册报国民政府教育部，以便下拨经费，老师们了解到冯琍由合江来成都，便把她原学籍地改成贵州，合江地处四川、贵州的交界地，当年行政区划没今天严格，说合江某些地方归贵州也说得通。

冯琍终于被国立六中破例收留，被分到距成都几十公里外的国立六中二分校（又称德阳分校）。当她拿着录取通知回家告诉母亲时，外婆喜出望外，有点不敢相信这是真的，她摸着冯琍的头，直感叹："我女儿长大了！长大了!"

四川国立第六中学的学生大部分来自山东，1937 年 7 月抗日战争全面爆发，这年冬天山东遭到日军入侵，山东省政府和教育厅通知全省中学学生和教员南下，到河南许昌一带集中。由于战事发展迅速，鲁东各地中学生来不及南迁，南下的中学大都是济南、泰安、临沂、聊城、济宁、菏泽等地的学生。

1938 年春，山东大部分地区沦陷，山东流亡学生两千余人集结于河南南阳赊旗镇，成立“山东联合中学”，校长由原山东教育厅中等教育科科长杨展云担任，后该中学由国民政府教育部接管。

随后不久，因战局变化，山东联合中学接教育部指示迁入湖北。在向湖北迁徙中，为加快迁徙，以避日军，学校决定男生步行，女生和辎重乘船沿汉水逆流而上。由于一艘木船严重超载，行至鄂西白沙坡时，纤夫拉绳突然断裂，失去控制的木船快速顺流而下，岸边的男同学和老师们见状，沿着岸边跟着船跑，一边跑一边喊：“不要乱动，当心翻船。”船上的女同学吓得死死抓住船帮，也是急得又哭又喊。可悲剧最终还是发生了，急流中的木船撞在江心一块礁石上翻沉，全船三十几名女生连同物资全部落水，除十几位被救上岸外，二十二名风华正茂的女生不幸遇难。

当把二十二名女生打捞上岸以后，校长、老师和男女同学们哭成一片。由于日军一天天逼近，只能草草告别和埋葬遇难同学，然后揩干眼泪，忍住悲痛，继续跋涉。消息传到重庆，国民政府教育部震怒，撤了杨展云，派蒋士健代理校长。

当这些师生们徒步两千多公里，终于到达湖北郧阳、均县一带，学校改名为“国立湖北中学”。

1938 年 10 月武汉又告急，国民政府教育部派葛兰笙为校长，并令学校速迁四川。三千多名师生又沿秦岭南坡，经安康，过汉中，越巴山、剑门，历尽艰辛，于 1939 年初到达四川绵阳。到达绵阳后奉国民政府教育部之命，学校正式定名为“国立第六中学”。

国立第六中学本部设在四川绵阳，除本部外设有四个分校：一分校设在梓潼，校长杨书田；二分校设在德阳，校长苏郁文；三分校设在辛店子，校长田修溪；四分校设在罗江，校长孙维岳、丁履观。

刚到四川的国立第六中学由于条件简陋，缺吃少穿，缺医少药，再加上水土不服，沿途劳累，身体虚弱，许多同学相继因病死亡，估计前后死亡的师生在百人左右。绵阳西山观（现为西山子云亭风景名胜区）旁的七星岗（蒋琬墓附近乱葬坟山）是国立第六中学死亡师生的集中埋葬地，当时被国立六中同学们称之为“国立第六中学第五分校”，可见当时条件之艰苦。

1945 年 8 月日寇投降，抗战胜利。但国立第六中学回迁山东之事无人过问，到 1947 年才成立山东济南“国立第六中学复员筹备处”。但内战爆发，交通又受阻，内迁之事不了了之。

1949 年 12 月 21 日，绵阳获得解放，解放军入城。当日鲜艳的五星红旗已在国立六中的校门上空飘扬。当时，校本部在校高中生十个班有二百余人，两个分校初中学生二百余人。解放后，学校毕业生参军和参加革命工作形成热潮。

1950 年 3 月，国立六中高中部和四川省立绵阳中学合并为“川西区立绵阳中学”（现名“绵阳南山中学”，是四川省首批国家级示范性高中，教学质量名列四川全省前茅），辛店子分校和德阳分校分别合并到当地的县立中学和师范学校。

抗战时期国立六中的孩子，有的父母双亡，有的在逃难中与父母失去联系，有的在日军进攻山东前紧急随学校老师和同学们集体转移，甚至都来不及告诉父母家人。他们千里跋涉、翻山越岭进入四川，小小年纪，大都很懂事，怀揣着报国救亡的理想。因而国立六中的学习气氛特别浓，同学之间也非常友好，干活儿时大同学帮小同学，男同学帮女同学。学校成立有各种读书会，能找到的书他们都读，包括许多进步书籍。由于国民政府下拨经费有限，课余时间同学还要开荒种地，烧窑烧砖，养猪养鸡，勤工俭学。好在同学们都是苦出身，课余干这些活儿都不是什么难事。

由于国立六中二分校离成都较远，冯琍只能周末回家，有时为了省点儿路费，她就两周或一个月回一趟家。国立六中学习生活虽然艰苦，但自食其力心情舒畅，学习一年后，冯琍不仅没瘦，反而渐渐胖了些，个子也长高了，慢慢出落成一个大姑娘。

国立六中同学们不仅读书刻苦，而且课余活动也很丰富，学校同学们组织有自己的剧社、诗社，同学们刊刻油印自己的文学校刊，各班级有自己的墙报，甚至还有一个《红楼梦》研究小组，不知谁把家里的一套八十回脂砚斋批注《石头记》辗转带入四川国立六中，业余时间在同学们当中传看，冯琍正是在国立六中迷上了《红楼梦》，那套《石头记》她反反复复看了不下十遍。

每天晚饭后，男女同学都喜欢结伴去学校后面的小河边散步，夕阳下一些同学会聚集在河边交流学习心得，有的会朗诵自己的新诗，也有的同学会拉拉二胡，吹吹笛子、口琴。

冯琍最喜欢听一位男生吹的笛子，每天散步她都会拉上同班女同学去听一会儿。男孩皮肤黝黑瘦高个，脸庞棱角分明，两道剑眉配上单眼皮的有神大眼，帅气英俊。

多少年后，当母亲已与父亲成家有了儿女后，她常常会拿父亲开玩笑："其实我喜欢的男生是皮肤黑黑的，最好是单眼皮的那种。"

父亲也会笑着回击她："没有我们杨家的好基因，你孩子会那么好玩？"生孩子就是为了好玩，这是我们母亲在我们小时，常笑着对我们说的话。

喜欢吹笛子的那个男孩叫方净，他比冯琍高两届，从山东来的。冯琍觉得他吹的《沂蒙山小调》带着幽幽的乡思，带着淡淡的悲伤，百听不厌。

当年学校南迁时，方净急急赶回家去报信，同时想把家里读高小的妹妹也带出来，当他一天一夜赶到村口时，被眼前的景象惊呆了。村子刚被日军血洗过，房子被烧，到处是倒在血泊中的村民，他家一家五口包括父母、妹妹、爷爷、奶奶全部被日军杀死在院子里。

待他强忍悲痛草草埋葬了亲人，再急急返回学校时，学校已经南迁，他只得只身一人，沿路打听，边打临工边寻找，历经千难万苦，一年后来到四川终于寻找到原来的中学和同学。但从此没有人见他笑过，只是常常见他课余在河边一坐就大半天，要不就是吹他从山东带来的笛子，深沉而幽怨。

一来二去冯琍与方净熟悉了，方净会邀冯琍帮他们班出墙报，每当他们班的小窑场出砖时，冯琍也会去帮忙，不为别的，只为能见见方净，陪他说说话解解闷。每当冯琍告诉他这周末要回家看望母亲、姐姐和妹妹时，方净都会用草绳扎一捆自己种的蔬菜，让她带回家去。

外婆不知原因，每次见冯琍回家带一大捆新鲜蔬菜回来，总夸她懂事。只有与二姐聊天时，母亲才会把她与方净的秘密告诉她，二姐非常高兴，常常鼓励她要彼此好好珍惜这种患难友谊。

这年初夏的周末，冯琍回家刚跨入家门，就被外婆叫住："你二姐生病了，工作辞了，已在家休息了一周，你别吵到她。"

"二姐生什么病了?"冯琍急切地问，"要不要紧?"

外婆说："我也不懂，但她老咳血。她又说不要紧，休息休息就会好。"

"我去看看。"冯琍说罢转身要推二姐房间的门。

外婆赶紧拉住她说："二姐不让我们靠近她。我每天做好饭，她也只让我送到门口，她自己取。她还要求与我们分碗筷，她的碗筷每次餐后要用开水烫，她说她的病会传染。"冯琍听外婆这么说，越发担心。

冯琍轻轻推开二姐休息的房门，二姐已半起身，有气无力地对冯琍说："三妹我知道你回来了，听见你们说话了，你别进来，就站在门口，我这病会传染。"

冯琍点点头，看着二姐消瘦的脸，很是心痛："二姐，找医生好好看看吧，不要省钱，没钱我去借。"

"不用。"二姐冯玲摇摇头，"怪浪费钱的。我休息一段时间也许就好了。"

因二姐的病，这次回家返校后，冯琍一直心事重重，闷闷不乐。

国立六中也是中共地下党非常活跃的学校，许多同学和老师在国立六中接触到党的启蒙，最终大批学生、老师去了延安，参加了革命，其中不少日后成为中国共产党领导的革命根据地的骨干。

当时，国民党第二战区司令阎锡山在山西创办了山西民族革命大学（简称“民大”），每年在成、渝招收大量学生，这年有一百一十多名国立六中的同学报名，当他们到达陕甘宁边区时，在中共的接应下，最终这一百一十多名国立六中同学全部去了延安。这事给当时的国民党当局震动很大，从此要求教育部、国立六中加强对学生、老师的监管，杜绝类似事件。

抗战后期，国民党当局对国立六中的监督管控越发严格，要求学生都参加“三青团”，拒绝者一律开除或逮捕（三青团，又叫三民主义青年团，1938 年 7 月 9 日在武昌成立，蒋介石任团长，陈诚、陈立夫、康泽等任中央干事。“三青团”的许多组织在国民党特务分子控制下，成了国民党反共的工具。他们着力扩大组织在学校青年中的影响，到处出现了“集体入团”“举手入团”等拉夫现象）。国民党当局还在教师中安插了特务，并已经开始在国立六中秘密抓捕学生干部和进步教师。

为减少损失，保护好革命的“火种”，中共川康特委要求国立六中党组织以隐蔽斗争为主，表面上应付，一些已暴露的党员学生和老师要迅速撤离去延安，同时寻找机会有计划地对即将毕业的先进学生和学生党员，分批陆续组织去延安参加革命斗争。

冯琍一直惦记着二姐的病，这天下课，冯琍刚走出教室门，远远看见很少来学校的张处长，正与几位青年老师谈着什么。她赶紧走过去喊了一声：“张处长。”张处长也认出了她：“哟，小冯琍呀，长个了嘛。”

“张处长，我，我有点儿事找您。”冯琍有些犹豫地小声说。

“这样呀，好吧，我们去办公室说吧。”张处长匆匆告别了几位老师，带着冯琍朝不远处的教员办公室走去。

“张处长，当年录取时太感谢您了。”冯琍一路上感谢着张处长，“不是您帮忙，我来不了这里学习、生活。”

“哪里，哪里。”张处长笑着说，“其实当时招生处的老师、先生们都想帮你一把，我只是做了个顺水人情。”

那时的国立六中由于用房紧张，教员们都挤在一个大土屋里办公，人员嘈杂，只在大屋的里面给校长和教导主任隔出了两间简易办公室，简易办公室用不规则的木板隔开，板与板之间缝隙很大，根本谈不上什么私密性。张处长带着冯琍穿过一堆堆学生、老师的大屋，推开吱呀响的办公室门，为冯琍拉过来一条长凳，倒了杯热水，然后坐在她对面很认真地问：“找我有什么事？说吧。”

“我，我想问你借点儿钱。”冯琍觉得有点儿不好意思，“为我姐看病借。”

“哦。”张处长挠挠头，“这个嘛，有点儿为难。你可能不知道，教育部已拖欠我们老师三个月工资未发了。”

“我知道你们也难。”冯琍有些哽咽，“可我太想救救二姐。”

“你二姐什么病？”张处长关切地问，“有那么严重吗？”

“我也不知道什么病，她咳嗽就吐血，也不让我们靠近，说会传染。”冯琍几乎要哭出来。

张处长想了想，坐到一张办公桌前，拉开一个抽屉，取出一个旧信封，往手里一倒，“哗哗”掉出几枚银圆，数了数，共五枚。他来到冯琍面前，拉起她的手把五枚银圆放到她手里，然后拍拍她肩膀，慈祥的眼神透过镜片：“我就这些了，你先拿去用吧。”

冯琍站在原地，手捧银圆，眼泪在眼眶里打转，深深向张处长鞠了一躬：“谢谢处长！”

见冯琍依然愣着，张处长叹了口气回到他的办公桌前：“食堂快开饭了，快去吃饭吧，钱不用急着还。”

冯琍两行热泪流了下来，捧着银圆，又朝张处长深深鞠了一躬，张处长微笑着朝她摆摆手：“好好学习，赶紧去吃饭。”

冯琍捧着银圆退出小办公室，抹了抹眼泪穿过闹哄哄的师生，当她走出大办公室时，一抬头发现方净在不远处的树下盯着自己。见她出来便迎上来，很是关心：“怎么了？你找张处长干什么？”

冯琍小声回答：“向他借钱，为我姐姐看病。”

说罢向方净展示了五枚银圆，方净瞄了一眼，叮嘱道：“以后少与张处长往来，我们跟他不是一路人。”

冯琍天真地仰起头：“我觉得张处长人挺好的呀。”

这次借钱也是冯琍最后一次见到张处长，随后不久，张处长又带领一批学生去山西，在经过革命根据地附近时，学生们不肯走了，要改道去延安。其他几位随行老师见情况不妙，趁夜色偷偷溜了，唯有张处长百般阻挠学生，对学生们晓以大义，说什么：“你们年纪轻轻，应以学业、前途为重。”

最终被忍无可忍的同学们绑了，一同带去了延安，从此下落不明。有人说他逃了，有人说他被枪毙了，反正直到冯琍从国立六中毕业，也没有再见过张处长。

多少年后，当年的冯琍已经七十多岁了，这时已重病缠身，也许她感觉生命不长了，这天她忽然吩咐我们几个孩子：“多买些纸钱来，我想还还愿。”

我们扶她来到院子中间坐下，阳光透过树荫洒在院中，她一边烧一边念叨曾经借过钱、饭票，在她最困难时候帮过她的人名，这里面就包括张处长。

母亲常常对我们孩子说：“帮过自己的人，应该终身牢记，有能力时一定要加倍报答人家。”

又快期末考试了，同学们吃过晚饭后都来到教室复习，冯琍也不例外，这时别的班一位女同学来到冯琍课桌前，递给她一封信，“我的？”冯琍很是诧异。

在国立六中读书三年，她从未收到过信，再一看信封，果然是她的，是大姐的笔迹。

冯琍赶紧拆开，信很短，大姐告诉冯琍：三天前二姐已故，因天热又是疾病而亡，母亲悲恸欲绝，体弱多病，故我只能雇人火化，葬入成都郊外。因考虑你忙于功课，未把你唤回，现告之，望节哀。

“我的二姐走了！”冯琍突然号啕大哭起来，全班同学惊异地看着她。

冯琍拿起信冲出教室向河边跑去，一下跪在河边的草地上，开始把信蒙在脸上大哭，仿佛千年的积怨一起迸发：“二姐啊，二姐！你怎么说走就走了！……妈妈啊！你怎么不让我见二姐最后一面！……”

哭到伤心处，她双手用力拍地，悲恸欲绝。是啊，二姐不仅仅是冯琍的姐姐，更是她苦难中最知心的朋友和慰藉。

也不知哭了多久，昏昏然中，冯琍感觉有人在轻轻摇她的双肩，并递过来一条白手绢，回头发现是方净，还有常参加读书会的几位高年级同学，其中女同学们轮流过来安抚她，并把她扶回宿舍。

冯琍病了，昏睡了三天，不吃不喝，二姐的走，仿佛把她成长至今，少得可怜的快乐也抽走了。昏睡中她梦见了二姐，梦见了二姐教她习字、唱歌……

直到晚年，被疾病折磨的母亲，还会常常告诉我们：“我又梦见母亲和二姐了，二姐还是那么年轻漂亮，那么有文采。”

由于二姐的去世，冯琍大病了一场，人也消瘦了一圈，待回到家见到母亲，母女俩又少不了抱头痛哭一场。是啊，外婆能不伤心吗？原本就指望两位大女儿支撑起这个家，二姐的走就像又塌了半边天。

期末考试结束了，学校开始放暑假，又有一批同学毕业要离开学校了。冯琍下学期将升入高中学习，外婆的意思让她离开国立六中，到成都考一所好点儿的高中，上学离家近些。这天晚饭后，方净约冯琍来到小河边，告诉冯琍他要去干大事，半夜与一批同学一起走，他希望冯琍也能和他一起去。

冯琍大吃一惊："干什么大事？"

方净告诉冯琍："这事目前保密。"

冯琍怯怯地告诉方净："跟你们走的话，我得回家与妈妈商量一下。"冯琍又埋怨方净："怎么这么急？"

方净说："我也刚接到上级通知。"

这一夜他俩第一次手牵手在河边走了很久，互相表达了爱慕之情，互相留下了通信地址。……半夜时分，几条小船静静地停靠在学校旁的河边，方净等十几位国立六中同学带上简单的行装，登上了小船。临行前他们有了第一次拥抱，因是秘密行动，黑暗中他们只能互相挥着手告别。看着小船静悄悄消失在茫茫的黑夜中，冯琍的眼泪忍不住流了下来。

从此他们再没见过面，几年后解放大军进军大西北，冯琍才从同学那知道，方净在国立六中就已加入中国共产党，那晚十几位同学正是奔赴去了延安。为此母亲终身懊悔，常与我们说起："我那时年纪小，胆也小，也许那晚与同学们一起走了，就踏上了另外一种人生道路。"

十二、成都女中

孤村落日残霞，
轻烟老树寒鸦，
一点飞鸿影下。
青山绿水，
白草红叶黄花。

——白朴《天净沙》

1945 年夏天，冯琍初中毕业了，她在与同学们陆续告别后，离开国立六中二分校（德阳分校），冯琍回到成都后想在成都找个中学继续读高中，方便照顾外婆和妹妹，毕竟德阳离成都较远，回趟家不容易。

这年世界反法西斯战争取得决定性胜利，8 月 15 日日本宣布无条件投降，闻讯中国举国欢庆，成都大街小巷自然热闹非凡。但社会依然动荡，物价上涨，抗战造成的国家虚弱，仍需时日来恢复。

利用暑假，冯琍走访了成都几所女中，民国时期成都中学大都男女分校学习，高中男女分校更是严格，选来选去冯琍最后选中地处成都繁华地带东马棚街（该街名依然存在，属成都市青羊区管辖）的四川省立成都女子中学，原因不仅是离家近，更主要是该校对“家庭贫困，品学兼优”的孩子可以提供“清贫助学金”。冯琍对“清贫助学金”并不陌生，当年外公出走后，大姐和二姐就是通过申请“清贫助学金”完成了中学和成都女子师范学校的学业。冯琍暗暗思忖：如果自己能申请到“清贫助学金”，就可以减少母亲和大姐的压力。

四川省立成都女子中学是一所完全女子中学，分高中部与初中部，有学生五百五十多人。这种办学规模，在当时四川中学中算一般，但由于其公办性质，教学质量高，学生入学均需通过严格考试择优录取，故学生水平均较高。

国立六中的刻苦学习，读书会的博览群书，毕竟给冯琍打下了良好基础，特别是国文基础，最终冯琍以前十名的优秀成绩，考入“四川省立成都女子中学”高中部学习，同时申请获得“清贫助学金”。

当得知冯琍考入女中，外婆很是高兴，她特意拉着母亲去街边扯了几尺浅蓝色土布，为母亲做了一件新衣衫，这也是冯琍长这么大，第一次有了件新衣服。当穿上新衣服时，冯琍懂事地抱着已年迈的外婆泪流满面，嘴里哽咽着说：“谢谢母亲！”外婆也抹着泪：“妈妈知道对不起你，可家里实在太难。”

那时能送女孩子读高中的家庭，不仅开明而且较富裕，像冯琍这种清贫又是单亲的家庭，支持女孩读高中的几乎没有，所以像外婆这种苦撑苦养又支持女孩学习的母亲，在当时旧中国的社会条件下，是极少极少的，这也是外婆较同时代母亲更显伟大的地方。当然还要感谢大姐冯金贞，当年大姐和二姐分别从成都女子师范学校毕业后，考入成都邮政局工作，二姐去世后，家庭的生活负担主要压在大姐一人身上。晚年的母亲与大姐因个性时有冲突，但母亲对我们孩子一直说：“大姐是当时家庭困难时贡献最大的人。”

开学了，冯琍早早起来把自己梳洗干净，换上外婆给做的新衣，用布兜装上学习用品和书籍，外婆也早早起来，煮好粥，趁着冯琍吃饭，外婆从里屋拿出一个蜡染小布包，放在冯琍面前，微笑着看着她。

“妈妈，这是什么?”冯琍端着饭碗睁大眼睛惊诧地问。

“这是送你的。”外婆补充道，“是你二姐临终前让我送你的，说是给你上高中的礼物。”

“呀，二姐的礼物。”冯琍放下饭碗，把布包贴在胸前，仿佛又一次拥抱了二姐，眼泪在眼眶里打转。

“唉!”外婆叹息了一声，也难过地离开了饭桌，在一旁抹起了眼泪。

冯琍打开布包，里面有一支二姐用过的半新钢笔和一本新的笔记本。“我的二姐啊!”冯琍失声小声念叨，两行眼泪夺眶而出，用发颤的双手捧起那支钢笔，仿佛又看见二姐微笑着站在她面前。

那个年代钢笔是稀罕物，这支钢笔冯琍非常珍惜，一直伴随她读高中，进入大学。

要去学校了，外婆要送，冯琍坚决不让：“我已经大了，我可以自己照顾好自己。”外婆知道自己女儿犟，只好站在门边，目送女儿消失在人流中。

这天成都秋高气爽，为迎接新生，微胖的女中校长刘克庄西装革履，系着领带，带领部分教师，在女校门口迎接大家。

学校门口热闹非凡，大部分女孩都有家人陪伴而来，或父母，或兄长，或用人，有钱富裕家庭里的小姐还有乘汽车、乘马车、乘人力车来的。学生和家长进校前，都会来到刘校长跟前自我介绍一番，陪伴人员也会与校长攀谈几句，校长身边一位中年女教师根据学生的姓名在一本花名册上标注着什么。

冯琍见大家都围着校长，便不愿硬凑上前，一直站在校门边候着，等人渐渐散去，她才大方地站在校长面前：“我叫冯琍，高一二十二班的。”见惯大场面的刘校长，冷不丁见一位女学生自己前来报到，不免有些惊讶，他收起笑容：“怎么，你家人没来?”

“我家人很忙，再说我已经大了。”冯琍清脆利落地回答道。

旁边中年女教师小声告诉校长："这孩子是以甲等前十的成绩考入的，家庭非常贫寒，已申请助学金。"刘校长点点头，客套地说道："我们学校非常欢迎你这样的同学。"说着伸出右手，冯琍也赶忙跨前一步，向校长伸出手。

"哎呀！刘校长亲自迎接新生，楷模楷模！崇拜崇拜！"身后刚到的一位新生家长此时一步蹿上前，肥胖的双手已早一步握住了刘校长的手："赶紧，女儿来拜见校长大人！"说着把胖胖的身体挡在冯琍前面。

冯琍身后一位白净微胖的女孩听见叫唤，嗲嗲地"哎！"了一声，也挤到了冯琍前面，刘校长又满脸堆起灿烂的笑容。

尴尬的冯琍呆在原地，有点儿不知所措，女教师赶紧凑过来："你先到校园转转，熟悉一下，你的助学金还需去教导处填个表。"

冯琍恭敬地给女教师鞠了一躬，抬头再看刘校长，此时他又被新来的家长们围上了。

成都女子中学校园不大，每年只招一两个班，今年的高一第二十二班录取约一百名同学，可三年学习下来，因这样那样的原因，毕业的只有七十几名同学。

四川女子现代教育开始于清朝末期，在全国算起步较晚，但地区发展普及较快。可相对于四川人口数量而言，女子教育普及率依然非常低。清末只有万分之一的女孩能接受启蒙教育，到1945年这个比例也才达到约千分之一。然后从小学、初中、高中依次递减，女孩能读到高中毕业已属凤毛麟角。

由于抗战期间四川、重庆是中国的大后方，这里自然聚集了大批躲避战乱的中国文化精英，他们中的许多人大都投身到当地的中学、大学的教育中，如国学大师朱师辙（字充隐）、诗人刘仁甫（又名刘半九，笔名绿原）等均在成都女中兼过教，他们自编教材，像朱师辙先生就编有《成都女中诗歌集》四卷，作为女中教材，其中不仅有古代女诗人的作品，而且有明清女诗人作品，更有清末民初女诗人如秋瑾、吴芝瑛、杨雪子、周贻繁、张湘九等人的诗。

正如朱师辙先生在诗集开篇所说："……吾国女子自昔以柔顺为贤者岂有他哉？适其性之自然而已矣，然天道有常有变，国家有安有危境，遇殊而人性张弛因之己，今夫水天下之至，柔者也搏而跃之，可过桑激而行之，可在山人性之柔而为刚弱，而为疆亦岂不以境哉？往者娘子帅军，夫人成城，荀灌、木兰、秦良玉、沈云英之徒，皆以弱女子而胜刚疆之任，此其明验也。"

为励志而读书，鼓励女孩巾帼不让须眉，这是成都女中有别于其他女中的地方。

冯琍最喜欢上国文课，国立六中的学习，为她打下了扎实的国文基础，到成都女中不久，她的作文就常常被国文老师表扬，常常当作范文在班里朗读。

二十二班国文老师是一位斯文的中年人，毕业于北平辅仁大学，姓张，大家都叫他张先生，张先生对冯琍这位有才华的女同学可以说是偏爱有加。

这天阳光洒满教室，又是国文课，张先生身着长袍推门进来，他在讲台上放好书本，用粉笔在黑板上写下"秋瑾"二字。

"同学们，今天我们学习一首秋瑾的诗。"接着张先生又在黑板上写下"剑歌""下面我先把《剑歌》这首诗朗读一遍。"

张先生的朗读很好听，不仅富有中年男性特有的磁性，而且很有激情，常常把同学们带入朗读的意境中去："若耶之水赤堇铁，铸出霜锋凛冰雪。欧冶炉中造化工，应与世间凡剑别。……"

朗读毕，张先生接着说："下面我介绍秋瑾的生平。"张先生停顿片刻，"秋瑾字玉贞，又字璇卿，号竞雄。"说到这儿，女生中传来窃窃的笑声，张先生也笑了笑："对，就是要与男同胞比试竞争的意思。"

张先生接着介绍："秋瑾还有个别称：鉴湖女侠。她是浙江山阴人，她也是一位才女，善长诗、文、词，性格为人豪迈爽侠，后随嫁湘潭王廷筠，庚子之役，对女侠刺激甚深，于是她东渡日本求学，求救国真理，后加入同盟会，归国创办《中国女报》，先后以绍兴明道女校、大通学堂为营地，这时光复会徐锡麟在皖图谋反清起义，女侠也往来江浙组织几千人响应，编为八军，徐为首领，女侠为副首领，后来徐在皖起义失败就义，女侠在浙被捕，不久殉难，年仅三十三，有诗集传世。”说罢，张先生低头沉默，教室鸦雀无声。

片刻，张先生抬起头，目光扫视着大家：“现在我们来学习秋瑾的诗《剑歌》。”张先生念：“若耶之水赤堇铁，铸出霜锋凛冰雪。谁知道赤堇铁怎么解释?”

冯琍和两三位同学举起了手。

张先生用手指了指冯琍：“冯琍同学，你说说看。”

冯琍从座位上站起：“赤堇铁产于赤堇山，位置大约在浙江奉化东，相传当年欧冶子造剑就在赤堇山。”

“很好!”张先生夸奖道，“你的回答非常准确，你是如何知晓的?”

“我在国立六中就读过秋瑾的诗。”冯琍回答，“秋瑾，也是我崇仰的女中豪杰，她的诗在我消沉时，曾给予我战胜困难的勇气和激励。”

张先生点点头，示意冯琍坐下：“冯琍同学回答得很好，为国为民牺牲的英雄，我们不应忘记，应时时牢记于心。趁年轻同学们应博览群书，我们为什么要读书，读书不仅增长知识，读书还会改变命运，让你脱离旧的人生轨迹，自己掌握自己的命运，所以读书让你受益终生。”

冬去春来，又一年过去，抗战胜利不久，中国又爆发了内战。物价上涨，家里的生活越来越拮据。时局动荡，成都街头不时可见军车驶过，军警在街头抓人绑人，甚至枪杀人。

经过一年的高中学习，冯琍身边也有几个相好的伙伴，她们家境都比冯琍好，因而从家里带来的吃的、用的，都会与冯琍分享。而冯琍的学习好也被她们崇拜，只要老师布置了作文，冯琍一写好，她们就抢着先睹为快。

这天下午下了自习，冯琍抱着书本刚走出教室，就被张先生叫住："冯琍同学，你过来一下。"

冯琍抱着书本走过去给张先生鞠了躬："张先生有事吗？"

张先生关切地问："教导处没找你吗？"

"没有哇。"冯琍急切地问，"有什么事吗？"

"我听说你的助学金被取消了，说把名额转别人了，学校刚发的补交学费名单上有你的名字。"张先生关切道，"我知道你家很困难，你赶紧去教导处问问。"

"怎么会这样？"告别了张先生，冯琍急急赶去教导处。果然如张先生所说，从这学期开始，她得自己交学费。

回家的路上，冯琍边走边抹着眼泪，她知道家里全靠大姐一点收入支撑着，如果没有助学金，她将面临失学。

冯琍一夜无眠，索性早早起来帮母亲做早饭，在灶间冯琍边抹眼泪边把被取消助学金的事告诉了母亲。

冯琍抹了把泪："妈，我干脆不读了，出去找份工作。"外婆听后只是摇头，叹了口气，呆呆愣着，好一会儿才对冯琍说："你还是先读着吧，不行我去借。"

"我们家穷成这样，借了怎么还？"冯琍直摇头，"我从今天起就不去上学了。"

"不许耍脾气，书要念，而且要念好。"外婆有些生气，"今天你继续去上学，等过几天实在借不到钱再说。"

忽然外婆抬起头，眼一亮："对了，你表姨也从榕山来成都了，我去向她借借看。"

"表姨来成都了？！"冯琍满含泪花的双眼充满了希望。

"对呀，带她孩子一起来成都了，她嫁的师长部队就驻扎在成都边上。"外婆的表情轻松了许多，在所有亲戚中，表姨对外婆是最好的，帮助也最大。

又过了一周，学校已三番五次催冯琍补交这学期学费，可外婆那天去找表姨借钱，表姨一五一十听了外婆讲明原因后，只是说："太不像话！我得告诉师长。"并告诉外婆，"借些钱好说，但不是长久之计。"她叫了辆人力车送外婆回家，让外婆等消息，并让外婆转告冯琍："好好读书，这事姨会搞定。"

可一周了，表姨那儿也没个回信。

那时的中学，私立中学学生肯定要交学费，因为没有学费支撑，学校就得关门。而国立中学虽然教育局会拨些款，但学校的大部分开支，依然要靠学生的学费来支撑，除非该生申请了助学金。所以当时无论私立还是公立学校，不交学费，想留下来读书，几无可能。

无独有偶，原四川民革"川康五魂"之一的王白与，他的女儿也曾遭遇类似的困境。王白与出生于四川蓬安的一个书香门第，先后担任四川军阀刘湘21军政治部组织科长、四川省政府编译室主任、《新蜀报》总编辑，还曾担任多所私立大学教授和中学校长。

王白与因为和杨杰等人策动武装起义，配合解放军进军西南，迎接解放而被捕，解放前夕在白公馆英勇就义。

据王白与的女儿王可雍的回忆：就在1948年，王白与留在成都的两个女儿生活早已陷入困窘，不但衣食无着落，就连学费也需要赊欠。王白与曾为此专门写信给熟悉的四川省立女中的刘克庄校长，请求将女儿学费缓交，被刘校长拒绝，理由是老师们也得吃饭。

又过了几日，这天下午刚上第二节课，门卫王大爷推开教室门，与正在布置作业的张先生耳语了几句，张先生走到冯琍面前："你亲戚在校门口等你，你快去吧。"

冯琍一脸茫然，不知是自己的哪门亲戚，但还是收拾了书本急急向校门赶去。

学校门口原本挤着不少小摊贩，此时已被赶得远远的，两辆美式军用吉普车停在校门边，四位荷枪实弹的士兵站在车辆前后，一位军官在门口来回踱着步，远处有不少围观的市民。

冯琍第一次见到这种阵仗，她怯怯地走出校门，却发现表姨和一个小男孩坐在军车上，此时表姨也发现了她，向她招手："冯琍，冯琍过来！"冯琍赶紧快步走到表姨身边，表姨跟小男孩说："叫姐姐！"小男孩听话地叫道："姐姐好！"

这是冯琍第一次见到表姨的孩子，小男孩长得白白胖胖的，非常讨人喜欢。

冯琍转向表姨，生了孩子的表姨还那么年轻漂亮："表姨，您怎么来了？"

表姨一挥手："嗨，你妈找我说起你助学金被取消的事，气死我了，我说，不行，这事我得管。"

这时，那位年轻的军官走了过来，表姨向冯琍介绍："这是师长的副官，王参谋。"王参谋赶紧脱去白手套，向冯琍行了一个军礼。

"各位久等了，来迟了，来迟了，抱歉！抱歉！"西装革履的刘校长，喘息着一路小跑从学校出来，额头上已渗出一层汗珠，他径直朝表姨走来，快靠近时，副官走上前用戴着白手套的手挡在校长面前，示意站住。刘校长掏出手绢揩拭额头的汗，副官从公文包中抽出一个信封，递给校长："这是我们师座给校长的亲笔信。"校长哆嗦着展开信。表姨在旁边开了腔："冯琍家境贫寒，学习成绩优秀，家里全靠她母亲拉扯孩子，这样的学生，这样的家庭，助学金怎么说取消就取消了？"

这时副官也凑前一步："我们师座去助学基金会打听了，冯琍名字还在上面，基金会也是按时下拨，怎么到你们学校就取消了？"

副官昂起头，瞪着眼盯着校长，口气也变得严厉："我们士兵在前方流血流汗，而你们却在后方干出如此苟且之事，怎不令人心寒！"

刘校长哆嗦着把信插回信封，向着副官解释："这事我不太清楚，全权由教导处办理，我调查清楚后一定给师座一个满意的答复。"

副官歪着头，看着远处。

刘校长又转向表姨和冯琍，并赔着笑脸："这事放心，放心，既然师座出面了，我刘某人一定妥善解决，放心放心。"

表姨把头歪向一边："冯琍是我们亲戚，她在学校读高中三年，你可得好好照顾。再出现欺负人的事，到时别说我们不给面子。"

"放心，放心，一定，一定。"刘校长点头应承。

他又转向冯琍，笑脸问："你是几年级几班的？"冯琍歉意地向校长鞠了一躬："校长，我是高二二十二班的。"

"张老师班的？"刘校长依然保持着微笑，"我记住了。"

表姨对冯琍说："冯琍上车，晚上一起吃饭，我还有话对你说。"

冯琍转向校长："校长，那我今天早点儿下课了。"

刘校长显得和蔼可亲："去吧，去吧。"

表姨朝副官挥挥手："让弟兄们回吧，告诉师长，我这辆车晚些回营。"

副官向表姨一并脚，敬了一个标准军礼："是，夫人。"

副官带着士兵乘一辆车呼啸着在校门口转了个弯走了，表姨留下的军车在一位士兵驾驶下，带着冯琍朝相反方向驶去。当两辆军车离开时，刘校长依然在校门口微笑着挥着手。

那时的成都，繁华地段茶馆、麻雀馆、餐馆一家挨着一家，这里三教九流各种人等汇集，冯琍因家境贫寒，从没来过这些地段。

军车在一家门脸较豪华的酒店停下，表姨领着儿子带着冯琍走进一间包间，里面已经有一位白净帅气的小伙子搂着一位打扮入时的小姑娘在等着。见表姨进来，他赶紧松开了手，站了起来："姐，你们来了。"

小姑娘身穿旗袍，戴着耳环首饰，一看就是个美人，她也赶紧站起来跟着叫："姐姐好！"

表姨瞪了他们一眼："在外面搂搂抱抱成何体统？"小姑娘赶紧挪开身子低头坐下。小伙子第一次见冯琍，愣在那儿，问："姐，这谁呀？"

表姨没理他，微笑着转脸对冯琍说："这我弟，我们家老幺，以后你就叫幺哥吧，他现在就住在这附近我买的房子里，地址你妈知道。”说完她收起笑脸，对她弟说：“这是冯琍，大姨的女儿，不像你不学无术，人家现在是成都女中的才女。”

“噢，久仰久仰。”幺哥点着头，抱着拳，微笑着尴尬坐下。

表姨点了一桌丰盛的菜肴，都是冯琍长这么大没见过，更没尝过的。

席间表姨特意把她儿子放在她与冯琍之间，说是让冯琍帮着照顾，实则是为了让儿子与冯琍熟悉。孩子很乖，很懂事，全没这般大孩子的吵闹，而且妈妈和冯琍给他夹什么，他就吃什么，很是听话。

席间表姨问冯琍：“北方战事吃紧，你们学校有什么传闻吗？”

冯琍摇摇头：“我们只知道现在国共在北方打仗，其他很少关心。”

“咳！”表姨叹了口气，摇摇头，“北方战事非常吃紧，还不知道国军能否扛得住。师长手下已有几个团抽调去了前线。”表姨又转向冯琍，像是在开玩笑：“如果将来局势有变，我就把儿子托付给你娘和你了。”

冯琍搂着小男孩：“好的呀，我们家正缺少个男孩，我娘可想要个小子了。”表姨听此言，夹了块肉放冯琍碗里。

大家又说了一会儿话，幺哥问表姨要钱，说想做些生意。表姨没同意，幺哥碰一鼻子灰，显然不高兴。身边的小姑娘只管低头吃，一时气氛沉闷。倒是小男孩与冯琍熟了，一口一个姐姐地叫：“姐姐，我想吃这个鱼。”冯琍赶紧帮他去夹，“姐姐，我想吃这个蛋。”冯琍又赶紧帮他去找。

见冯琍与儿子关系融洽，表姨非常欣慰，她忽然想起什么，问冯琍：“噢，对了，你们家有你父亲的消息吗？”

冯琍摇摇头，“我打小就没见过父亲。”冯琍看着表姨，“表姨有他的消息吗？”

表姨点点头：“我也知道得不多，你父亲年轻时在榕山镇也算个人物。”

“听妈说他在外面找了个小，还有了个儿子。”冯琍小声说道。

“是呀，他离开你们后又娶了一位比他小二十岁的女人，终于生了个儿子。可他年纪也大了，没再干汽车站长，收入也没了着落。”表姨摇着头，继续说道，“前不久，我和师长去云贵一条在建军用公路视察，意外发现你爸带着小老婆、孩子在修公路。是他认出我来的，他不说我都认不出他了，老得厉害，背都驼了。他们一家住在工地旁的窝棚里。女人身体又有病，男孩子倒结实，可十几岁的娃不读书不认字，整天在工地搬石头、砸石子也不是事呀。”

“那你让我爸回成都吧。”冯琍眼里含着泪花，她从小没享受过父爱，她多么盼望自己的亲生父亲能回到身边，“我跟妈去说，让爸爸回来，一家人一起生活，比什么都强。”

表姨摇摇头：“说得是啊，我也劝他回成都，跟女儿们一起生活，也有个照顾。可他说没脸见你们，另外他要守着儿子。”表姨继续说：“过几个月后我又去，给他们带了许多吃的用的。可他们一家已经不在了，听说他老婆已经病逝了，他带着儿子又转去另外一个工地。我只能把东西托人捎给他，也不知他收到没有。”

两行眼泪从冯琍眼里夺眶而出，她太同情、太思念自己未曾谋面的父亲了：“表姨，你再帮忙打听打听，最好劝劝他和弟弟回成都来。如果他身体不好，我可以照顾他。”见冯琍哭了，大家都沉默了，只有小男孩摇着冯琍的手：“姐姐不哭！”

晚饭在沉默中结束，临走表姨塞给冯琍一个信封，冯琍知道里面是钱，不肯收。表姨佯装恼怒：“这又不是给你的，是给你娘的。”说罢，重重塞进冯琍手中。

这次分别是冯琍与表姨的最后一次见面，虽然表姨后来又来过家里几次送钱送物，可冯琍都在上学没与她见面。

这年秋天成都鼠疫流行，病死了许多人，成都各中学号召学生积极锻炼健身。四川省教育局还决定组织四川省女中开一次田径运动会，为此，省立成都女中要组建一支田径队，在全校师生大会上，刘校长亲自做动员："这次全省女中运动会，关系到我们省立成都女中的荣誉，希望各年级各班同学积极报名，我们学校再组织选拔，对在省女中运动会上获得名次，为我校争光的同学和班级，本校长将予以重奖！……"

会后，二十二班不少小伙伴围上冯琍："冯琍报个名吧，我们认为班上就你能文能武，体育好。"

"我行吗？"冯琍有点儿不自信，"平时上体育课，打球，都是瞎玩，这可是正规比赛。"

"我也认为你行。"张先生站在同学圈外对冯琍鼓励说，"先报名参加学校选拔，只要你尽力就行。"

见同学和老师们都这么说，冯琍点头同意报名参加学校田径队选拔。

没想到，在学校选拔赛上，冯琍以较大优势夺得全校女生二百米冠军，在一百米比赛中获得第二名，进入校田径队集训。为了取得好成绩，冯琍每天提早一小时来到学校，下课后晚一小时回家，在体育老师的指导下，与学校田径队的同学们一起训练体能和技战术。训练强度的增加，导致冯琍体力消耗增大，可她家庭贫寒，营养又跟不上，好在学校后来为田径队中午开小灶，增加一个肉菜，才稍微对冯琍的体力消耗有些弥补。

很快就迎来了全省女中运动会，正式比赛那天，学校组织了啦啦队，二十二班也有部分同学参加，在同学们的呐喊助威中，冯琍超常发挥，获得省女中运动会一百米第三、二百米第五，代表成都女中参加省女中运动会四乘一百米接力，获第三名。在这次四川省女子中学田径运动会上，成都女中取得了优异成绩，让其他四川女校刮目相看。

消息传来，把刘校长乐坏了，在年度评奖上，冯琍以学习和体育成绩双优，获成都女中年度"十佳学生"称号，刘校长亲自为获奖同学颁奖、发奖励金、佩戴纪念章。

当刘校长走到冯琍面前时，他拉起冯琍的手放在自己的手心，用另一只手轻轻拍着："好样的！冯琍同学，感谢你为学校争光！你们这届同学是我们女中历届同学中最棒的！"

在运动会上，冯琍还意外遇到几位原国立六中的同学，从她们嘴里知道，方净等去延安参加革命的国立六中同学，不少人在延安进步很快，有些已担任干部，有的进入延安重要机关工作，前途光明。听到这些消息，冯琍真为那些去延安投身革命的国立六中同学而高兴。

冬去春来又一年，冯琍要从省立女中高中毕业了，学校组织了隆重的毕业典礼，并按班级拍摄了纪念照，在那个年代，大部分女孩子高中毕业，往往标志着幸福的校园青春生活的终结，她们中的许多人高中毕业后，在父母的授意、媒人的牵线下，找个门当户对的组成家庭，然后相夫教子，侍奉公婆，终老一生。而高中毕业后家里支持，自己又能考入大学学习的女生，则少之又少。

十三、成华大学

雁来音信无凭，
路遥归梦难成。
离恨恰如春草，
更行更远还生。

——李煜《清平乐》

从成都女中毕业后，冯琍征得外婆的同意，想继续报考大学。

根据民国政府1929年颁布的《大学规程》，大学学生入学资格，必须在公、私立高级中学毕业取得高中学历，通过大学入学考试，且及格者方可被录取。其中大学专科入学资格相同，只有音乐、艺术类学科，学生需提前研习，可放宽至初中毕业生，但修业年限需五年或以上。《大学规程》还规定：大学入学考试由各高校组织招生委员会或同地区的高校组织联合招生委员会，进行新生入学考试。当时考试科目有党义（政治）、国文（语文）、英文（英语）、数学（含代数、几何、三角函数、解析几何）、中外史论（历史）、物理、化学、生物等科目。

国文试卷一般以写作文为主，考卷不仅要答得好，卷面书法也很重要。学问不学问抛开不说，考生一手漂亮的钢笔字、一手漂亮的毛笔小楷才能给阅卷老师留下好的第一印象，所以父母那辈读书人都非常重视毛笔、钢笔的书法练习。我们儿时母亲常说："书法是脸面，而且看字识人、识才。"

那时的高考试卷题型与现代高考试卷比，题型相对简单，但难度并不低。如 1947 年四川大学秋季招生，国文试卷就是两道作文题，要求考生二选一，限用文言答题。一是：禹思天下溺者犹已溺之也稷思天下有饥者犹己饥之也说。(《孟子·离娄下》中提到："禹思天下有溺者，犹己溺之也。稷思天下有饥者，犹己饥之也。意思是：大禹想到天下有人溺亡，犹如自己溺亡；后稷想到天下有人处于饥饿中，犹如自己处于饥饿中。这反映了古代君子以天下为己任、注重整体利益的优良道德传统。）一是：人民众而货财寡事力劳而供养薄故民争试申论之。（引自《韩非子·五蠹》：今人有五子不为多，子又有五子，大父未死而有二十五孙。是以人民众，而货财寡，事力劳，而供养薄，故民争，虽倍赏累罚而不免于乱。"试题意思：人多而财物少，劳动辛苦，可是得到的衣食用品少，所以人们就会争夺。）

1937 年至 1938 年国民政府教育部设立"统一招生委员会"，大学新生由教育部统一考试，统一录取，可好景不长，1941 年由于抗战进入艰苦阶段，大片沦陷区交通阻隔，教育部停止了全国统一招生，仍改为各大学单独招生和联合招生，一直持续到 1948 年。

抗战期间成都是大后方，故高等教育发展较快，抗战前成都只有一所国立四川大学，抗战中陆续有十所大学迁至成都，其中就包括上海光华大学成都分校，后改名成华大学。据统计：1949 年四川成都 11 所高校在校生 6763 人，其中排名前两位的是：四川大学 1600 余名，其次是母亲后来就读的成华大学（也称上海光华大学成都分院）1200 余人。但报考的人也多，那时大学录取率一般为 5%，有时还要低。

为争夺优秀生员，每到各中学毕业季，各大学都会组织宣讲团来到学校宣传，约见优秀学生，一般还是由校长亲自带队，那时的高校校长都是由教育学家或教授、学者担任，对每位录取学生，基本都了如指掌。

之所以报考成华大学，据母亲后来回忆，是因为毕业前听了成华大学校长王宏实和该校文学院院长李炳英二人的演讲，甚是澎湃。

成华大学时任校长王宏实，又名兆荣，重庆秀山中和镇人，解放后历任川北行政区各界人民代表大会代表、川北行署参事、川北中苏友好协会总干事、川北抗美援朝分会副主席、中国国民党革命委员会川北分会筹备委员会委员，以及四川省第一、二、三届人民代表大会代表，中国人民政治协商会议四川省常委，民革中央团结委员会委员。

成华大学时任文学院院长李炳英原名李江灵，化名为李绍白，字蔚芬，四川省中江人，著名学者、爱国民主人士、同盟会会员。日本东京宏文学院毕业，曾任天津《民意报》编辑，四川督军署（府）、四川讨袁军总司令部秘书，四川省参议会参议员，成都大学、华西大学、四川大学教授，成华大学文学院院长，川北大学教授兼中文系主任，四川师范学院教授兼中文系主任。

演讲在成都女中的小礼堂，有报考意向的同学都可以参加。那时也没有扩音器。王校长和李院长坐在中间，同学们或站或坐围在四周。王校长首先介绍了成华大学的前世今生，成华大学的前身上海光华大学创建于 1925 年 6 月 3 日，由 572 名脱离美国教会学校上海圣约翰大学的爱国师生组建而成。校名取之于古诗《卿云歌》“日月光华，旦复旦兮”句，体现了创办者复兴中华、反对列强的宏愿和光大中华民族的精神。

1937 年 8 月 13 日，日本侵略军进攻上海，抗日战争全面爆发，光华大学张寿镛校长鉴于抗战非短期内可以结束，与校董会商定，委托副校长兼商学院院长谢霖入川设立分校，光华大学成都分部于 1938 年 3 月 1 日正式开学。1939 年学校由成都市内王家坝校址，迁到西郊草堂寺西，此地后因光华大学成都分部的迁入而得名“光华村”。

1938 年 6 月，光华大学张寿镛校长视察成都分部返沪之后致函谢霖：“光华大学虽为避难分设入川，然亦正可借此在川留一永久纪念，以谢川人，嗣后既有上海光华大学造就东南学子，又有成都分校造就西南学子，将来扬子江上下游两校毕业同学，合力报效国家社会，东西辉映，岂不懿欤！”

1945 年抗战胜利后，光华大学上海本部得以恢复，成都分部所有校产经校董会议决赠予四川省。1946 年 2 月 1 日，光华大学成都分部正式更名为“成华大学”，与上海光华大学成为一脉相承的兄弟学校。聘请王宏实为成华大学第一任校长。

1949 年 7 月，光华大学成都分部创办人、成华大学校董谢霖在《私立光华大学分设成都始末记》序中写道：“期后之来者，知我光华大学，不特上海本校，树人已多，蜀中犹有治国之才，并使之有谊属兄弟之成华大学，分别存在于无穷。”

在互动环节，冯琍大胆地举手问了王校长一个问题：“贵校文学院有曹雪芹《石头记》方面的研究吗？”王校长微笑着转向身边的李炳英院长：“这个问题问得好。我请文学院李院长回答这个问题。”

李院长微笑着环顾了一下四周：“同学们平时都看的是什么版本的《石头记》？”四周不少同学纷纷举手，有的同学干脆大声回答：“我们大多喜欢看脂版的。”也有的同学说：“我们喜欢看程伟元、高鹗的百二十回版的。”

李院长微笑着点点头：“刚才那位同学问得好，《石头记》也叫《红楼梦》，是中国文学史上很重要的一部伟大著作，我们文学院自然有研究。我们几位教授和同学还专门成立了《红楼梦》研究会，如果你能报考我们学校并被录取，也欢迎加入这个《红楼梦》研究会。每年毕业生中我们文学院不少同学的毕业论文也是关于《红楼梦》研究方向，而且我本人对《红楼梦》研究也非常感兴趣。我在这里想问问刚才提问的这位同学，你业余时间看过脂砚斋评《石头记》吗？”

冯琍朝李院长点点头，李院长接着又问：“你认为脂砚斋评《石头记》有什么特色？”

经李院长这么一问，冯琍有点儿怯怯地站起来，李院长这个问题对中学生来讲似乎有点儿难，虽然《红楼梦》有不少同学都看过，但真正有研究的，在中学生中并不多。

在两位前辈的鼓励眼光中，冯琍小声地回答：“我个人认为脂砚斋评《石头记》与《红楼梦》互为补充；脂砚斋评《石头记》为《红楼梦》后四十回情节发展提供了线索；脂砚斋评《石头记》可以认为是《红楼梦》研究的重要组成部分。”

“回答得很好。”李院长脱口而出。

见院长夸奖，冯琍的胆子大了些，她又向李院长提了一个问题：“李院长，你认为脂砚斋是男的还是女的?”

李院长哈哈笑了起来：“这个同学的问题非常有趣。”接着他与王校长交换了一下眼色，王校长调皮地眨眨眼，抬了抬下颌，示意李校长接着回答。

“这个这个，”李校长显得有些尴尬了，“目前学术界普遍还是认为是男的。”顿了顿，李校长又问冯琍：“这位同学，你认为是男的还是女的?”

冯琍也笑了：“早在国立六中读书时，我们喜爱脂批《石头记》的同学就探讨过这个问题。最后大部分同学认为，脂砚斋是曹雪芹先生的红颜知己。这个问题我希望进入大学后再深入考证。”

“好。”王校长带头为冯琍鼓掌，王校长与李院长又交换了一下眼神。

李院长问：“这位同学叫什么名字?”

“我叫冯琍，成都女中二十二班的。”

“欢迎，非常欢迎。”王校长接着说，“我们学校非常欢迎你这样有才华的学生。”王校长一边点头一边轻轻拍着手掌。

会面结束后，王校长和李院长又单独找冯琍聊了聊，当得知她家庭困难时，当即答应给予她助学金。

学习文学是冯琍一生的梦想，这与她在国立六中参加读书会受到文学启蒙不无关系。可惜的是家里出于毕业后就业的考虑，不希望并反对冯琍将来从事文学工作，使她在大二时，不得不申请转入成华大学商学院学习。

1952 年 10 月，成华大学在原址与西南其他高等院校的财经专业合并，更名为四川财经学院，是新中国成立之初全国高等院校分区布局中的四所财经学院之一。

1948 年秋，冯琍以优异的成绩考入四川成华大学文学院。进入文学院第一天，冯琍来到寝室放下简单的行李，就约上同学兴奋地到学校各处转悠。在学校橱窗有各种讲座的通知，如：论曹丕《典论·论文》的分析与探讨讲座、红学研究资深教授关于红楼梦细节描写讲座、亚里士多德与柏拉图的哲学分歧研究与讲座等等，琳琅满目。冯琍发现文学院的学术研讨氛围比中学强太多。

那时的大学录取新生，除发挂号信通知外，还在本校图书馆张榜公布，在当时成都发行量最大的《新新新闻》报上刊登。

进入大学后，由于家庭困难，冯琍除申请助学金外，后来还利用业余时间在学校食堂餐厅帮工，挣些伙食费，起因是她认识了食堂的李姐。

当时成华大学规模较大，教师加学生约两千人，学校食堂每天忙得不亦乐乎。管食堂的李姐，在成华大学可谓一“名人”，无人不知无人不晓，她胖胖的身材，为人豪爽，成华有个不成文的规定，食堂雇人，首先照顾勤工俭学的学生，毕竟在那年月，有许多像母亲这种来自穷苦家庭的孩子，读大学对家庭来说是一个不小的负担。

刚上大学时，为了省钱，冯琍每次打饭打菜都只要半份，可即使这样省，有时快月底时，饭票菜票都不够，没办法冯琍要不向老师、同学借些，要不就只打二两米饭，就着食堂免费提供的辣子豆腐乳吃。

这些李姐都看在眼里。这天中午冯琍一摸口袋又没菜票了，只好又打了二两米饭，一人去食堂角落选个位置坐下默默低头吃着。这时李姐端着一碟炒白菜过来，小心地放到冯琍碗前，并在她身旁轻轻坐下。

“你叫冯琍？”李姐小声问。

“是啊，你怎么知道我的名字？”冯琍扭过头诧异地问。

李姐露出微笑：“我一侄女正在你们女中低年级读书，说你的作文写得非常好，她现在的国文老师还常拿来作她们的范文，她特崇拜你，说你学习又好，体育又棒。”李姐把菜盘又朝冯琍跟前推了推，接着说：“吃吧，光吃米饭可不行。我那侄女打听到你考入我们学校，特要我关照你。”

“一定是位可爱的小妹妹！谢谢你了！”冯琍也报以微笑，“有机会带来，我们认识一下。”

“好啊！”李姐呵呵笑了起来，“她现在也在校田径队。”李姐朝冯琍身边凑了凑，“我是食堂的管事，大家都叫我李姐，我看你家里一定很困难，想不想来食堂帮工？我每天管你两顿饭。”

“好呀！”冯琍毫不犹豫地高兴地点着头，“太谢谢李姐了！我正想找份兼职呢。”

李姐轻轻拍着冯琍瘦弱的肩膀：“那，我们就一言为定了。”

几天后，每天早上课前，下午下课后，冯琍就去食堂帮工，拣菜、洗盘、洗碗样样都干，苦出身的孩子，就是能吃苦，母亲虽然读书不少，但节俭勤劳、自己动手的品格一直保持到晚年，而且也影响到我们后代，成为一种家风。

转眼 1948 年过去了，对中国来讲，1949 年注定是一个不平凡的年份，国民党军队败局已定，成都国民政府也是风雨飘摇。这年 1 月 31 日北平解放，5 月 16 日武汉解放，10 月 1 日在北平天安门广场举行新中国的开国大典，宣布中华人民共和国成立。

这一年家里的唯一经济来源冯琍的大姐结婚，并与姐夫一道移居上海。解放前夕的成都和全国国统区一样，物价飞涨，民不聊生。进入夏天后，由于战事吃紧，成都常常宵禁、戒严，时不时郊外有枪声和隆隆炮声传来。冯琍放学回家总早早把门锁好，嘱咐母亲和妹妹早点儿休息。

动荡的气氛也笼罩着成华大学校园，食堂伙食明显下降，有时一天只供应稀饭或面条，隔几天就有教授辞职、学生退学的消息。进入11月战事更加吃紧，加上经常停电，昔日繁华的成都一到天黑就一片沉寂，老百姓都盼望成都早点儿解放，过上正常日子。

这天夜里下起了大雨，并伴有雷电，半夜时分，睡梦中的冯琍突然听见似乎有人在轻轻拍敲自己家的门，她一惊，赶紧起身来到母亲和妹妹房间，轻轻叫醒母亲和妹妹："妈妈、妹妹快醒醒！有人在敲门。"三人静静倾听，在大雨和雷声中，果然有人在敲门，很轻很有节奏，中间还夹着一个男人的轻声呼唤，"嘭嘭""冯太太""嘭嘭"……

这么晚会是谁呢？冯琍赶紧把妹妹和母亲转移进里屋，自己点了一盏煤油灯，轻轻来到门边，隔着门小声问："谁呀？"

"是冯小姐吗？我是你们亲戚表姨的副官，有急事找你们，进屋里说。"一个男声压低声音在门外轻轻回答。

"表姨？"冯琍将信将疑，"有什么事隔门说不行吗？都这么晚了。"

这时门外传来一个男孩小声的哭声："姐姐，还有我。""对，还有表姨的孩子也在这儿。"副官小声隔门回答。

听见孩子的哭声，冯琍相信了，她隔着门小声回复："等一会儿，我去向母亲打声招呼就来。"冯琍急急回到里屋，向母亲复述刚才的对话。外婆也很惊异："你表姨上周来家里告别过，说师长的军队要去贵州，她和孩子也要同去，说完她留下些钱就匆匆告别了。"外婆判断道："一定出什么事了！赶紧让他们进来吧。"

她们把妹妹留在里屋，一起来到客厅。外婆把饭桌上的一盏大油灯点亮，冯琍去开门。

门打开了一条缝，借着微光，只见大雨中一位国军军官举着一把伞，一个头上缠着绷带，手臂被绷带吊着的小男孩依偎在他身边，这男孩正是表姨的孩子。

门完全打开，军官让男孩先进，自己回身朝四周警惕地观望，确定安全后，侧头轻声但严厉地朝门边的士兵吩咐：“加强警戒!”“是!”士兵回答。冯琍这才发现大雨中的门边还立着两位持枪站岗的国军士兵。

副官进屋后，借助屋内的油灯光，冯琍发现副官与上次学校门口已判若两人，不仅又黑又瘦，眼窝深陷，而且军装和皮靴又湿又脏，满是泥泞，好像经过长途跋涉。但即使这样，他的双目依旧炯炯有神，透着职业军人的帅气。小男孩也瘦了不少，浑身很脏，疲惫不堪，但依然很乖，静静坐在那儿听大人说话。

外婆赶紧为他们每人倒了一杯热开水，交谈中从副官口中得知：师长的部队在朝贵州前进时，在川贵交界处的大山里被解放军包围，上面命令他们坚守待援，可师长为保全部分弟兄命令突围，在突围中师长与夫人孩子乘坐的吉普车翻下山沟，师长当即阵亡，小男孩在夫人舍命保护下，除手臂骨折并无大碍，而夫人却身受重伤。夫人临终前把孩子托付给副官，让他一定带回成都交付给冯太太。

副官把男孩绑在自己背上，率领师部最精锐的一支部队，仗着对当地地形的熟悉，拼死冲出重围。他们白天不敢走大路行军，因擅自撤出战斗的军官和士兵将会受军法处置，可能将重新编入其他部队开赴前线。

副官说他们已厌倦了内战，来到成都城边白天不敢进城，只有趁雨夜摸进城找到冯太太家，以完成夫人临终交代的使命。

说完经过，副官站起身：“好了，我的任务完成了。此地待久了不安全，还会连累大家，成都到处是特务，外面弟兄们还在雨中等着我，就此告别。”他摸了摸小男孩的头，温柔地说：“好好听话，好好学习。叔叔有机会会来看你。”说罢转身大步朝门外走去。

“叔叔!”男孩哭着追了过去，副官转过身，抿着嘴，强忍着泪水，一并腿向大家敬了一个标准的军礼。惊异的是小男孩也停住脚步，举起未受伤的小手向副官回了一个军礼。

副官冲入雨中，冯琍想起了什么，追了出去：“哎，请等等！”

副官停住了脚步，侧过头压了压帽檐儿，小声问：“还有什么吩咐吗，冯小姐？”

“你们，你们这是要去哪儿？”冯琍问。

副官沉默了几秒，小声回答道：“我们也没想好，但有一点，我们这队兄弟会生死在一起。”又停顿了几秒，副官仰起头任凭雨水打在脸上，“听说我们有一支部队去了缅甸，我们可能去缅北找个安身之地。”说完转身要走，忽然他停了下来，慢慢转过身，语气平和又带着犹豫，“冯小姐，忘了告诉你们一件事，你别难过，听夫人说，你亲生父亲和他儿子在一次修路时，遇到哑炮忽然爆炸，都死了，具体埋在哪里我也不知道，可能夫人知道得更详细些，可惜夫人她……”

“啊！父亲也死了?!”雨中的冯琍咬住嘴唇，泪流满面，为了父亲，也为了表姨。她虽然从未见过父亲，虽然父亲从未给过她关爱，但她总幻想有一天父亲老了会带着弟弟回到母亲和她的身边。

“轰隆隆！”一声炸雷伴着闪电，把怔怔看着她的副官和寂静的街道照得如同白昼。

“冯小姐你多保重，再见了！”副官面朝冯琍倒退了几步。

“你也多保重！”冯琍挥着手，哽咽着回答。

副官转身小跑到大雨中，只见他一挥手，从街道旁的树下、屋檐下闪出一队士兵，无声而迅速地排好队，在副官带领下，小跑着悄无声息地消失在成都的夜雨中。

表姨孩子的到来，给家里平添了许多欢乐，每天夜里冯琍都带着孩子睡觉，给他讲故事、讲童话。但毕竟孩子受到的惊吓太重，有时半夜会从梦中惊醒，哭着喊妈妈，这时冯琍只好搂着他，慢慢抚摸安慰他。

平时孩子很乖很听话，白天冯琍去大学上课，他就与屋外的几只流浪猫玩，说也奇怪，平时很怕人的几只流浪猫，只要小弟一出来，它们就围在他身边，“喵喵”直叫唤。久了，大家就把小弟叫“小猫”或“猫弟”。

1949年11月1日开始，第二野战军在宽约千里的战线上，向川黔国民党军发起了强大攻势。成都之战被称为是中国人民解放军对国民党蒋介石的最后一战，国民党方面由蒋介石亲自指挥，解放军总攻从1949年12月8日开始。1949年12月10日下午2时，见大势已去的蒋介石在成都凤凰山机场登机飞往台湾，从此再也没有回来。

1949年12月27日成都和平解放，当日中国人民解放军成都军事管制委员会派出军管小组和人员全面接管了成都高校。

转眼跨入了1950年，猫弟的手臂经过调养也渐渐好转，学校食堂的饭菜也渐渐转好。这天猫弟硬要跟姐姐去上学，经过半年接触，猫弟与姐姐冯琍之间已建立起深厚的感情与依恋。冯琍带着猫弟来到学校，先带他去食堂吃了早饭，然后在食堂后院找了一个安静处安顿好猫弟，并把食堂一只大肥猫逮来，让它陪猫弟玩，再把弟弟交代给李姐关照后，冯琍才匆匆赶去上学。

中午放学回到食堂，李姐操着四川话对猫弟赞不绝口：“冯琍，你这幺弟太乖喽，一上午除了与猫咪玩，哪儿也不乱跑。说怕你回来找不着，着急。”李姐特意嘱咐厨师弄些甜点给猫弟：“这孩子将来大了，肯定有出息，没见过这么小的孩子这么懂事。”

1950年下半年定居上海的大姐有了孩子，常常来信劝说外婆与二位妹妹也来上海定居，来信说全家人生活在一起，彼此可以照应，而且上海读书找工作相对容易。多次来信后，外婆终于动了去上海投靠大女儿定居的心思。

后来回忆起来，母亲认为在成华读大学的两年，是她一生中较快乐的两年，那时虽然生活艰难，功课压力大，但大学生活丰富多彩。这也是冯琍后来选择当教师的原因，因为她喜欢校园，喜欢学校的气氛。

十四、从西到东

望君烟水阔，
挥手泪沾巾。
飞鸟没何处，
青山空向人。
长江一帆远，
落日五湖春。

——刘长卿《饯别王十一南游》

时间跨入了1951年，外婆终于下定了决心去上海投奔大女儿，可冯琍在成华大学的四年学习才读到大二，而且她特别喜欢和珍惜成华大学的学习与生活，不愿放弃。为此，外婆没少做冯琍的思想工作。这天晚饭后，外婆又把正在看书的冯琍叫到跟前。

“你大姐又来信催我们去上海了。”外婆一边做着针线活儿一边说，“看来去上海的事得赶紧定。”猫弟在不远处小凳子上正翻看一本冯琍从图书馆借来的小人书，听外婆说去上海，他也抬起头眼巴巴地看着外婆。

冯琍看着外婆小声说：“母亲，你看这样行不行？你和妹妹先去上海，两年后我大学毕业了，再同猫弟去上海找你们。”

外婆想也没想，用严厉的口气说：“这不行，成都到上海不是一点儿远，要倒车、倒船，行李又一大堆，你妹年纪小，我又小脚，路上如何应付得过来？”外婆说的也是实话。

“那我向学校请个假，把你们送到上海我再回成都。”

“来回倒腾费用太高，而且你一人留在成都，我也放心不下。”外婆不紧不慢地说道。确实，在那个年代，女孩未出嫁前，家人是不会允许其单独生活的，更何况冯琍身边还有一个孩子。

“总不能让我退了学，陪你们去上海吧？”

“怎么不行？你退了学，上海大学那么多，你到上海后再考一所不更好？”外婆小声但口气坚决。那时的上海在国人心目中，无疑是一个天堂级的现代大都市，工作、就业、读书学习的机会无数，何况大姐一家又在上海扎住了根，这让外婆和冯琍深信，将来在上海读书、就业不会有什么问题。

“那……”冯琍看着猫弟欲言又止。外婆看了看猫弟也没说话。

这一夜冯琍彻夜难眠，她知道自己母亲的一席话是经过考虑的，否则不会轻易这么说。

第二天一大早，外婆早早起来做早饭，趁猫弟还在熟睡，冯琍也披衣来到厨房，她要问问母亲，打算对猫弟如何安排：“母亲，猫弟是否与我们一起去上海？”

外婆正在和面，停下手中活儿，看着有些憔悴的女儿，叹了一声：“咳！我的傻女儿，我知道猫弟这孩子很乖，也懂事，你们之间也处得有些感情，但他毕竟是外人。”外婆停了停接着说：“我们三人去上海本身就是去投靠你姐，去后你姐和姐夫负担小不了，你姐又有了孩子，我年纪又大了，帮不上她什么忙，将来少不了给你姐添麻烦，如果再加上个外人，你姐就是没意见，你姐夫会怎么想？”

“这……那猫弟这么小，又是孤儿。”冯琍嘟哝着说，“再说，再说，表姨在世时，对我们可不薄。”

外婆停下手：“这些我都知道，我也没办法，还不是为了这个家。”外婆沉默了一会儿接着说：“表姨有个弟弟在成都，有房又没结婚，而且表姨说临走前给他留下了不少金银首饰和钱财，短期生活应该没问题，我们暂时把猫弟寄养在他那儿。”

冯琍赶紧接过话：“那，我们到上海安顿好，一定把猫弟再接回来。”

外婆朝冯琍笑笑：“好好好。”外婆用沾满面粉的手指朝冯琍额头戳了一下，“我看，猫弟都快成你的孩子了。”

说罢，外婆收起笑脸：“你这几天好好劝劝猫弟，这孩子懂事得早。另外，你也早做准备，这学期结束，就把退学手续办了。”外婆抬起头，惊异地发现冯琍已泪流满面，外婆赶紧拍拍手，把冯琍拥进怀里安抚。

冯琍虽然已经长大，但在外婆的怀里，依然还是个孩子，此时的泪水既有伤心也有委屈，家里的每次变故，多多少少都以牺牲她作为代价，此次东迁上海，虽说开启了新的梦想，同时也是以牺牲她大学读书的机会为代价。

但冯琍毕竟是个听话的孩子，她知道母亲拉扯她不容易，冯琍从小到大即使自己再委屈，也从不会违抗母亲的意思。在随后不多的时日里，她尽量与猫弟在一起，并去学校教导处打招呼说自己打算退学，带猫弟去找他的舅舅见面，让他和猫弟有个心理准备。

当冯琍带猫弟来到学校食堂与李姐辞行时，李姐用胖胖的手拉住冯琍久久不愿松开：“怎么会这样？冯琍，怎么好好的书说不读就不读了？”李姐想把冯琍劝下，“如果家里困难，我让他们给你调高些收入，要不再找份事让你兼份职，没有过不去的坎，退学可万万不行，再难也得大学毕业吧？”劝到后来李姐几乎带着哭腔。

“我也不想让姐姐走。”猫弟在一旁也哭着拽着冯琍的衣角摇晃着。

“我也不想退，可我得陪母亲和妹妹去上海。”面对李姐的苦劝，冯琍抹着眼泪回答，她对大学的一切是多么的依依不舍。

李姐见左劝右劝不行，便执意留冯琍和猫弟吃顿饭，她亲自下厨，一桌浓浓的川味，让母亲直至晚年都会提起：“李姐的手艺真棒，那是我长这么大吃过的最正宗的川菜。”四川、成都、成华大学留下了母亲割舍不去的青春与怀念。

冯琍的退学也同样惊动了同学、老师，甚至校长，在教导处办退学手续时，校长进来对她承诺：若她留下继续学习，他愿向校董事会提议，破例提高她的助学金待遇。无奈冯琍去意已决。

见劝不动，校长和老师们也没了办法，只得帮她办手续，同时告诉她：去上海后，如果想回成华继续完成学业，或者求学找工作遇到困难，需要开证明、办手续，成华大学会全力配合。

要告别了，从教导处出来，不少同学、老师亲自陪伴冯琍左右，送她到学校门口，大家依依挥手与她告别。冯琍转回身，满含热泪，朝大家、朝热爱的大学母校深深鞠了一躬。

可惜的是，冯琍离开后不久，成华大学与西南其他高等院校的财经专业合并，更名为四川财经学院，学校院系、处室也做了大调整，人事变动很大。冯琍便与亲爱的李姐、老师、同学们失去了联系，当年母亲在成华大学的学籍档案，估计如今已很难寻觅了。

告别成都的日子到了，一大早外婆做了一桌丰盛的早饭，有各种面点、泡菜、汤圆、豆豉蒸肉、辣腐乳、辣酱……（这些都是外婆自制的，据母亲回忆，外婆是这方面的高手，可惜她没能传承下来。晚年的母亲凭回忆也给我们孩子做过豆豉、腐乳，但她都说与外婆做的比差太远了。）吃完饭外婆把剩下的精心用碗盛好，放进提篮里，交给冯琍说让猫弟带去新家慢慢吃。懂事的猫弟知道要与朝夕相处的姐姐分别了，他乖乖地一边吃一边抹眼泪。冯琍早晨起来把他收拾得干干净净，吃完早饭后牵着他的小手，提着竹篮朝他舅舅家走去。

大街上人来人往，热闹非凡。表姨的幺弟猫弟的舅舅住所在一条繁华的街边，是那种老式的民宅，大门框用粗大的青石砌成。推开木制大门，是一条昏暗的过道，右手边是厨房，转过厨房沿木梯拾级而上，二层是客厅，三层是卧室。知道冯琍今早要把猫弟送来，猫弟的舅舅早早就在门边候着，人还是一副帅哥相，但着装与冯琍第一次酒楼见面邋遢落魄了不少。他接过冯琍递过来的竹篮，低头闻了闻，马上露出了笑脸："真香啊，好久没有下馆子了。"

冯琍对他嘱托道："弟弟小，你要好好照顾他。"

帅哥叹口气："怎么照顾，我自己都这样了。不过肯定饿不着，有我吃的，就有他吃的。"

"我记得你还有一位女朋友，没在一起了吗?"冯琍问。

"你是指的哪一位呀?我身边早就没了女朋友。"帅哥撇撇嘴，"都是一群爱钱的婊子，没钱了逃得比兔子都快，这不，我一人过得更逍遥自在。"

"你们生活费还有吗?"冯琍问。

"吃饭的钱倒有。"帅哥笑笑，"不过你们把孩子临时寄养在我这儿没问题，时间长了就不能保证了，我既不会教育孩子，更不会管孩子，也没挣钱本事。做饭我只会做点儿简单的饭菜，自己养活自己都勉强。"

"我们到上海安顿好，会尽快来接弟弟。"冯琍回答。说罢俯下身柔声对猫弟说："姐姐到上海安顿好，会尽快来接你。"猫弟眼泪汪汪看着冯琍，懂事地点点头。冯琍掏出笔与帅哥互留了通信地址。

告别了，冯琍一边走一边含泪向猫弟挥手，猫弟依依不舍跟着冯琍："姐姐，一定来接我!"街上人来人往，冯琍怕他走丢，又折返身牵上他的小手，重新交给帅哥舅舅。已走出很远，冯琍回头张望，猫弟与帅哥舅舅依然在门边立着，猫弟稚润的童音依然在喊："姐姐，一定来接我!"顿时，冯琍泪流满面，泣不成声。

不想就此一别，冯琍与猫弟二人便天各一方，再也无缘相见。这事母亲一生都在自责，悔不该把孩子交给他舅舅，即使在晚年病危，快要走到生命尽头时，母亲都在自责："多好的孩子，如果我当时坚持把他带到上海有多好，我太对不住表姨了!"

一声汽笛，一艘老旧的客货轮船缓缓驶离码头，看着码头熙熙攘攘的人群，看着两岸村庄、田野渐渐远去，冯琍站在船尾栏杆边喃喃自语：“再见了四川。”那时交通不是很便利，冯琍和妹妹拎着包、挑着担，带着不多的盘缠与小脚年迈的母亲，从成都乘船至重庆，再从重庆乘火车至武汉，又换乘轮船至上海，一路颠簸向东，终于在1951年春抵达上海。

来到上海的团圆是喜悦的，虽然大姐家的房子够大，但一下子增加三口人也显得拥挤了许多。刚到上海安顿好，冯琍就迫不及待地给表姨的弟弟去了一封信，半个月后回信来了，不长，寥寥数语：“来信收到，我与猫弟都好，猫弟想念姐姐，望尽快来接。”

冯琍私下与外婆商量：“我想回成都把猫弟接来上海。”

外婆沉默了一会儿说：“我们哪有钱？这事也不好向大姐开口呀。”外婆又沉默了一会儿，接着说：“你赶紧去找份工作吧，你有了钱，想干什么我也不会干涉了。”看来，继续读大学已无可能，当务之急是赶紧找份工作。

当大姐知道了猫弟的事，也直埋怨母亲和妹妹：“一起带来就好了，不就多张嘴吗？小孩子又能吃多少？”外婆听闻只好低头不语。冯琍听了很是欣慰，大姐的表态，更坚定了她打算挣些钱后就把猫弟接来上海的决心。

还好，那时新中国刚成立，百废待兴，就业机会还是蛮多的，冯琍跑了几天，不久就被中国人民保险公司录用，成为新中国第一批保险行业从业职工，经过三个月的上岗培训，冯琍被分配到人保南京分公司工作，于是冯琍带上简单的行李，告别母亲、姐、妹，只身前往南京工作。

刚到南京期间还收到猫弟的一封报平安的信，考虑刚到南京不便请假，冯琍打算1952年春节前去成都接猫弟。

前几封往来书信均无异样，可秋天后从南京寄去成都的信，已一个月没有回音，又过去一个月，天气已开始转凉，依然没有回音。

秋天的南京是美丽的季节，这天冯琍上班推开办公室门，只见秋日的阳光透过窗户，洒在自己的办公室桌上，突然冯琍发现阳光下的办公桌上放着一封信，“啊，弟弟有消息了！”冯琍兴奋地一把抓过信，不过仔细看后，她失望了。这封信是她两个月前寄去成都的退信，上面盖有邮局“查无此人”的邮戳，在邮戳下面有一行小字：“此地址原房主已把房子卖了，去向不明。”

难过了好一阵的冯琍依然不死心，接连发去成都两封信，可一个月后都像前一封一样，原封不动退了回来，从此冯琍与猫弟失去了联系。

多少年后，我已成年，母亲冯琍也已退休，当得知我要出差去成都，母亲颤颤巍巍从一个发黄的小本中，抽出一张发脆的小纸条，让我去成都打听打听。可沧海桑田，再经过改革开放的拆迁改造，当年街道的影子都没了，陪同我来的成都当地朋友，把手一划：“杨工，这一带就是你纸条上所写地址的位置，现在都搞开发了。”

眼前是宽阔的马路、四周拔地而起的现代建筑，已没了旧成都当年的痕迹，但透过汽车与行人，我依然仿佛看到了年轻时的母亲，牵着猫弟的小手行走在人群中。

十五、南昌洪都

春鸠鸣野树，细雨入池塘。
潭上花微落，溪边草更长。
梳风白鹭起，拂水彩鸳翔。
最美归飞燕，年年在故乡。

——李德裕《忆春雨》

话分两头，1952 年 5 月杨建章带着简单的行李，怀揣二机部的干部调令，乘火车从北京驶向江西省会城市南昌市，临离开北京时，他给家里写了封信，告诉父母他已调回紧邻湖南的江西南昌工作，并表达了想回家看看的想法。

列车在飞驶，杨建章的心绪也在飞驰，是呀，从 1946 年离开家乡算起，他已经六年多没有回湖南老家了，这六年中迎来了新中国的成立，中国大地到处在发生翻天覆地的变化，也不知在农村的年迈父母和兄弟姐妹们怎样了。

列车员提醒，前方就是南昌站了，杨建章看了眼窗外，两边依然是农田、水塘，丝毫没有进入大城市的迹象。当列车缓缓停靠在了南昌站，杨建章穿好西服拎着随身带的皮箱走下火车，惊异地发现这是一个很小的火车站，铁轨两边各砌有两个露天高台供旅客上下车，四周围着一圈木栅栏，栅栏外是田野。

火车站最好的建筑，是一座两层楼的小房，供旅客候车、买票、托运行李，列车到站后上下车的旅客也很少。车站前是块不大的小广场，不少地方裸露出泥土，坑坑洼洼，脏兮兮的。小广场周边，是一些像民宅似的木屋平房，大部分经营着餐饮，但也有小旅店，俨然像个小县城。

他从北京过来，沿途经过许多大大小小的城市和车站，还没见过这么小的省会城市火车站，沿途有些县城的火车站似乎也比这强，他开始有点儿怀疑自己是不是下错了车，当站台工作人员手指车站两层楼小房房顶上褪了色的“南昌”二字，告诉他“没错，这就是南昌火车站”时，他感觉自己仿佛在做梦。

离开二机部时，人事处领导告诉他，他们已电话通知了 320 厂组织人事科，他们表示会派人到车站迎接。

当杨建章拎着皮箱迷茫地走出车站小候车房，望着空旷的小广场正琢磨如何找辆车时，只见远处通向小广场的土路上扬起一阵烟尘，一辆马车正向车站驶来，不一会儿马车在杨建章面前停下，赶车的人身穿旧军装，精干有型，动作利落，一看就知道曾在部队干过，他“吁”的一声拉住缰绳跳了下来：“你是北京来的杨建章同志吗?”

杨建章诧异地点点头：“你是?”

“欢迎欢迎!”对方热情地伸出了双手，杨建章也赶紧伸手把对方握住，对方自我介绍道：“我是 320 厂人事科副科长周礼仁，人称老周，特意来迎接你。”

说罢要替杨建章把行李放车上，杨建章没让：“非常高兴认识你！不用，我自己来，不重，谢谢!”杨建章把皮箱轻轻放马车厢上。

“厂里大伙都忙，缺人缺得厉害，每天工作十几个小时，每天都有从全国各地支援我们的干部、工程师前来报到。”周副科长笑着说，“杨工，你先坐车上休息一会儿，待会儿接上武汉来的两位干部，我们一块儿走。”

说着周科长把马车和杨建章引到站前小广场边，在一个小餐馆门前阴凉处停好。杨建章问：“怎么厂里汽车紧张?”

周副科长面露尴尬：“是呀。厂里确实困难，生活也很艰苦，汽车更是有限，又缺汽油。”

杨建章怕周副科长误解：“我只随口一问，没关系，我们国家航空工业刚起步创业，很不容易。”他又朝周副科长扬扬手，模仿他赶车的样子，夸赞道：“你驾车的技术很熟练。”

周副科长哈哈笑了起来：“我长期在骑兵部队打仗，赶个马车小意思。”

杨建章这才注意到周副科长脸上眼角处有一明显疤痕，看得出是一位久经沙场的老兵。

“好久没坐马车了，感觉很新鲜呀。”说罢杨建章跃上了车厢，随后又把周副科长也拉了上来。两人虽初次见面，但瞬间彼此就没有了隔阂，谈笑甚欢。

杨建章从与周副科长的交谈中了解到，自己将要去的320厂原为国民党空军第二飞机制造厂，1951年5月新中国航空工业局接收时，只有几台破旧皮带机床，34名工人和技术员，只能应付少量的汽车修理工作，根本没法修理飞机。后经航空工业局研究决定，将南京原空军22厂搬迁至南昌，合并成立飞机修理厂，周副科长就是此时随军转业来到南昌的。

新的飞机修理厂成立后，江西省委领导非常重视，省政府主席邵式平亲自兼任320厂建厂委员会主任，在他亲自指挥下，进厂铁路半个月交付，主要厂房（内部叫31号厂房）改造一个月完成，全厂基建改造1951年底就全部完成。由于铁路通进了厂区，大大加快了机器设备的安装、飞机部件的调进，至1951年底，从全国调进机器设备370台（套），初步满足了飞机修理需要，有力支援了抗美援朝。有资料统计：1951年320厂修理飞机才19架，到1952年320厂修理飞机就猛增至148架，而国内其他两家修理厂1952年才修理飞机61架和45架。

与此同时，大批干部、技术人员充实到航空工业，1952年3月新中国政务院决定从中央各部及全国各大行政区抽调工程技术人员和技术工人，支援新中国刚刚诞生的航空工业。根据二机部的文件要求，1952年仅320厂就调入100多名县团级干部充实各级领导管理岗位。为解决新中国航空工业急需的技术力量，国家对旧中国航空科技人员尽可能集中。当年全国理工科大学毕业生优先由航空系统挑选进入航空系统工作，另外，还从上海、东北一些老牌工厂企业中抽调技术好、年轻、政审可靠、有培养前途的工程技术人员、技术工人充实到航空工业中，父亲就是在这一波浪潮中，从纺织系统调入了航空工业系统工作，投入到新中国航空工业的开创之中。

谈着谈着，周副科长抬手看了看手腕上的旧手表，并甩了甩："怎么我这旧手表可能不准。哟，杨工，你先休息会儿，武汉来的火车可能快进站了。"说罢跳下了马车，急匆匆朝站台跑去。杨建章也跟着跳了下来，目送周副科长跑向站台。

杨建章活动了下手脚，趁着没事他仔细打量起了这辆马车，马倒挺壮实高大，木质车厢与北方的很像，木厢边不高，木板很新，像刚做成不久，上面放了五六个小木凳供乘客使用，也很新的样子。车轮不错，是汽车钢圈橡胶充气胎，看来减震效果会好很多，估计这车厢是工厂里生产的，比一般民用的强太多。

一会儿工夫，周副科长陪着一瘦一胖、一高一矮两位戴眼镜的干部走来，周副科长介绍大家互相认识。这两位也是工程技术人员。一位瘦高个，西装革履，提着一个小行李箱，眼镜后的双眼透着机敏，江浙口音，姓黄名欣哲；一位微胖，穿中山装，双眼透着憨厚，操武汉口音，姓顾名同刚。两位曾是"两航"（中国航空、中央航空）的高级技术人员。父亲后来与周科长、黄工、顾工彼此都成为较好的朋友，这是后话。

大家有说有笑坐上马车出发了，周副科长很健谈，他一会儿指指坑坑洼洼的土路说："这条路将设计成往来各四车道的柏油马路，战时可起降飞机用。"一会儿他又指指路旁的一片田野："这一片按规划是我们 320 厂的生活区二期，这里包括足球场、室内体育场、百货商场、单身职工宿舍。"

他又指指远处："还有那边的一片小树林，将建中学、小学、技工学校和职工医院等。”

穿过正在基建的生活区，再经过由军人荷枪实弹站岗的一个检查站后，驾着马车的周副科长告诉大家：“现在我们就进入厂区了。”生产区也到处在搞基建，俨然一个大工地，成片的厂房在建设，飞机场、飞机库在翻新扩建，飞机跑道上不时起降一架架试飞的飞机，十几架待修飞机用帆布蒙着，停在飞机跑道边。

周副科长告诉大家：“厂里很忙，一边建设，一边抢修飞机，这里不少飞机都是朝鲜战场上损坏的，抢修好要立即奔赴朝鲜前线。”

马车在一个大平房前停下，一阵浓郁的饭菜香飘来，穿着蓝工服的工人、干部都拿着饭盒，井然有序出出进进，屋外一排十几个水龙头的水槽边也站满了人，那是供大家洗饭盒、洗手用的地方，广播站喇叭正在播放歌曲：

解放区的天是明朗的天，
解放区的人民好喜欢，
民主政府爱人民呀，
共产党的恩情说不完。
呀呼嗨嗨伊咳呀嗨，呀呼嗨呼嗨，
呀呼嗨嗨嗨，呀呼嗨嗨伊咳呀嗨。
……

周副科长说：“大家下车吧，先安排大家在食堂吃个便饭，饭后我带大家去组织人事科休息，今天下午两点主管厂长、军代表等领导会见大家，组织人事科的干部们，也要与大家一对一见面谈话，然后好安排各自的工作。”

他们几个人在食堂一角的专座坐下，中午饭很丰盛，除米饭外，食堂师傅把中午食堂正在供应的两荤两素菜，用大碗盛好放在桌子中间，菜中大都有辣椒，口味偏辣，这点赣菜与湘菜有许多相似之处。周副科长还让食堂加了一条鱼，也是辣辣的味道。

多年后父亲回忆道：当端起盛满米饭的碗，米香扑面而来，他已经喜欢上了这个制造飞机的工厂，喜欢这儿的热火朝天的工作气氛，更喜欢这儿的伙食。去北方工作这么多年，他很少吃到米饭。（那时的北方以面食为主，市面上也很少有大米售卖。即使当我成年后于改革开放的 80 年代末去天津出差，冬季的食堂里仍然以供应馒头、白菜为主，大米饭依然很少见。）

还是南方好！久违的米饭真香。

下午的谈话很顺利，厂领导和军代表都表示：他们已调看了父亲由二机部转来的档案，说原纺织系统单位党组织对父亲评价很高，虽然家庭出身不好，但组织上非常信任他。让他丢掉包袱好好干，说我们航空工业正需要这种年轻有为的技术干部。父亲当即表示：希望有朝一日能够加入党组织，愿意接受党组织对自己的考验。

对父亲的表态，厂领导非常满意，随后组织人事科任命下来了，杨建章同志担任总装配车间工艺组长，同组有五位同志，主要负责飞机维修后总装配中的工艺技术编制。

航空工业对父亲来说是崭新的，挑战也是巨大的，为尽快熟悉航空工业的技术流程与工艺编制，杨建章从到 320 厂第二天开始，就全身心扑在工作上，每天在总装配车间一干就是十几个小时，同时让青岛、北京的同学、老同事寄来许多技术书籍。

每当一架维修好的飞机被牵引出总装车间，杨建章和其他技术人员都会默默伴随飞机左右，陪着飞机出车间、上跑道，在试飞前，厂领导、主要技术人员要与驻厂军代表互相签字交接，这既是规定程序也是一种仪式。（据记载：1951 年 10 月空军司令部接受航空工业局建议，开始向航空工厂派驻军事代表，从此建立了军事代表驻厂验收接收航空产品的制度。）

随后维修好的飞机在空军试飞员的驾驶下，呼啸着从眼前腾空飞向蓝天，父亲说：这种感觉，就像父母目送将远赴战场出征的儿子。此情此景，常常让在场奋战了几天几夜未合眼的工程师和工人师傅们眼含热泪。每当此时，父亲也会惦记起远在湖南老家的父母、兄弟和姐妹，不知他们现在怎样。

转眼到了1952年底，南昌的冬季潮湿而寒冷，由于缺少取暖设施，春节前厂里决定暂停一个月工作，同时开展大规模技术改造，借此机会杨建章向厂里请假，想回湖南老家看看。厂里同意了他的请假，临走厂里把照顾工程技术人员，分配给每人一间的住房钥匙交到他手中。当时厂里宿舍大都采用苏联筒子楼式样，一般两至三层，每层一个大通道，南边是一间间住房，每间屋子面积较大，便于住户自己分割，楼层也较高，便于搭建阁楼。大门、共用厨房、共用卫生间设在北面。申请时杨建章特意要了间一楼的，他内心深处希望能把父母接来南昌一起生活，父母年纪都大了，一楼进出方便些。

在冬季飒飒寒风中，离开家乡多年的杨建章带着惆怅的心情，从南昌至长沙，再乘车至湘乡县城。大弟弟建平从大哥来信中知道他今天回来，天不亮就从山里步行赶到县城来迎接。杨建章当时差点儿没认出来，几年不见，弟弟长大了，但面黄肌瘦营养不良，大冬天依然穿着破旧的单衣，脚上穿着草鞋，不是他迎上来，还真不敢相认。

看见了弟弟，杨建章也知道了家里的处境，他赶紧开箱拿出一件自己从青岛带回的呢子中山装披在弟弟身上，可弟弟坚决不肯："大哥，不用了，我不冷，习惯了，这么好的衣服弄脏了。"见路边有卖烤红薯的，杨建章买了四个，让弟弟带上，可弟弟还是推辞："大哥，我不饿，我们赶紧走吧，妈妈说在村口等，我怕她在寒风中久了受不了。"

听弟弟这么说，杨建章包好红薯，收拾好行李，和弟弟加快脚步朝山里走去。他们翻过了一座又一座山，天依然阴沉，寒风依然飒飒，快中午时分，弟弟往前一指："大哥，再翻过一个山坡，就能看见村口的凉亭了！母亲和姐妹说会在那儿迎接我们。"

兄弟俩加快了脚步冲向山顶，当他们喘着气手搭凉棚朝凉亭方向张望，果然远远看见凉亭外寒风中站立的母女三人，"母亲！

我回来了!”“姐姐!妹妹!”兄弟俩激动地向她们挥手。远远的她们也发现了他俩,也朝他们挥手。

远远地看见寒风中母亲已是满头银发,几年不见已经苍老了不少。孝顺的杨建章激动得泪流满面,他不顾一切地冲下山坡,朝母亲奔来,泪水已模糊了双眼,他一把抱住母亲,轻轻叫了声:“母亲,儿回来了。”说罢缓缓跪了下来。

姐姐、妹妹此时也已泣不成声,她们告诉哥哥:“母亲在村口寒风中已站了好几个时辰,劝也劝不回。”杨建章听了更是声泪俱下。我的奶奶是大家闺秀,能识文断字,一生生有三个儿子、三个女儿,共六个孩子。奶奶处世总是沉稳气派,她强忍泪水,用她粗糙的冻得冰凉的手摸了摸儿子的头,转身用坚定的口气对身边的女儿说:“扶起建章吧,我们回家。”说罢自己先转身朝村里走去。

说是回家,实际是回到原来祖屋院子边四面透风的柴房,土改中祖屋和农具、家产连同不多的土地都被没收,分给了其他贫农,家里只剩下几床棉被和一些简单的生活、劳动工具。在柴房门边,杨建章的父亲杨汉和高兴地把杨建章迎进昏暗的柴房,似乎生活的巨变并没有击垮这位当年的村长兼小学校长。

家里人多,孩子也大了,房间只能简单用草帘隔出两部分,男女分睡。杨建章回来第一餐吃的是红薯米饭,家里最好的粮食是一袋米和一小堆红薯,生产队刚分的,说是要节省吃到来年开春。可杨建章的父亲杨汉和不管那么多,他吩咐儿女们:“不够就煮,建章回来这几天,饭要管饱。”

因为寒冷,晚上吃过红薯饭大家就早早睡了,杨建章跟父亲说想好好聊聊,为了不影响大家,杨汉和让儿子们在柴房门外垒了几块大石头,下面塞进几根大木头点着,再放上大水壶,既取暖,又烧水,杨汉和不知从哪儿摸出一包当地的山茶,放入两个大瓷碗中。

西装革履的杨建章回来,自然惊动了分配住进杨家祖屋的几户贫农,由于杨家是地主成分,平时他们就不许孩子与杨家孩子来往，此时杨汉和家来了人，自然不会过来客套，只是孩子们好奇，时不时会打开院门朝柴房这边张望一下。

山里的夜晚很安静，父子俩坐在柴火边的长凳上，一边喝着大碗茶，一边听着柴火的噼啪声，一边小声聊着。杨建章把这几年在外的工作与经历向父亲简单叙述了一遍，父亲叹了口气："也许你认为自己很努力了，但我还是很失望。"杨汉和咳了几声，接着说："你怎么不去参加革命，不去加入共产党？"

"我要求了，可组织上……主要是家庭出身问题。"杨建章解释道。

"我看还是你的问题，民国那时哪管家庭出身？"

杨建章低下了头，他不知如何回答父亲，便有意岔开话题："邻居和村里人对您和家人还好吗？"

"还好，邻居也不错，只是不让孩子与我们家交往，别村的地主家孩子就没那么好，经常会挨打。"杨汉和咳了几声，"村里对我们也不错，除了批斗会上挨了几脚，平时村里民兵、干部见我都躲着，毕竟曾经都是我的学生，我的学生是懂仁义礼智信的，几百年来我们湘人启蒙都从仁义礼智信开始。"

见父亲咳得厉害，杨建章便问："父亲身体怎样？你咳得厉害，要不要找个郎中看看？"

杨汉和摇摇头："早些年找郎中看过，说是风寒上侵，内热上炎所致，不打紧的，不打紧的。"

杨建章又试探着对父亲说："我这次回来，见家里这样，想把您和母亲接去南昌生活，姐妹、弟弟们也可以一起去，那边好找工作，厂子里正需要人。"

杨汉和看了一眼杨建章，摇了摇头："可能办不到了，我是被监督改造的专政对象，现在即使出去要饭也得生产队开条，何况我们一大家外迁哪。"

"村里现在谁负责？"杨建章问，"我明天想去试探一下。"

"吴春旺啊，你吴妈的小儿子。"杨汉和脱口而出，"倒是可以试试，看他是否念你们从小的情谊。"这一夜父子俩唠到很晚。

第二天一大早，杨建章早早起来，他要去会会多年不见、现担任村支书和民兵队长的吴春旺。

多年后，父亲回忆这段往事时说，其实他不太了解我的祖父，祖父的内心是希望他能成就一番大事业，而他却努力于技术工作，似乎有负于祖父对他的培养与希望。

十六、举家来赣

十年书剑长吁，
一曲琵琶暗许。
月明江上别湓浦，
愁听兰舟夜雨。

——姚燧《醉高歌》

昨夜与父亲交谈完，杨建章在四面透风的柴房久久不能入眠，天刚亮他就披衣起床，沿着儿时熟悉的田埂、水塘、祖屋散步。冬日的山区早晨，地面升腾起一层寒雾，收割过的稻田和路边已枯黄的野草上白皑皑结着一层霜。杨建章一边走一边默默下定了要把父母、兄弟姐妹们带出大山，去江西生活的决心。洪都320厂宿舍房子即使再挤，生活再困难，总比一家老小困在山里强啊。

散步回来，昏昏的太阳已升起，寒雾渐渐散去，但寒冷依旧。

大家都已起床，男孩在劈柴，女孩在烧火煮粥，父亲可能因昨日风寒不适，依然在屋角床上躺着，母亲示意大家不要打扰他。

粥好了，懂事的孩子让母亲和大哥先吃，饭桌是家里曾堆在柴房的一张旧桌子，当年曾差点儿送人或烧了，只因吴妈一家逃难至此，被杨汉和收留住进柴房，才又利用起来，如今成了家里最好的家具了。杨建章一边喝着粥一边问母亲："这桌子还在呀，我以为当年送给吴妈了。"

母亲苦笑："当年吴妈大儿子起新屋，嫌桌子旧没要。"

"吴妈现在还好?"杨建章问。

"年初突感风寒，在县医院去世了。"母亲停顿了一会儿，"她小儿子，就是吴春旺，不知从哪儿请了位道士，为她选了一块风水宝地，大办三天道场厚葬了。吴妈倒是非常厚道的好人。"

杨建章不知说什么好，他抬头看着四周："母亲，这柴房也太破旧了，你和爸应该让大家修补修补。"

母亲叹了口气："嗐，土改后，家里所有财物都被没收了，修房要花钱，生活也要用钱，想给你爸看看郎中，想让你小弟上学，药费和学费都没着落。"说着母亲抹了抹眼角的泪水，"不过我和你爸商量过，待扛过这个冬天，来年春天打算把柴房好好翻修一下。"听了母亲的话，杨建章心里十分惭愧，内疚自己平时对家里关心帮助太少。

吃完简单的早饭，杨建章披上西装，迎着寒风，朝村队部走去，他要去会会多年不见的老同学吴春旺。

村办公室就在原来的村公所，只是外墙用石灰重刷了一遍，原来的木栅栏改成新砌的砖墙，也抹上了石灰，大门两边，用红颜料写着："千万不要忘记阶级斗争!""把中国社会主义革命进行到底!"院子大门是新做的，白花花的木料，还未上漆。

门虚掩着，杨建章敲了敲门，门内一位小伙子探出身子，问："你找谁?"

"找你们吴书记。"

"你是?"

"他的老同学，杨汉和的儿子杨建章。"

小伙子用惊异的眼神上下打量着杨建章回答道："好吧，你在门外等等。"说罢身子缩了回去。

不一会儿，虚掩着的门打开了一扇，小伙子探头说："请吧，吴书记正好在。"

院子不大，但很干净，原来的黄土地面已用红砖铺平，一把大扫帚靠在门边，两辆二八载重自行车立在墙角。

杨建章被小伙子引进办公室，一推门浓浓的呛人烟味扑面而来，办公室对着门是一张办公桌，吴春旺正在一边看报一边吸烟，他抬眼见杨建章进来，毫无表情地放下报纸，用夹烟的手指指墙边一个方凳，示意杨建章坐下。几年不见，吴春旺已显出了中年人的成熟，他依然脸庞消瘦，那双不大的小眼，依然是记忆中的那么有神，透着聪明，显得非常有气场。吴春旺身着不知哪儿弄来的一身旧军装、旧军裤，腰间系着武装带，一副军人打扮。与昔日那唯唯诺诺的少年比，一个天上一个地下，变化太大了。“这是哪阵风把杨家大公子给吹回来了?”吴春旺欠欠身揶揄道，算是打过了招呼。

杨建章欠欠身，微笑道：“这么多年没回来，自然要来拜会一下老友、同学。”

吴春旺吸口烟笑了笑：“客气客气，你昨天一进村就有人报告我了，而且夜里你与你的地主爸爸杨汉和长谈我也知道。正是考虑我们曾是老同学，所以没去打扰你。”吴春旺又吸了口烟，“你今天来，有什么事就直说吧，我听听。”

杨建章依然欠欠身，语气尽量平和：“我们家的情况你最了解，父母年纪大了，身体又不好，这次来我想把父母、兄弟姐妹们都带走，希望老同学能帮帮忙。”

“这个嘛……”吴春旺在椅子上坐姿改成半躺着，脸朝天花板又吸了几口烟，“这个有点儿难呀，老同学，倒是我想知道杨公子现在什么单位贵干呀?”

“在南昌一家国营工厂搞技术。”杨建章笑笑。

吴春旺欠起身面带嘲讽：“南昌?有传言说杨汉和公子在外面可是当大官了，在南昌什么工厂呀?”

“哪里哪里，你应该了解我，学的就是工科，还是搞技术稳妥。什么工厂暂时不宜透露，这得保密呀。”杨建章平静回答。

“混得不行呀，老同学。既然要保密我就不问了。”吴春旺一仰，又恢复了半躺姿势，“你是读书人，应该了解政策呀，现在地主阶级与我们劳苦人民可是敌我关系。”此时吴春旺脸上的笑容消失殆尽，“如果放你们一家都走了，村里其他地富反坏会怎么想？贫下中农会怎么想？”

沉默了一会儿，杨建章平静地问：“这个成分的划分，我还想问问，我们家就那几亩地、一幢祖屋、几样农具，还是祖传的，父亲每年还要把收入拿出许多援助办村小学，怎么就划成地主了？最多也就一个富农成分。”

吴春旺夹着烟摆摆手：“这个成分划分是县里来的工作组定的，与我们生产队没关系，再说你父亲也签字认可了。”吴春旺又吸了几口烟，“但你们地主家浮财多呀！据说从你们家光呢子布料就搜出好几匹，银圆好几十枚，还有几根金条。”

杨建章解释道：“那都是我在外面挣的工资换的，寄给父母养家的。”

吴春旺又仰了仰：“你父母也这么说，可谁信呀？”吴春旺吐了口烟，“所以给你们家划成破产地主成分是合情合理的。我们也是考虑你父亲从事启蒙教育这么多年，没怎么为难他，只要他不乱说乱动，认真改造，就没什么事，只是分配农活儿时，你们家活儿差点儿，工分少点儿，不这样贫下中农们有意见。”

“行了，过去的我也不想追究，我现在希望能把父母、兄弟姐妹们接走，希望老同学给个面子。”杨建章坚持着。

吴春旺站起身，一脸冷漠：“我一会儿还有会，今天就到这儿吧，你这个要求我们得开会讨论讨论。我知道你是孝子，这样吧，我先答应你可以把你母亲接走，至于你爸和其他地主崽子们，只得留下接受改造啰，待以后条件允许，表现得好我可以再优先考虑让他们离开。”

从吴春旺那儿回来，杨建章闷闷不乐，杨汉和和母亲见他，也知道他可能碰了钉子。第二天吃完早饭，杨建章从带来的皮箱中摸出五个银圆，用纸包好，披上西装又朝生产队办公室走去。

吴春旺依然在办公室看报吸烟，杨建章把小纸包放在他面前，在对面坐下："昨天忘了给你带来。"吴春旺放下报纸，撩开小纸包一角，脸上露出了笑意，"看来地主家还是有余粮呀。"

"一点儿小意思，笑纳笑纳。"杨建章尽量平静，"我们家的事，你们讨论得怎样了？"

"不好办呀。"吴春旺盯着杨建章说，"有个条件，如果你答应了，我们可以考虑。"

"什么条件？"杨建章急切地问。

"如果你愿意留下，接受改造，配合我们调查你家财产，我们可以允许你家人离开。"吴春旺不紧不慢说道。

"这个可以。"杨建章不假思索地同意，"我留下，只要我们全家都走。"

"这可是你自愿的。"吴春旺露出得意的笑容，"陈干事，小陈，"吴春旺对着里屋喊，"出来一下。"

那位给杨建章开门的小伙子，从里屋转了出来："什么吩咐，吴书记？"

"拿纸和笔。"吴春旺安排着，"让杨公子立字据：'我自愿回家乡，接受贫下中农改造，同时交代我家剩余财产去向。'"吴春旺有些莫名的激动，"然后，然后，让杨公子签字画押。"

杨建章依然平静地坐着，似乎在听由吴书记发落，他照吴春旺说的写好，但没有签名画押，他站了起来，盯着吴春旺："你先写好路条，我再画押。"陈干事看着吴书记，吴春旺挥了挥手，陈干事赶紧拿来路条，填写好，盖上村大印。

一手交路条，一手交自愿书，吴春旺笑眯眯拿到自愿书后补了一句："刚才忘说了，走的人不包括你父亲地主杨汉和。"

他对着杨建章挥着手中的自愿书："可别后悔呀，杨公子，我这可是要连人带条上交乡里处理啊。"

听说不让父亲走，杨建章停顿了片刻，也挥挥手中路条："就这么说定了，我不会后悔。我母亲和兄弟姐妹们两天后离开。"说罢转身出了办公室。

听说可以离开了，孩子们高兴得在屋里跳了起来，但怕邻居们听见，只能压低嗓门至最小而哑声大笑。可问题又来了，父亲杨汉和不准离开，必须要有一个孩子留下陪伴他，留谁呢？杨建章母亲和父亲商量来商量去，最后决定留个男孩。建平叔叔大了，是家里的主要劳力，一路上正需要他照顾大家和母亲，建华叔叔又太小，才几岁，只有不大不小的建国叔叔正合适。

听说让自己留下陪伴父亲一起生活，已经十几岁懂事了的建国叔叔没有去争辩，只是一个人躲到院角抹着眼泪无声哭泣，杨建章找到他，也不知用什么语言来安慰，只能静静陪着他。听说建国不能一起走，其他孩子们心里也不好受，大家不再高兴，懂事地互相抢着干活儿，扫地、打柴、劈柴、修门、修窗……

终于要走了，两天后的早晨，天刚蒙蒙亮，孩子就早早起床，各自整理好自己的衣物，打成一个个小包袱背好。建平叔叔是劳力，准备了一副挑担。早上，大家草草吃点儿东西准备出发，杨建章把弟弟杨建平拉到一旁小声交代："今天我不与你们一起走了，你带母亲和大家先走，我得晚两天走。"

建平叔叔很惊讶："大哥不一起走吗？"

杨建章小声说："我还有些事要处理。你们先到县城，找到县招待所住两天，记住一定要住县招待所，否则我找不到你们。我大概两天后赶去与你们会合。"杨建章把钱和一个信封塞进杨建平手中："如果两天后我没来，你们就照信封中的地址去南昌，信封里面有我在厂里分配到的住房地址和钥匙，你们自己先安顿下来，再去自己找工作生活。"

杨建平点点头："放心，大哥，我们尽量等你。我会照顾好母亲和弟弟妹妹。"杨建章也同样告诉父母和兄弟姐妹们，自己要晚走两天处理些事，他没敢把自己被押在村里的事告诉大家，大家也没生疑。

太阳升起来了，虽然有寒风，但冬日的太阳照在人身上暖洋洋的，一大家子大人孩子几年来第一次有说有笑朝村口走去，他们要远走他乡了。村里农户都朝他们一家张望，背地窃窃私语，但昔日乡里乡邻没一人出来相送。村口值勤的民兵看了路条后，放行了大家，但不再让杨汉和、杨建章出村相送。

告别的时候到了，爷爷杨汉和眼含泪水先是握着奶奶的手："你自从嫁给我，就没过上几天好日子，给我抚养了这么多孩子，今天一别不知何时相见，你的好，只能来生变牛变马再报答了。"奶奶抹着眼泪："你说这些干啥，好好活着，我和孩子们在外面盼着你和建国回来团聚。"

接着杨汉和颤颤巍巍依次拍着每个孩子们的肩膀，摸着孩子们的头嘱咐："暑莲，你是大姐，出去了多多代我照顾好你母亲，照顾好弟弟、妹妹，为他们做个榜样，将来遇见好人家就嫁了，好好相夫教子，侍奉老人，爸爸祝福你。"暑莲姑姑流着眼泪点着头："记住了，父亲。"（大姑后在南昌成家并定居。）

"建平，你是家里的一个支柱，也是父亲的好帮手，出去了好好工作，要向大哥一样学好技术，为国家建设多做贡献。"建平叔叔眼含泪水点着头："父亲放心。"（建平叔叔后进入 320 厂工作，成为一名技术工人，长期在 31 车间工作，积极要求进步，并光荣入党。他一生工作任劳任怨，技术精湛，多次被评为先进，直至在 320 厂退休。）

"春兰，我的女儿，我喜欢你好强的性格，今后你也代我多多照顾好你母亲，大姐不如你聪明，多多互相帮助，爸爸同样会祝福你。"十多岁的春兰姑姑咬着嘴唇泪流满面。（春兰姑姑后考入 320 厂职工医院，担任护士，积极要求进步，加入共青团，一直在 320 厂职工医院工作至退休。）

"玉英，我的小女儿，你是家里最聪明伶俐、最漂亮的女孩，爸爸非常爱你，希望你将来幸福，爸爸同样会祝福你。"玉英姑姑早已哇哇哭成泪人，她拽着杨汉和的衣角嚷着："不，我要爸爸同我们一起走。"奶奶示意暑莲姑姑赶紧过去劝开。（后来玉英姑姑嫁回湖南湘潭并定居，曾在湘潭雨伞厂工作，积极要求进步，加入了共青团。）

最后杨汉和摸着建华叔叔的头："建华，我的小儿子，家里你最小，希望你出去后，好好学习，成为新中国的有用之才。”建华叔叔懂事地点着头。（到南昌后，建华叔叔进入 320 厂子弟学校学习，在“文革”前的最后一届高考中，以优异成绩考入上海交通大学船舶动力系，并光荣入党，后因家庭出身拖累，一生工作坎坷，现定居湖南湘潭。）

看着一家老小一步三回头地走远，直至消失在大山后面，杨汉和终于忍不住老泪纵横，蹲在地上号啕大哭起来，杨建章和杨建国赶紧扶起他，一边劝，一边往家走。自此一别，杨汉和与妻子、孩子们便天各一方，成为诀别，直到他去世也再没有与他们相见。

三人回到柴房，杨建章和杨建国把杨汉和扶到床上躺下休息，面对刚才还热闹的房子二人自然有些伤感，这时，一位民兵来到屋前：“传吴书记指示，杨汉和和你留下的孩子今后必须老老实实接受改造，不许乱说乱动。否则就要请你们尝尝无产阶级专政铁拳的厉害。”杨建章怕吵着父亲，赶紧出来：“我们知道了，请帮忙回复你们吴书记，我明天一早找他有事。”

第二天一早杨建章去队部找吴春旺，可扑了个空，干事说：“书记带武装民兵上山打靶去了，乡里要检查民兵训练成果，估计今天回不来了。”又过了一天，杨建章又去村办公室找吴春旺，吴书记还不在，干事告诉他：“吴书记交代，去贫农家访贫问苦去了，估计上午回不来了。”

“那，我在他办公室等他。”杨建章找了把椅子一屁股坐下，闭目养神起来。张干事见状，有点儿无可奈何：“好，好吧，你可千万别乱动桌上东西。”

一个时辰不到，吴春旺哼着小曲推门进来，见杨建章在，有些吃惊：“哎，你怎么在我办公室待着？”吴春旺把外套往椅子上一扔，“杨公子不老老实实接受改造，找我还有什么事吗？”

杨建章睁开眼，站了起来：“吴书记好难等啊！当然有事，我必须给厂里打个长途电话，说我不回去了。”

“我这村里哪有长途电话?”吴春旺两手一摊,“要去也只有去乡里,那里才有长途电话。”

“那我去乡里打。”杨建章转身要走。

“慢着。”吴春旺喊道,并用手敲着桌子,“我给你说过了,杨公子!以后不许乱说乱动,去乡里,必须我们自己人陪着。”

“张干事,去把民兵王大个叫来。”吴书记布置道。

“是。”张干事转身跑了出去。

吴春旺从抽屉中拿出杨建章的自愿书,同时在一张信纸上唰唰写下几行字,一起装进一个信封。不一会儿办公室门外喊道:“报告。”张干事和民兵王大个到了。

吴春旺先拉门出去,与张干事和民兵小声交代了一番,然后再推开门:“杨公子,请吧。”

吴春旺所说的乡里叫栗山乡,1962 年改公社,1984 年恢复设置乡,1994 年改栗山镇。

杨建章站起身,拿上西装外套,正要出门。“站住!”吴春旺一把抢过西服,“杨公子,你这次回来,影响很不好啊。广大贫下中农很是有意见,你要有准备,从乡里回来,我要组织全村开个批斗会,好好杀杀你们这些地主老财的威风。”说罢,把西服往墙角一扔,“都什么年代了,还穿西服搞资产阶级一套,腐蚀我们广大人民群众。”

看着跟随自己多年的西服被扔到满是灰尘的墙角,杨建章用眼瞪了一眼吴春旺,转身与陈干事和民兵迎着飒飒寒风朝乡里走去。少了一件外套,杨建章只得把衬衣所有纽扣扣好,把衣领竖起来,把双臂放在胸前御寒,即使这样到乡办公室时,已冻得清鼻涕直流。

接待他们的是乡里一位年纪较大的干部,陈干事把信封递给他,他抽出来看了看,又看了一眼鼻子和脸冻得通红的杨建章,问:“你要打个长途电话?”杨建章感激地朝他点头:“对对。”“这个,我得向郭书记请示一下。”乡干部转身出去,不一会儿又回到办公室，他笑着对杨建章说："郭书记同意了。"

干部拿起桌上电话，那时还是旧式的手摇电话，电话先摇到县总机，然后转江西南昌，叫通320厂总机后他把电话交给杨建章，杨建章要了厂组织人事科，接电话的正是周副科长。

杨建章把这次回老家，如何为了父母兄弟姐妹们被村里扣留的事，简单做了汇报，电话那头，周副科长说："杨工，这事我来处理，你让当地主要领导接电话。"杨建章捂住话筒，对乡干部说："厂里要你们领导接电话。"

接待他们的乡干部站了起来："你厂是什么单位，还要我们领导亲自接电话？"

可他拿起话筒听了几句，又把话筒交还给了杨建章："还是请郭书记来接吧。"说罢推门出去。

不一会儿，听见办公室门外走廊上有个略带东北口音的大嗓门在问："什么电话非得我接？"

乡干部的声音："对方说是国家重要国防企业。"

"是吗？"随着声音，一位身材魁梧，披着军大衣的东北大汉推门进来，一看便知是位南下的军转干部。

郭书记接过话筒，依然大嗓门："喂，你好，我是这里的负责人。"听了一会儿，郭书记口气放缓，声音变轻柔了，"请你们放心，这件事我会妥善处理好，你们单位的干部，我确保他安全按时返回。"

放下电话郭书记问："谁是320厂的杨同志？"父亲赶紧站起来："我是。"郭书记上前一步伸出手，父亲也赶紧上前一步握住郭书记的手。郭书记微笑着说："欢迎你回到家乡，受委屈了。"

杨建章摇摇头，也报以微笑："没事，没事。"

郭书记问："你打算直接走，还是回村？还需要我们乡里帮你什么？"

杨建章说："我得回村与兄弟、父亲告个别。"他停顿了片刻问："领导同志，你们乡能开路条吗？没路条我担心回厂有问题。"

郭书记哈哈一笑："可以，当然可以。"他转向乡干部，"给杨同志开张路条，注明他是国家重要国防企业干部，请沿途检查的同志一律放行。"

"好的，马上去办。"乡干部一边回答一边把张干事带来的信封交给郭书记，"这是他们村转来的材料，看如何处理?"郭书记抽出来看了看，面露不快："这个吴春旺想什么呢?杨同志是有单位有组织的干部，他想扣就扣?"说罢咔嚓把信纸连信封都撕了，随手扔进了废纸篓。

临走郭书记再一次握住杨建章的手："你那320厂我知道，我也有战友在你们厂工作，支持国防建设是我们地方上应尽的责任。"

见郭书记要走，陈干事和民兵都急了："郭书记，你也得给我俩写张条呀，否则我俩回去如何交差?"李书记听罢严肃地对陈干事说："你回去转告你们领导，党的干部要讲原则，不能整天满脑子的阶级斗争。"说罢他对乡干部再一次交代："也给他们村去个函吧，就说经研究乡里不同意杨同志留下，决定立即让杨同志返厂参加社会主义国防建设。对了，路条和函都找办公室盖章。"

从乡返回的路上，陈干事和民兵王大个都像泄了气的皮球，无精打采地跟在杨建章后面。虽然依然冷，但杨建章一想到将要回厂，便精神抖擞起来，他不时向张干事和民兵招手让他俩快点儿跟上，还时不时在他俩面前竖起大拇指说："郭书记真是党的好干部!"

事后回到320厂他找到周副科长，说起这事，周科长（回厂得知周副科长已转正为正科长）哈哈大笑说："我当时就跟他们说如果不放人，我们就向省委汇报，让江西省委向湖南省委要人，哈哈。"为感谢周科长的帮助，父亲还约上在火车站相识的黄工、顾工聚餐了一次。周科长帮杨工打电话千里脱险的故事，多少年都是大家聚餐聚会时必讲的段子。居然后来还衍生出另一个段子：说其实周科长那天中午喝了点儿酒，当走进办公室时人正迷糊，电话铃声响起，他也不知是长途还是厂内电话，正好第二天他要去省委组织部汇报工作，便随口说道："这事我打算立即向省委组织部报告，如果你们不怕就兜着吧。"……就这么着把杨工救了。

回到村办公室，冻得不行的杨建章立即跑到隔壁办公室的火盆边先取取暖，只听隔壁屋子里陈干事小声在向吴春旺汇报，不时传来吴春旺的声音："……不可能，我了解郭书记。……他是国防企业干部?!……我们党的人事部门是怎么政审的？他……"休息了一会儿，杨建章来到吴春旺办公室，见吴春旺无精打采地坐在办公桌前发愣，他挥了挥手中乡里的路条："老同学，我明天可真要走了，路条也已经拿到了，希望你能善待我父亲和兄弟。"

吴春旺尴尬地朝杨建章笑了笑："这几天，我们俩之间都是误会，误会，听干事说郭书记都批评我了，批评得对，批评得对。"吴春旺尴尬地笑着，说完他发现杨建章还立着那眼睛定定地望着他。他收起尴尬问："路条你都拿到了，还有事吗?"

杨建章朝墙角撇了撇嘴说："我的西服。"

"哦，拿走吧，拿走吧。"吴春旺摆摆手。

杨建章快步上前，捡起墙角的西服拍了拍套在身上，临出门，他停下脚步回望了一眼从小一起长大，现坐在办公桌前发愣的老同学："以后希望你不要拿别人的东西发泄。"说完摔门冲出了办公室，朝山坳里的柴房走去。从此杨建章与吴春旺形同陌路，再未相见。

回到柴房，杨汉和和儿子杨建国正在等建章回来吃饭，得知建章回来，杨建章的舅舅托人偷偷从邻村送来一小块腊肉。杨建章舅舅也因继承了些祖上的田地被划为地主，"文革"中因担心他唯一的儿子在农村被冲击，还让他儿子来南昌我们家小住了几个月，可因家庭出身原因，杨建章舅舅中年丧妻，晚年与他儿子相依为命，生活艰苦。杨建章舅舅去世后，他儿子终身未婚，晚年成为村里的孤老低保户，这是后话。

一小碗腊肉，一小锅红薯饭。杨建章告诉父亲和弟弟，事已处理完，明早他就要去县城与大家会合后赶回厂里上班。三人默默地吃着，杨汉和把腊肉都夹进杨建章碗里，杨建章又把腊肉从自己碗中夹给父亲、弟弟，几片腊肉就这样来来回回，传来传去，谁也舍不得吃。最后还是杨建章含着眼泪发话："父亲，弟弟，还是你们多吃吧，我在外面，毕竟比你们在农村好过些。"

在老家的最后一夜。杨建章陪父亲聊到很晚，第二天天刚亮，弟弟建国懂事地早早起来，打水煮粥，几乎一夜未眠的杨建章尽可能把带来的钱分成几份交给建国弟弟，让他收藏好，关键时候用，并嘱咐他："你要坚强，要忍耐，如有可能一定带父亲来南昌找我们。"建国弟弟懂事地直点头。

外面较前两天又冷了不少，杨建章不让父亲和弟弟送，可杨汉和不肯，硬要送。到了村口，杨汉和一把抓住杨建章的手，老泪纵横，他哽噎着说："建章，我的儿，昨晚想了一夜，为父最欣慰的是，当年听了你祖父的话送你出去读书，才有了今天你把母亲、兄弟姐妹们带出大山的回报。"

杨建章也泣不成声，他双膝跪下："父亲，你对我们恩重如山，可惜儿子无能力报答，没能力把你和弟弟一起接出大山，现接受儿一拜。"说罢在土路上向父亲连叩了三个头，建国弟弟赶紧扶起大哥，兄弟俩又依依不舍，相拥而泣。

告别是痛苦的，但县城里还有母亲和其他兄弟姐妹们等着他，杨建章不敢耽搁太久，他一步三回头，与寒风中年迈的父亲和弟弟告别。

这一别也是诀别，杨建章从此再没回过老家，也再没见过他的父亲。杨建章晚年说起这幕，心情总是非常难过，有时还会说着说着抹起眼泪，他觉得自己太亏欠父亲，是个不争气，也不合格的儿子。

这一幕也被站在远处山坡上的吴春旺看见，放杨建章走，他心有不甘，从小到大他都与杨建章较劲比着，可处处不如他。好不容易解放了，贫农们当家做主了，杨建章这个地主崽子又落在他的手中，本想好好整整他，没想到乡里郭书记又放了他。见杨建章走远，他把烟头狠狠摔在地上，并踏脚跺了又跺。

寒风中，杨建章紧赶慢赶，中午时分终于来到湘乡县城，还未到县招待所，就远远看见弟弟建平在路边张望，见大哥过来，他兴奋地奔了过来。

原本杨建章约定等两天，今天已是第三天，本来按约定孩子们想离开，可奶奶不同意，她说："不急，再等几天，钱不够大家一天吃一顿，一定要等到建章回来一起走。"

杨建章的到来，让奶奶和孩子们都高兴坏了。大家收拾收拾立即起程上路。当一家老小鱼贯着走出招待所，走在大街上时，一抬头，发现风停了，天晴了，温暖的阳光洒满街道，洒在每个人的身上。

离招待所不远是县政府，门上插着鲜艳的五星红旗，下面还挂着毛主席像，山里出来的孩子都是第一次见到。杨建章停下来告诉大家："这是五星红旗，我们新中国的国旗，这是毛主席，我们新中国的领袖，也是我们湖南人。"大家仰头望去，蓝天白云下五星红旗格外鲜艳，毛主席的画像微笑着，似乎在注视着每一个人。

奶奶建议："给毛主席敬个礼，让他保佑我们。"阳光下，孩子们听话地放下担子和包袱，站成一排，向毛主席、向国旗深深鞠躬致敬。

多年后，大概是父亲去世后的第五年，母亲去世后的第二年，我带着他的嘱托回湖南湘乡市栗山镇巴江村丰冲老家的山村看了看，当时全国正在深化"改革开放"，湖南路况也好了很多，可以一直把车开到村里，开到祖屋的山坳前面。

当年山坳里的祖屋和柴房早已没了踪影，在一片空地上依稀可以看到房子地基的痕迹，陪同的村干部说："当时你们家的房子在我们这一带都算好的，梁和柱子都用的整树料，又粗又大，可惜分给农民后，他们光住不保养，有年下大雨，房子让洪水冲塌了，木料也被别人搬走，可惜了，要不现在有政策，可以把当年没收的房产退还给当年主人的后代。”祖屋后面山上的树也早已被砍光，现在山上种的都是直径胳膊粗的人工林。

县城周边新楼盘拔地而起，一片欣欣向荣。司机小李是本地人，回程的路上我问：“你们这山村曾出过一位叫吴春旺的干部，你知道吗?”

“吴老啊，知道知道，他是我们这里的老干部。”小李司机的话匣子打开了，“这个吴老有个特长，会看风水。据说年轻时曾拜道士学过。”说起这些小李津津乐道，“四邻八乡不少人都找他看过风水，当然是有头有脸的居多，可惜他去年去世了，不过他三个儿子可了不得，大儿子在政法系统工作，二儿子在教育系统工作，担任中学的校长多年，最厉害的是三儿子，改革开放后辞了税务局工作下海，现在是我们这儿远近有名的老板，据说身价好几十个亿……”

我摇下车窗，任凭风呼呼吹在脸上，没再留意小李说些什么。

十七、日夜奋战

雨横风狂三月暮，
门掩黄昏，
无计留春住。
泪眼问花花不语，
乱红飞过秋千去。

——欧阳修《蝶恋花》

杨建章一回到洪都 320 厂，就投入到紧张繁忙的工作中。1953 年是新中国航空工业大干快上的一年，这年年初 320 厂召开全厂干部、职工大会，会上提出自己研制飞机。当时厂里大礼堂还未建好，大会场就设在飞机总装配车间里，两边是待修的飞机，主席台临时设在车间中间的空地上，用装飞机配件的木箱垒起，上面放两张木桌、两把条凳，木桌上领导前面放一茶杯，扩音器也是临时从厂广播站搬来的，上面用铁丝拉一红色横幅，用白颜料写着“320 厂干部职工全体大会”。时任 320 厂党委书记、厂长吴继周主持大会，江西省政府主席、建厂委员会主任邵式平、建厂委员会副主任郦少安等领导在主席台就座。

吴厂长首先在会上做动员：“……同志们，今年抗美援朝进入关键一年，咱们厂既要确保战场飞机的维修任务，也得开始着手研制新中国第一架国产飞机的工作，国家航空工业局和厂里决定，第一架飞机研制苏联雅克 18 飞机，我们称‘初教 5’。在不久前的一次中央财政工作会议上，当得知在朝鲜战场，我们志愿军战士顶着敌人飞机的狂轰滥炸英勇作战，我们二机部何长工部长就慷慨激昂地表示：偌大的中国，没有航空怎能立足于世界民族之林？毛泽东主席当即表示赞同：长工这一炮放得好，航空工业应该早点儿抓起来。为了不辜负毛主席和中央领导的期望，我们必须科学组织，大干快上！同志们，我们肩上的担子重啊！希望全厂干部、职工心往一处，努力工作！为此，我们厂的机构将做些调整，由张阿舟工程师牵头成立厂国产飞机试飞委员会。张阿舟来了吗？”吴厂长在主席台上对台下喊。

“来了！张阿舟到！”穿着工服的张工一激动站了起来，大声回答。站起来的时候不小心把脚下一节短槽钢加木板的简易凳子撞翻，倒在地上的槽钢把水泥地面撞得叮叮当当直响，引来大家的哄堂大笑。坐在边上的杨建章赶紧帮张工扶好临时凳子。

吴厂长也忍住笑：“你会后来我办公室一趟，我们研究一下计划，哦，还有总工程师冯国安、总工艺师高永寿、工程师徐培麟也一起参加，工艺科、总装车间最好也派几位技术骨干一起参加。”台下高总工举了举手，示意知道。

吴厂长接着说：“为研制新飞机做准备，我厂将组建设计科、工具科、冶金科、生产准备科，组建生产准备车间，完善生产准备系统。厂里要成立中央零件仓库，设立中央试验室……同时，我们也不能放松阶级斗争这根弦，提高警惕，防止敌特破坏。厂里要加强安全保障，工厂外四周要圈起电网，厂区保卫工作由保卫科转交驻厂解放军战士负责，确保安全。”

说到这儿，吴厂长停顿了一下，他转身向邵省长：“可能驻厂解放军战士人数得增加些。”邵省长点点头，把手中的雪茄烟朝翻过来临时充当烟灰缸的茶杯盖抖了抖，“放心，这事我来处理，一个连不够，加一个团。”听邵省长这么一说，吴厂长带头鼓掌，台下也跟着一片掌声。

掌声过后吴厂长接着说：“320厂近期将生产区与生活区完全分开，车间之间的来往要凭介绍信出入。……”

最后邵式平主席讲话，他一手夹着雪茄，一手扶着话筒，大嗓门加上扩音器，洪亮的声音在车间回荡："今年是国家第一个五年计划的开始年，研制雅克-18飞机国家要求我们1955年完成，但我们必须尽量提前，作为省政府主席我表个态，全省支持320厂建设与研发，要人给人，要物给物！"

"哗哗……"大家使劲地鼓掌。

邵式平主席停顿了一会儿："南昌是八一起义的地方，中国共产党武装夺取政权的第一枪就在南昌打响，我们新中国自己制造的第一架飞机必须在南昌诞生！在南昌起飞！"

"哗哗……"大家又是使劲地鼓掌。

时任江西省政府主席的邵式平，是江西弋阳县邵家坂人，是我党我军早期的无产阶级革命家、军事家，著名的农民运动领袖。

当年创建闽浙赣苏区，以方志敏、邵式平、黄道为核心，身边聚集着粟裕、汪东兴、方志纯等一批优秀党员干部，年轻时邵式平担任过北师大学生会主席，同学黄道是党支部书记。邵式平是弋横暴动的主要领导人之一，是闽浙赣苏区和红十军的创建者与领导者之一，也是闽赣苏区的创建人和主要领导人之一。1931年11月和1934年6月两次当选中华苏维埃临时中央人民政府执行委员和中央军事委员会委员。

大革命失败后，邵式平率部参加长征，胜利到达陕北。1949年6月南下，毛泽东主席亲自点名邵式平担任江西省第一任人民政府主席，1949年9月参加政治协商会议并出席开国大典。

中华人民共和国成立后，邵式平历任中共中南局委员、中共华东局委员，中共江西省委常委、省委第二书记、省长。党内领袖人物皆亲昵地称他"邵大哥"。他文韬武略，才华横溢，讲话出口成章，结合实际，机智而风趣。他做报告一向不要秘书写讲稿，却条理清晰，辞采动人，深入浅出，令人折服，因此也被人称为"儒帅"。他1956年被选为中共第八届候补中央委员。1965年3月24日因病在南昌逝世。

那时的洪都320厂在国家的支持下，技术科研力量雄厚，可谓人才济济，其中不少人后来成了中国航空工业的领军人物，如厂副总工程师张阿舟、总工艺师高永寿、副总工艺师徐培麟等等。

个子瘦小的张阿舟副总工，整天穿着一套工作服，他主要负责主持静力试验和参加试飞工作。1954 年 7 月 3 日，“初教 5”首飞成功，张阿舟等三人荣立特等功。张阿舟 1920 年出生在江苏省丹阳县云阳镇。1937 年夏，卢沟桥事变后，国民政府中央大学正式开办“航空工程系”。张阿舟是该系的第一批学生。报考时，中央大学还在南京，等到录取入学时，却已经迁到了重庆。1941 年夏天毕业后，他留校担任航空工程系助教。

1945 年 8 月，张阿舟以全国总分第二的成绩被庚款留英考试录取，进入英国布里斯托尔大学学习。1949 年，远在英国的张阿舟获悉新中国成立。1950 年 1 月，在中国驻英人员的组织下，他经香港顺利回到内地，投入新中国的建设之中。

1951 年 4 月 23 日，国家航空局决定在南昌建立飞机制造厂。5 月 13 日第一批建设者到达南昌，同年 10 月，张阿舟也来到了南昌，投入到试制“初教 5”的工作中。

“初教 5”研制成功后，1955 年张阿舟调入南京航空学院(后改为南京航空航天大学)。20 世纪 60 年代，张阿舟开始招收研究生，并于 1980 年起招收博士学位的研究生，是我国首批博士研究生导师。

与张阿舟同为校友的高永寿，1941 年毕业于中央大学航空工程技术系。1944 年派往美国密苏里州圣路易斯市麦克唐纳飞机工厂进行实习。

1946 年进入英国格洛斯特飞机公司继续学习飞机设计。1949 年 8 月辗转回国，毅然投身于新中国的航空建设。1952—1954 年南昌 320 厂主持新中国第一架飞机“雅克－18”研制工作，担任南昌 320 厂总工艺师，1955 年与张阿舟一起调入南京航空大学担任教授。

而徐培麟与前两位相比，经历就要坎坷得多。1925 年 3 月 25 日生于江苏省苏州市一个靠祖上遗留的土地及父亲徐其武工资生活的职员家庭。

1949 年初，在其工作的南京空军配件总厂向台湾搬迁之时，由于受进步思想影响没有去台湾，工厂被解放军华东军区接管后，改为空军 22 厂，由此正式参加革命工作。

1952 年刚刚起步的新中国航空工业调整，22 厂合并到南昌 320 厂。从南京到南昌，在搬迁中徐培麟被记一等功。

在南昌飞机制造厂（320 厂），徐培麟先后担任工装设计科副科长、工艺科科长、试制车间技术副主任、副总工艺师等职务，带领技术人员认真钻研业务，积极完成飞机维修和“雅克－18”飞机仿制工作。他们为“雅克－18”螺旋桨罩设计制造的模线样板，是新中国第一套模线样板。随后在苏联专家的指导下，在“安－2”（运 5）飞机仿制中，全面采用了模线样板——“切面模型工作法”，来制造成套工装设备，保证了装配质量，这种工艺当时在国内飞机制造厂也是首次采用。

1958 年 9 月，徐培麟调到北京九所工作，1965 年调到沈阳 112 厂，任副总工程师职务，参加“歼 6”“歼 7”研制，而后又参加研制“歼 8”新机。“文化大革命”开始后，徐培麟被戴上“特嫌”的帽子，隔离审查，精神上受到严重的打击。

1973 年，徐培麟刚刚恢复工作，他听说在陕西秦岭南麓的汉江河畔，国家正在筹建一座大型运输机制造厂，于 1974 年 1 月飞奔汉中。新筹建的陕西飞机制造公司（182 厂）属三线企业，“运 8”飞机试制生产开始他担任工厂副总工程师、试制领导小组组长。

后来“运 8”飞机成为空军运输机的主力机种，“运 8”飞机的不断改进改型，填补了国内多项空白，壮大了国威军威。1978 年 12 月 4 日徐培麟同志终于实现了自己多年的愿望，光荣地加入了中国共产党。

那时320厂的人们从干部到工人，都憋着一股劲，大家摩拳擦掌，争着要为国产飞机做贡献。说干就干，科室一调整完，320厂里就投入到试制飞机过程中。首先扩大飞机修理范围，试制重要飞机部件。大家焚膏继晷地连续工作。杨建章所在的总装车间，无疑最忙，根据厂里的部署，所有工程技术人员和工人白天工作，晚上培训。航空工业产品，比一般民用产品质量要求更严谨、更高，试产的新部件，都要先试装、试用。

这天晚上刚吃完饭，杨建章又匆匆赶往培训教室，那时纪律非常严格。杨建章总是提早到，这样可以把前天培训的内容预习一下。当他刚要跨入培训教室的一楼大门，发现门边暗处有一人蹲着，似乎有点儿眼熟，他倒退回来，仔细打量后，不禁失声说道："哟，这不是周科长吗?"

蹲在暗处的正是人事科周礼仁科长，只见他满头虚汗，脸色铁青。杨建章赶忙过去扶着："周科长，我们去职工医院吧?"

周科长扶着树缓缓站了起来："没事，打仗时留在肚子里的弹片又作怪了。"

说完他笑了笑，强打精神，用手一挥："走，我也要培训，走，走。"

这时刚来南昌时火车站认识的黄欣哲工程师正好走来，他扶了扶眼镜，操着江浙口音："哟，杨工、周科长你们也来培训。"杨建章一看赶紧拉住黄工："正好，黄工我们一起扶扶周科长，他打仗时的旧伤犯了。"

"不用，不用，我自己能走。"周科长笑着说，似乎力气和脸色恢复了些。

周科长坚持要参加培训，杨建章和黄工没辙，只能慢慢陪着周科长走进教室，看他慢慢坐下，才回到各自教室。

今天是来自空军的教员讲"雅克-18"即"初教5"飞机性能，教室里很安静，只有教员的声音在教室里回荡："'初教5'飞机在飞行中安定性很好，操纵起来也很灵活，可以做多种特技飞行，其主要飞行数据如下：平飞最大速度可达每小时248公里，平飞最小速度每小时100公里，实际上升限度4000米，最大航程1000公里，最大续航时间8小时。”

忽然杨建章感觉有人在轻轻敲教室过道上的窗户，一看是黄工，黄工正向他打手势，让他出来。杨建章赶紧举手向教员小声喊道：“报告。”

教员示意他站起来说，杨建章合上笔记本站起来：“报告老师，我有一位在别班的同事病了，我们得送他去医院看急诊。”

“去吧。”教官点头同意，“不过，你明晚早点儿来教室，我把今晚内容向你简要复述一遍。”

“是。”杨建章立正回答，随后赶紧走出教室。

果然是周礼仁科长病情加重，黄工和杨建章一左一右，架着周科长赶紧往职工医院去，路上周科长已经开始有点儿迷迷糊糊，为了不使周科长睡过去，杨建章和黄工一路与他说话：“哎，周科长，周马夫，当年接我们俩的马还在吗?”

周科长摇摇头，嘴里咕噜了两声，不知说什么。

“哎呀，周科长，你用一匹马把我俩拉来，现在我俩变成两匹马来拉你了。”周科长依然咕噜摇头……

好在职工医院不远，二人挂了急诊，把周科长送进急诊室。当晚周科长就被留下住院治疗，说是体内旧伤复发，还伴有感染。

320厂几乎每天都有十几架次飞机呼啸着从试飞机场起飞，工人、干部们不忙时，也会蹲在车间门口，站在办公室窗前看飞机起飞、降落。

这天傍晚，总工程师高永寿、徐培麟匆匆来到总装车间，不一会儿张阿舟工程师也赶了过来，他们把车间所有工程师招集过来，大家临时围在一起，张阿舟把一张零号起落架总装配图摊在一个木箱上：“刚才试飞结束后，试飞员反映前左起落架未完全施放到位，好在右起落架非常坚挺，能有效支撑重量，否则非常危险，弄不好降落时，会机毁人亡。”

高永寿、徐培麟点点头表示认可，高永寿说：“我看了我们自己画的测绘图，虽然我们没有拿到苏联的原设计图，但结构上应该没有问题，我认为设计没问题，问题出在工艺和加工制造上。”高总工转头问另一边的张阿舟：“苏联原设计图快了吗？”

张阿舟摇摇头：“我也急，空军方面也急，昨天还打电话问北京方面，希望苏联能尽快提供，据说何部长和航空局领导正在与苏联谈判。”

高总工用手托住下巴陷入沉思，徐总工用手轻轻敲着起落架测绘图的连杆部位，小声说道：“我也分析是工艺制造出了问题。”说罢，他转头朝围在一旁的杨建章等几位车间工程师说道：“你们工艺组连夜把起落架重新测算一遍，一项一项工艺单独排查，看问题出在什么地方。特别是连杆、主轴的公差配合，是否与样品相符。”说罢，徐总工停顿了一下，口气严厉地补充：“明天一上班把报告交上来！如果是工艺问题，工艺技术负责人应检讨并承担责任！”

“是！”杨建章看了一眼周围几位一线车间负责工艺的技术员和工程师，大家已连续工作了一整天，有的同事已几天没回家，但作为组长他依然立正回答，“是，坚决完成任务。”

“明早我要看报告，也送我一份。”高总工朝徐副总工说。

“明早我去徐总工办公室。”张阿舟总工也附和道。

高总工转向张阿舟：“我建议这两天试飞暂停，待试装新起落架后再飞。”张阿舟总工表示赞同。

又是一夜的挑灯夜战，经测算排查，杨建章他们工艺小组得出结论：由于图纸工艺正负配合公差太小，导致主轴伸展不到位，他们书面建议：设计图纸公差配合应放大。

第二天一大早，当杨建章等几位一线工艺工程师和技术员，带着报告和建议，迈着疲惫的步伐走进高总工办公室时，几位总工正等着他们。

听完汇报，徐培麟边看报告书边问：“公差配合放大，意味主轴与套筒间隙变大，主轴四周的润滑油泄漏的可能性会加大。你们工艺组考虑过这个问题吗？照你们的结论问题应该在设计上，还是制造工艺上?”

“考虑过了，但我们认为密封套改进后，完全可以保证增加间隙不会漏油。”

见几位老总没有表示，杨建章补充道：“我们认为肯定是设计测绘出了问题，我们测量了所有部件，都在图纸允许的公差范围内。”

“制造上工人师傅们是严格按照工艺流程和图纸进行生产，产品质量没有任何问题。”

“我们只是说出自己的想法，没有推卸责任的意思。”杨建章和同来的技术员们你一句我一句地回答。

高总工见状走过来逐个拍拍大家的肩膀：“大家辛苦了，你们的报告很严谨，但最终事故认定，要厂部讨论决定，大家想过没有？同样是按图纸生产的起落架，一个行，一个不行，这怎么解释?”杨建章与大家面面相觑，一时不知如何回答。

几天后厂部的事故认定下来了，没采纳杨建章小组的报告，认定是制造、工艺环节的责任。这天下午，徐总工打电话，要杨建章去他办公室一趟。当杨建章无精打采地走进他办公室时，徐培麟总工热情地示意他坐下，并为他倒了一杯热水：“小杨有长期从事机械制造的经验，又是机械专科出身，是位难得的人才，你们工艺组在车间一线的成绩也是有目共睹的。”杨建章坐在那儿，朝徐总工苦笑了笑。徐总工返回到座位上，口气严肃起来：“但是厂部的处理决定，希望你和你们组不要有情绪，更不要背上包袱。”

杨建章依然苦笑了笑：“不会的，我还年轻，经得起挫折，我们组的同志虽然来自四面八方，但个顶个都是好同志，无论技术还是工作态度，希望领导处理时不要涉及他们。要处理就处理我一人吧。”徐副总工叹了口气，低下了头。是啊，作为全厂负责工艺的副总工程师，把责任都揽在他的部下身上，他也为难。

这时厂部办公室漂亮的小女干事推门进来，她嗓音甜美：“徐总，会议开始了，大家就等你了。”徐总抬起头，对小干事笑笑：“好，马上去。”杨建章站起身要告辞，徐总工大步向前一把拉住他：“走，我们一起参加。”

“我也参加？”杨建章有些惊异，再看看自己一身油腻腻的工服，后悔来时没换身干净的。

“走吧，听听有益。”徐总工拉着杨建章满是油腻的手臂不放。

在去会议室的路上，徐总工小声对杨建章说：“你们小组按你们的方案，生产一副起落架，我让试制车间技术最好的李师傅加工小组配合你们组，但这事不要声张，干好后交总装试装，我签字同意试飞，有事我担着。”

杨建章点点头，小声说：“请领导放心，保证完成任务。”

当他们轻轻推门猫腰走进会议室时，十几人的会议室已坐满了人，中间有个椭圆形会议桌，参会的都是厂里负责技术的领导和各科室负责人。

高总工正在讲话：“刚才大家都听了张阿舟总工的汇报，他提出的机架、机身静力试验方案报告，我非常赞同，我看就由张总工全权组织实施吧，工艺由工艺科，还是由总装工艺组负责，你们可以议议。”

张阿舟笑笑：“光我一人不行，还需要试制、总装、试飞等部门的配合才行。”

“我们工艺会坚决配合。”徐总工向张阿舟挥了挥手。

张阿舟总工环顾会场：“总装工艺来人了吗？也表个态吧。”

徐总工用胳膊顶了顶身旁的杨建章，杨建章只好微微欠起身，小声说：“我们总装也坚决配合。”

“好，好，这我就放心了。”一向乐观的张阿舟总工既像在汇报，又像在布置任务，“我会设计个方案，然后大家看看，我想静力测试的上限，应该是飞机在飞行中所受到的最大破坏力的一倍以上，否则有理由怀疑其飞行中的可靠性。”

三天后，装配新起落架的飞机呼啸着重新飞向蓝天，杨建章和总装工艺组的工程师们疲惫地趴在办公室窗前目送飞机直插蓝天，十几分钟后，飞机返回机场，对准跑道，干净利落地停了下来。

只见张阿舟朝飞行员跑去，杨建章也拉上另两位工程师追了过去。远远看见，飞行员迎着张总工走来，微笑着向他竖起大拇指，杨建章知道新起落架表现良好，一块悬了两天的心终于落下。

傍晚厂区华灯初上，杨建章拖着疲惫的身子，朝生活区走去。突然感觉肩上被人拍了一下，一回头是黄欣哲工程师，身边还有当年一起来昌的顾同刚工程师。

“杨工，来，找个小馆聚一下，我请客，我请客。”黄欣哲连拉带拽，正好杨建章肚子也饿了，便随他们进了一家路边小餐馆。

这是一家江西菜餐馆，黄工、顾工点了两个菜，要了一瓶半斤装四特酒，江西菜，每个菜都有辣椒，而且很辣，杨建章不太能吃辣，没几口就眼泪鼻涕都辣了出来。

“我听说起落架的事了。”黄工与杨建章碰了碰小酒杯，“我也猜着由你们背锅。”

黄工把小杯一饮而尽：“你想，如果设计的责任，那图上签字的人都会有责任，这事就大了。”

见杨建章不吭声，顾工接着说：“设计领奖，工艺背锅，再正常不过，你还年轻，慢慢就懂了。”

喝完闷酒，告别了黄工、顾工，杨建章心情很不好地回到家里，满身酒气倒头便睡。当时全家依然挤在杨建章厂里分配的小屋居住，那间小屋隔出了两间，外面由杨建章和兄弟三人住，里面由奶奶和姐妹们住。

见大哥这样，建平懂事地带上弟弟建华去厂单身宿舍借宿，奶奶也示意姐姐、妹妹别打扰他。

第二天天刚亮，奶奶就早早起来，熬了一锅白米粥，姐姐去食堂买了馒头。杨建章一觉醒来，发现自己一夜和衣而睡，自觉不妥，赶紧向母亲问早安，奶奶表情平淡地看着他：“你们厂子大，各种事也多，我不管你有什么事，但遇事得拿得起，放得下，不要钻牛角尖。”

“是，母亲说得对。”杨建章一边喝着热粥，一边点头回答。作为家中长子，作为一个孝顺的儿子，他不想也从不愿意惹母亲生气。

“你也该找个人一起生活了，也老大不小了。”奶奶瞪了他一眼，转身进了里屋。

厂里对起落架处理意见下发了，要大家吸取教训，举一反三，杜绝类似事故发生。责成总装工艺组交深刻书面检查报厂部，杨建章的工艺组长被撤，厂部另委派工艺组长。

但在总装车间大会上并未宣读厂部的处理决定，检查也是车间干事代写后上交厂部的。杨建章虽然不是工艺组长了，但称呼成了车间技术召集人。一年后，他不仅负责总装车间的工艺，还兼管了试飞站的技术及工艺，于是他更忙了。

十八、国产首飞

一带江山如画，
风物向秋潇洒，
水浸碧天何处断，
霁色冷光相射。

——张昇《离亭燕》

1953 年注定是难忘的一年，这年空军送修各类战机不仅数量猛增，而且损坏程度也日益严重，所需战斗机零部件也猛增，完全依赖从苏联进口，已不现实，这使得各大飞机厂不得不自己研制零部件，以满足维修需求。

新中国刚成立不久的航空工业管理局及时向各飞机修理厂提出："密切结合修理需要，兼顾技术发展，积极试制新产品。"320 厂在研制新品方面走在了前面。

如何建设新中国的第一批航空制造厂，在当时有两种主张，一种意见认为修理和制造在技术和管理上是截然不同的，应分开来建设，另一种意见则主张在修理厂的基础上改建或扩建成飞机制造厂。

两种观点理由都很充分，最后周恩来总理根据当时新中国的航空工业实际，采纳了后种意见，提出"先修理后制造"的航空工业发展方针。按照这个方针，国家航空工业局通过调查研究，采纳了苏联专家提出的"先修造结合，后修造分开"的方法和步骤。

在1951年提出的《航空工业建设计划的初步意见》中向中央和军委提出：利用现有工厂条件，在完成修理任务的基础上，将南昌、株洲两厂分别建成活塞式教练机及其发动机制造厂；将沈阳两厂分别建成喷气式飞机及其发动机制造厂；将哈尔滨厂建成轻型轰炸机及其发动机制造厂。朱德总司令阅后批示："即照计划执行。"这一规划也初步奠定了中国军用航空工业的格局，一直影响至今。

承担雅克-18型飞机及其发动机制造的南昌320厂和株洲331厂，都是由修理工厂开始，逐步锻炼技术，创造条件，而后过渡到制造的，因而，他们走过的道路，在新中国航空工业中具有一定的典型性和代表性。以南昌320厂为例，他们从1951年开始修理雅克-18型飞机，大体经过四步，逐步掌握了制造技术。

第一步，通过修理，锻炼了部件装配和总装配的技术。

第二步，由于送修飞机损坏日益严重，自1952年起，即开始配制小零件，先制造容易磨损的机械加工零件，如起落架、活门、开关等，进而再制造小钣金件。

第三步，由于飞机大部件的磨损日趋严重，从1953年开始又按修理资料和测绘资料试制大部件，以满足修理需要。并于同年夏天开始，将自己制造的重要部件如外翼、副翼、尾翼、起落架等34种装在一架飞机上试飞了50个起落、18个小时以上加以考验、测试，结果良好，令人满意。

第四步，飞机部件损坏更多，配装新部件必须做到相互协调，按实样和修理资料制造已不能适应和满足需要，于是从1953年下半年开始，南昌320厂的技术人员采用模线样板法开始制造部件。主要部件的标准样板件有22种，除机身骨架和机身外，南昌320厂在1953年第三季度全部试成样板。掌握了模线样板法，就能按照理论图纸确保飞机外形的正确，并保证其部件的相互协调及互换性能。

所以，南昌320厂由按实样制造进入由按模线样板法制造飞机，是走向整架飞机制造的关键步骤，也为雅克－18飞机提早国产化奠定了扎实基础。

1953年7月27日朝鲜停战协定在板门店签字，朝鲜战争结束。以维修战损飞机为主的320厂，便立即全力转入新飞机部件和整机的研制。

1953年底，这天寒风飒飒，天阴沉沉。一大早杨建章来到试飞站，换上有些油腻的工作服，另一件工作服前几天拿去厂后勤服务站清洗，还没时间去取："先将就再穿一天吧。"杨建章自言自语道。

穿好衣服他随手翻开自己办公桌上的工作记录簿："今天有两架六次试飞起降，盘旋通话不少于三十分钟，全面测试新装航电通话系统，转向机。"杨建章依然自言自语："今天两位试飞员够辛苦。"

杨建章合上工作记录簿，朝试飞员休息区走去，试飞站飞行员休息区门口有两名配短枪的解放军战士守卫，一般闲杂人员禁入，允许进入人员需经厂部、空军代表联合批准，并在工作牌上标注。

来到门边，杨建章刚要向卫兵出示工作牌，试飞员老黄已身着飞行服推门出来："哦，杨工，正好要找你。"老黄抬头看看阴沉沉的天空，"这天能飞吗？风也大。"

杨建章看看机场跑道边的信风标："估计有3～4级风，超过5级就应停飞。厂里未下停飞命令，应该还未到5级。"

杨建章看着老黄："今天试飞前对我们技术还有什么要求？"

老黄侧脸看着风标："我怎么觉得到5级了？能否切实告之我们地面风、高空切面风，包括阵风的数据。"

"好的，我让办公室赶紧落实。"杨建章和老黄又盯着信标看了一会儿，两人正欲分手。

"杨工！"试飞站办公室王干事朝他们跑来，气喘吁吁说道，"厂部刚来电话通知，半小时后有首长来试飞站视察，要大家做好准备。"

“哦。”杨建章抬手看看手表，“那得赶紧准备，通知试飞站全体人员集合。”他又转向老黄，“你也问问，首长来视察，军方对你们有什么安排没有?”

“好的。”老黄点点头。

半小时内，不少厂领导和总工们接到通知赶到试飞站，包括高永寿总工、张阿舟副总工，半小时后，大家已在试飞站外迎着寒风排成一列。空军驻厂领导和试飞员另排一列。不一会儿，几辆军用吉普驶入试飞站，一位身材魁梧、身穿黄呢子军大衣的人在厂党委书记兼厂长吴继周的陪同下，朝大家走来。站在杨建章身边的张阿舟朝他捅了捅，小声说：“是二机部赵尔陆部长。”

赵部长走到大家面前，与大家一一握手，当轮到杨建章时，杨建章微笑着伸出手，上身又往后缩着：“赵部长好，我工服脏。”

“嗳，”赵部长的大手紧紧握着杨建章的手，用力往自己这边拉了拉，“脏怕什么？正表明大家工作努力嘛。”赵部长的话，引来大家一阵欢笑。

两架刚修复好的雅克-18飞机静静停在跑道上。赵部长目光被它吸引住，他健步朝飞机走去，吴厂长一行小跑着跟上。

来到飞机旁，赵部长轻轻拍打着机身：“这可是一款经典的飞机，对机场跑道要求不高，新飞行员易上手，二战中功勋显赫。我们国家地域辽阔，急需培养大批飞行员，对此款飞机需求量极大，目前光向苏联进口就有二百多架，国家得花多少外汇啊。”

吴厂长点点头：“我们厂已完全能自主维修，其中主要部件已研制成功。”

赵部长转过身，表情严肃起来：“能达到自己生产整机吗?”

吴厂长也表情严肃地回答：“完全没有问题，我们厂已拥有试产能力。我代表全厂向部里正式提出试产纯国产化的雅克-18飞机。”

“那好，你们打个报告，我回北京立即组织可行性研究，尽快给你们下达试产任务命令，希望不要让毛主席和全国人民失望。”

吴厂长胸脯一挺，庄重回答：“保证完成任务。”

赵部长拍了拍吴厂长肩膀：“难度不小啊。”然后手一挥，“走，我们看看试飞。”

空军试飞指挥员一声令下：“准备起飞。”已做好准备的空军试飞员和试飞站飞行准备员跑向两架雅克－18飞机。

不一会儿两架飞机马达轰鸣，滑向跑道，在天气比较恶劣的情况下，如箭般穿向阴冷的天空。

赵部长走后，吴继周厂长立即召开全厂行政干部、工程技术人员大会，着手布置试产准备工作。1954年4月1日，320厂接到二机部和航空工业局批准试制新中国第一架飞机“初教5”即雅克－18的命令。

接到指示后320厂又立刻召开紧急会议，研究和部署这一光荣而艰巨的任务，并提出了“为制造祖国第一架品质优良的军用飞机而奋斗！”的口号，全厂人员上下紧急动员。

据父亲回忆1954年春节过后，320厂上上下下就进入飞机研制大会战，各个车间几乎都在夜以继日地攻关，但还是出现了许多意想不到的问题。

试制车间机身骨架总成焊接完成后，总工艺师高永寿得到报告：发现机身前部发动机安装接头处，有部分焊接工序可能遗漏。

高总工立即召集厂工艺工程师到现场，分析后决定：重新编制焊接工艺。并日夜抢工，确保四十天后正常安装。

同时在北京的努力下，苏联最终同意全套转让雅克－18飞机生产技术，随后苏联图纸和工艺规程也陆续进厂，随之不少苏联专家也开始进驻320工厂。

在编发工艺过程中，320厂不少工程师们发现苏联转来的资料中，竟遗漏了检验、分光、化学处理和特种检查等工序工艺，同时热处理工艺不完整等诸多问题也相继暴露，各部门工程师立即向320厂苏联专家报告，检查分析后苏联专家承认确实有遗漏，但从苏联补充已来不及。

为抢时间，320厂集中了包括杨建章在内的140名工程技术人员采取三班连续突击，重新补充编写。

当然也有欢欣鼓舞的，在试制中静力试验数据缺乏是难题，当时国内没有懂这门技术的人和可供借鉴的经验。320厂决定由副总工程师张阿舟主持并负责“初教5”飞机的静力试验，并从全厂设计、检验、工艺等部门挑选人员组成了试验攻关技术队伍。

5月12日，“初教5”全机静力试验正式开始，担任现场指挥的张阿舟副总工发出了加载命令：“加载开始。”大家屏住呼吸，紧张地注视着试验的进行。试验人员有条不紊地加载、读数、测量、记录。

当加载到机身设计指标105%～110%时，轰隆一声巨响，飞机外翼前梁被加载破坏，终于验证了320厂自主设计制造的国产“初教5”全机身强度完全符合设计要求。

“我们成功了！”全场技术人员和工人们一片欢腾，杨建章和在场人员都流下了激动的眼泪。静力试验的成功，不仅为“初教5”的试飞鉴定提供了科学数据，也为以后新飞机研制提供了宝贵的经验。张阿舟总工也因主持这项攻关，获得了表彰。

第一架国产化的“初教5”飞机终于完成。6月的南昌，已开始步入夏季，这天一早，杨建章等工程技术人员早早来到试飞站，做新飞机的试飞准备工作，张阿舟总工也早早赶来。一切准备就绪，试飞员开始准备登机，因“初教5”是双人座教练机，张阿舟总工提出压舱座的要求，乘坐自己研制的飞机飞翔在祖国蓝天，那是一种怎样的幸福。

飞行员看着张阿舟总工瘦小单薄的样子有些不放心：“能行吗？”

张阿舟执意想去体验：“没问题。”

就这样，张总工上了飞机后座。新飞机发动了，随着马达轰鸣，从跑道上飞向了蓝天。

可奇怪的是上天后，飞机仅做了几个简单的动作便提前返航，在场观看人员都捏了一把汗，杨建章和在场的伙伴们心都提到嗓子眼，大家嘀咕："不会又出了什么质量状况吧？"

当飞机一停稳，在场人员都蜂拥朝飞机跑去，靠近飞机才发现张总工脸色蜡黄，晕机严重，原来是因为这，飞行员才不得不提前返航。

虚惊一场后，新飞机又重新飞向蓝天。

1954 年 7 月 3 日新中国自己制造的首架军用飞机"初教 5"完成全部预定科目试飞后安全着陆。

7 月 20 日中国试飞委员会做出结论，"初教 5"符合技术要求，可以批量生产。

7 月 26 日 320 厂庆祝大会在试飞站广场举行，二机部部长赵尔陆为庆祝大会剪彩。军人出身的赵尔陆部长功勋显赫。1905 年 6 月 4 日赵尔陆生于山西崞县（今原平市）。1926 年参加西北革命同志同盟会，积极从事革命活动。1927 年初，赵尔陆进入国民革命军第二十军教导团，后随部队开赴江西，参加了周恩来、朱德指挥的八一南昌起义，不久加入中国共产党。

1935 年 10 月，赵尔陆随部队长征到达陕北。1948 年春，任华北军区参谋长兼后勤司令员。

新中国成立初期，赵尔陆调任第四野战军、华中军区（后改中南军区）参谋长。1952 年 9 月任第二机械工业部部长，被授予上将军衔，荣获一级八一勋章、一级独立自由勋章、一级解放勋章。

1967 年 2 月 2 日赵尔陆在北京逝世，享年 62 岁。

剪彩仪式后，三架崭新的"初教 5"飞机同时在 320 厂全体职工的欢呼声中，飞向蓝天，随后依次低空穿场而过，隆隆的飞机马达声震撼人心，大家情不自禁欢呼跳跃，多少人脸上挂满了激动和自豪的泪水。

中国首架飞机的诞生，也预示着新中国航空工业从此即将腾飞。

消息传到北京，1954 年 8 月 1 日毛泽东主席给 320 厂全体干部、职工发来嘉勉信。让我们记住新中国第一架飞机的三名试飞员吧，他们是：段祥禄、刁家平、黄肇廉。

十九、离开一线

花开不同赏，
花落不同悲。
欲问相思处，
花开花落时。

——薛涛《春望词》

中国首架国产飞机雅克－18 教练机（国内型号：初教 5）的试飞成功，标志着抗美援朝时期建立起来的新中国航空工业，将从维修和试生产全面转型，转而为新中国自己年轻的空军部队生产各型战斗机和教练机。

南昌洪都 320 厂也在发生着变化，随着生产节拍的有序和变缓，一线车间陆续恢复了正常上下班，厂里每月按计划安排生产任务，同时随着大批“又红又专”的年轻大学生充实到生产一线，生产一线工程技术人员短缺的现状也得到了缓解。

此时厂领导班子更是发生了重大调整，厂党委书记兼厂长吴继周离开 320 厂调任南京航空学院担任院长兼党委书记，杨建章熟悉的试产首架国产飞机的一批主要技术骨干和领导也陆续跟随吴厂长离开 320 厂去了南京等地，厂副总工程师张阿舟、厂总工艺师高永寿去了南京航空学院，副总工艺师徐培麟去了北京航空九所。

杨建章所在的总装车间变化也很大，厂房扩建了，新增了不少当时先进的机器设备，年轻大学生、经过技校培训过的年轻工人，也一批批分配进车间。那时对航空工业非常重视，所进人员不仅学习成绩优秀，而且都需经过严格政审，确保“又红又专”。

老车间书记和主任也调走了，厂里又派来了新的年轻的车间书记、车间主任，年纪都与他相仿，而作为技术召集人，参加过首飞试生产的杨建章，虽然大家很尊重他，但在车间的地位似乎是越来越尴尬。

他找新来的书记、车间主任谈，说自己可以担任车间一个技术攻关组的组长，或者工艺组组长，或者从事零部件图纸测绘、校图的工程师……每次谈话，车间书记和主任都对他很客气，总是微笑着听完他的叨叨与絮絮，然后摇摇头说：“杨工，放心，像你这样的技术精英和人才，厂里会通盘考虑。”

杨建章在车间里似乎慢慢被边缘化了，除厂部召开的会外，车间一些会议也没人通知他参加。也好，杨建章利用空闲把几年来的各种图纸、书籍、工作笔记陆续做了整理和归类。从厂图书馆和书店又弄了一些专业书籍，仔细研读，他在等待变化。

转眼到了1955年秋，这是一个阳光明媚的早晨，缕缕阳光透过车间两旁的玻璃照射进车间，工人们各自在机床前忙碌，这天一上班，杨建章与老师傅们一一打着招呼走进熟悉的车间，车间书记满脸堆笑迎了上来，他比往常更热情地握住了杨建章的手：“杨工，来来，到我办公室坐会儿，有事找你谈。”

见书记这么热情，杨建章有些意外，但也很高兴，第一预感是组织上对自己工作一定有新的安排了。

他们来到车间一隅的书记办公室，书记热情地为他倒了杯水：“杨工啊，是这样，我们也不希望你走哇。”

杨建章捧着茶杯诚恳地望着书记，心想果然组织上对我有安排了，于是说：“走？我不想离开生产一线，我还年轻，想着为航空事业多做些贡献。”

书记避开了他的目光：“是啊，是啊。”他踱了几步回头，“厂里对你有新安排了，去劳资科工作。”他顿了顿，“不过是暂借。”

杨建章放下茶杯，有些诧异：“我是技术干部，从没干过劳资，专业也不对口，劳资管理并不内行啊。”

书记皱着眉：“是呀，是呀。不过这是厂组织科的调令，你先服从吧。我刚才说了只是暂借，你的组织关系还在我们一线车间，有需要一定第一个召唤你回来。”书记脸上又露出了灿烂的笑容。

杨建章怎么也没想到新工作岗位居然是去劳资科，虽然说只是暂借，他皱着眉抬头问：“什么时候报到?”

书记依然微笑看着他：“厂里催得急，今天，今天就要你去报到。”

“今天?”杨建章小声嘟囔着，但他从书记办公室出来时还是表示：“服从组织安排。”

“这就对喽。”临别时，书记拉着杨建章的手，使劲握了握，仿佛两人有着深厚的友谊。

杨建章告别了书记，来到自己办公室，把平时工作用的图纸资料、书籍等归拢好，给车间干事交代了一些工作事项后，就赶去了厂劳资科报到。

厂劳资科在厂部办公楼里三层，两间办公室不大，办公桌一张挨着一张，劳资科李浓科长坐办公室最里面，是位刚从部队转业到地方上的、大嗓门、有着短络腮胡子的中年同志，他热情接待了杨建章。

因办公室挤，谈话在办公室外的过道上进行，李科长从裤兜里摸出一盒外表皱巴巴的卷烟，自己先含上一支，又递给杨建章一支，杨建章摇摇头：“不会。”

络腮胡子李浓科长点点头，自顾自点了一支烟。杨建章先开口：“我一直干技术，在一线。”李科长依然笑笑：“我知道，从今年年初开始，厂职工培训中心和新工人的技术培训，划到我们劳资科，我向厂部申请了多少回，要求给我们配备一位有经验的技术干部，这不现在才实现，你来了。”

杨建章尴尬地朝李浓科长笑笑:“可是,可是我还是希望有机会回到生产一线或技术岗位上去。”

李科长吐了一口烟,眯缝着眼斜视着杨建章:“可以理解啊,杨工。”他似乎健忘似的又把那皱巴巴的烟盒从衣裤兜里掏出来递给杨建章,“来一支?”杨建章摇头:“真不会。”

李浓科长依然眯缝着眼,从含着烟的嘴里挤出一句:“男人咋能不吸烟?”他从盒里抽出一支递过来,“来一支尝尝。”从不抽烟的杨建章碍于情面只好接住。

“这就对了。”李浓科长赶紧又递过自己已经吸了一半的烟,让杨建章借火,“工作和生活一样,什么都得尝尝。”

杨建章吸了两口点着了卷烟,呛人的烟味,让他咳了起来,李科长大笑:“看来,杨工一介书生,是真不会吸烟,好吧,慢慢来。”

两人吸着烟,仿佛彼此间距离拉近了许多,他们从工人培训计划制订,一直聊到新职工的选拔与考核。

告别了李浓科长,杨建章在楼梯口遇见了多日不见,正匆匆下楼的人事科周礼仁科长,他一把抓住周科长的衣角:“哎,可把你逮到了!”

周科长一惊,见是杨建章便哈哈大笑起来。

可杨建章笑不起来,他严肃地质问:“你们人事科搞什么鬼?”周科长一愣,杨建章接着说,“我一个技术干部,怎么借去劳资科工作?”

听杨建章这么一说,周科长赶紧拉着他来到过道尽头,压低声音小声说:“小声点儿,杨工,你是真不知道还是装不知道?”这一问倒使杨建章摸不着头脑:“什么事?真不知道。”

周科长摇摇头:“嗨,也难怪,整天在车间里埋头技术。”

周科长瞧了一眼发愣的杨建章:“吴继周老厂长老书记他们调走后,新来的厂长书记正在整顿干部、技术人员队伍,家庭出身不好的,有历史问题的,都得调离重要、关键岗位,你也属于这类人员,去劳资科已经不错了,别再挑三拣四了,要换岗位,也得过了这阵再说。”

见杨建章依然愣着，周科长摇了摇头：“读书人就是读书人，没有一点儿政治头脑。我得走了，还有个会要参加。”

说罢他也顾不上杨建章有什么反应，噔噔噔跑下楼去。

望着周科长的背影消失在楼梯口，发愣的杨建章呆了十多分钟才缓过劲来。当他离开厂部办公楼时，已快是下班时间。在回家的路上，杨建章路过一家小卖部，他破天荒地进去买了一包烟，找了个树荫没人的地方，默默地吸了起来。

从此父亲有了些许烟瘾，他的西服或工作服口袋里会常常揣上一包，当然比李科长的烟要好，不是恒大牌，就是前门牌，最次也是江西本地的庐山牌，当然有时也会揣上一包中华牌。

久而久之，他和李科长的共同语言也多了起来，不久杨建章正式调入厂劳资科。

父亲很是怀念吴继周厂长领导的那个热火朝天的年代。吴继周厂长也是一位老革命，1921 年他在家乡读小学时，就深受革命影响。1934 年 8 月至 1937 年 9 月吴继周进入清华大学机械工程系（后转入哲学系）学习。1936 年 4 月加入中国共产党，负责清华大学党的地下工作。

1937 年 9 月由北平流亡到长沙、衡山县南岳开展抗日救亡活动。1939 年 11 月前往皖南新四军军部，12 月从皖南起程赴延安。

1945 年 8 月离开延安赴东北工作。1949 年 5 月随军南下，同年 7 月至 1951 年 7 月任江西省袁州行署专员、中共袁州地委副书记。

1951 年 7 月，转到国防工业战线，奉命组建南昌国营 320 厂，担任厂长兼党委书记，成为新中国航空工业最早一批建设者。1956 年 6 月至 1970 年任南京航空学院院长兼党委书记。

“文化大革命”中受冲击。1970 年恢复工作。1975 年 9 月至 1978 年 7 月返回南昌 320 厂任党委书记、革命委员会主任。1981 年 1 月兼任南京航空学院党委书记、院长。1990 年 1 月 9 日因病在南京逝世。

这天回到家，奶奶闻到儿子身上有一股烟味，很是反感："又抽烟了？"杨建章站在原地点点头。

"以后这些坏毛病要改。"奶奶很生气。

"好的，母亲，儿尽量少吸。"杨建章恭敬地回复母亲，"对了，母亲，儿现在从车间调厂劳资科工作了，以后没那么忙了。"

"没那么忙了，是好事，但依然要进步！"奶奶念叨着，"没那么忙了，在找媳妇上自己也要多上些心。"杨建章默默地点头。

杨建章调入厂劳资科主要负责工人的技术培训工作。没了一线车间的繁忙，同事们时常可以看到傍晚他陪母亲在家属区散步；在俱乐部旁的足球场与青年职工们疯狂地踢足球；偶尔也能看到他与老同事、老领导们在小饭馆里喝酒、聊天；休息日有人常常看到他骑上他那辆从青岛带来的德国产自行车，与一帮喜欢钓鱼的工人师傅一起去郊野水塘钓鱼。

那年代家里有辆自行车可是宝贝，那辆德国自行车（什么品牌忘了）我们家一直用了好多年，它与国产车不一样，前面有个滚轮发电的大灯，而且只有前轮手刹，要想紧急刹车，除紧捏前轮手刹外，必须把脚蹬往后转，两个车轮才会同时停止运动。

不了解的人都骑不了，向前蹬车时没事，但溜车时，习惯了国产车的人易把脚踏往后倒蹬，听齿轮"嗒嗒"清脆的声响，但这辆车如果这样骑，瞬间后轮会锁住，极易造成事故。

正确的方法是溜车时，脚蹬应静止，也就是说，这款自行车只能蹬着前进，或静止，往后蹬上半圈，便处于制动状态。

这种自行车极不适宜初学者，所以我们家的孩子长大后，都是用国产自行车学习骑自行车。但长大后我们也发现这款车的设计有许多优点，最大的优点是皮实，不需要怎么维护，即使前轮刹车坏了，一样可以骑，想刹车只需倒蹬半圈就行。

从 1955 年秋至 1958 年冬，杨建章一直在厂劳资科工作约三年时间，多年后当杨建章回忆自己在 320 厂由一线转入二线工作的经历，总是有些惆怅："现在看来吴继周担任书记厂长研制雅克飞机的年代，是洪都 320 厂最辉煌的年代，起码他敢于用人，用人不疑，后来的继任者仅这点就与他有很大差距。”

也许这正是 1975 年洪都 320 厂派系林立之际，上级又派吴继周重返洪都主持工作的原因吧？

二十、相识南昌

人闲桂花落，
夜静春山空。
月出惊山鸟，
时鸣春涧中。

——王维《鸟鸣涧》

时间过得真快，冯琍从 1951 年秋到南京保险公司工作，转眼就快三年了。

纵观中国人民保险公司解放以来的发展历程，可谓一波三折，从 1949 年 10 月 20 日在北京西交民巷 108 号正式成立，开始几年发展迅速，作为国有企业当时中国人民保险公司总经理由中国人民银行副行长胡景沄兼任。

到 1950 年 5 月中国人民保险公司从无到有，迅速占领了 70% 的市场份额，而解放前在保险业垄断地位的外资保险业迅速萎缩至 22%，到 1952 年 1 月，外国保险公司则完全退出中国保险市场。

在一片大好形势下，年轻的中国保险业也存在这样那样的问题，其中关键是对保险业在促进经济发展中的作用认识不清，不少人认为保险业是资本主义的遗毒，其中不少企业反映，保险费用增加了企业负担。

于是 1953 年 3 月在北京召开的全国保险工作会议，开始批判保险业的盲目冒进，决定整顿城市保险业务，停办农村保险业务，调整保险机构。

这次整顿不是仅仅针对中国人民保险公司，到 1954 年 8 月中国保险业社会主义改造完成，虽然国内保险由人保公司独家经营，但保险市场已大大萎缩，人保国内业务大量裁员，至 1958 年 12 月，全国财政会议决定，停办国内保险业务，只保留少量涉外保险业务，中国保险业从此渐渐淡出了人们日常生活的视线。

当中国保险业再度振兴时，时光已经到了改革开放的 1979 年 4 月，国务院做出“逐步恢复国内保险业务”的决定。同年 11 月，全国保险工作会议在北京召开。

而母亲正是在 1954 年的保险业全面缩减机构，裁减人员中，离开了南京保险公司，又回到了上海大姐家。大姨家孩子多，但在我们儿时的眼里，屋子也大。印象中大姨家的大房间巨大，几乎占了整个楼层，一大家子吃饭睡觉都在这个大屋子里。

到了夏天，即使屋外炎热无比，从海上刮来的湿润凉气，阵阵穿堂而过，大屋子里面依然凉爽而惬意。

这次不到三年的就业又被裁减，对要强的母亲打击很大，不久母亲又查出患肺结核病，由于肺结核属于传染性疾病，母亲只能在大姐家大屋一角的阁楼中原本堆杂物的小间里支个床，边治疗边静养，尽量不接触孩子和大人。

阁楼外有一个不小的阳台，夜深人静时，这里便是母亲仰望星空的地方。

一连串的打击，使 1954 年至 1955 年间的母亲情绪非常低落，只有仰望星空自我排解时心情会舒畅些，多年后，母亲回忆起这段经历，常常一声叹息。

我记得儿时在南昌，由于南昌夏日天气太热，我们一家晚上常常在阳台的竹床上睡觉，当我们与母亲一起仰望星空乘凉时，母亲常会说：“其实人与宇宙相比，太渺小、太渺小了。”

是啊，个体不仅仅在宇宙中渺小，在社会大潮中其实也依然显得渺小，个人的命运往往只能被裹挟在社会的大潮和动荡中。

一家人能够聚在一起往往有许多相似之处，每当母亲对我们兄弟感叹，说她1954年至1955年是她的人生低谷时，如果父亲听到，就会插话道：“那时我也处在人生低谷。”他俩还真是“同病相怜”的一对。

其实父亲杨建章那时的日子比母亲好很多。虽然离开了生产一线，对于同样要强的他是一个打击，但工资收入并没有降低。那时每月近百元的工资已属高薪，兄弟姐妹中只有小弟建华叔叔在读书，所以除了供小叔叔和奶奶生活外，节余便可自由支配。

加上转入二线，不用加班加点，休息日不是钓鱼就是打球，很是乐哉。

父亲由于在320厂劳资科分管职工教育，于是他时常会骑车往320厂不远处的南昌航空工业学校跑，这一切可能也是上天冥冥中的安排。

南昌航空工业学校是如今南昌航空大学的前身，位于320厂南面，是1954年夏季从武汉搬迁而来，主要目的就是为320厂培训技术工人和初级技术骨干。由于学校是规划新建的，教学楼配套设施都很齐全，到1955年，学校各项工作已进入正轨。

到了1956年2月，根据航空工业局指示，南昌航空工业学校实行二部制，扩大招生规模，同时从昆明航空工业学校、上海航空工业学校转来615名学生，至1957年在校学生达3150多人，因而教师缺口增大。

这天依然喜欢西装革履的杨建章早早来工厂上班，刚推开厂劳资科办公室的木门，“啪!”迎面一支香烟朝他飞来，杨建章眼疾手快地把烟夹住。

“呵呵，好功夫嘛。”一抬眼是李浓科长，正坏坏地、微笑地看着他。

杨建章尴尬地笑着，不停看着夹住的烟，他自己也不知道怎么会有这么神奇的功夫。

李科长微笑道：“我一听脚步声，就知道你杨工来了，所以先敬你一支。”

杨建章把烟含进嘴里，掏出还剩半包的中华烟递给李科长：“来，抽这个。”

“呵呵，还是杨工的烟好。”李科长凑过来，递上打火机，顺手接过半包中华，毫不客气地揣进自己上衣口袋，“哎，有好事了。”

杨建章一边把办公室的窗户推开，透透屋里的烟气，以免同事们上班时抗议，“劳资科这么一个二线科室还有什么好事？”他扭过头朝李科长问道，“哎，是不是厂里同意我回一线了？”

李科长摇摇头，用夹烟的手指点着他：“你就知道回一线，二线有什么不好？可见还是一介书生啊。”

李科长接着说：“你也不想想，我们劳资科好不容易进一位懂技术的干部，容易吗？”

杨建章无精打采地往自己办公椅上一靠，夹着烟望着天花板：“要技术干部还不容易，现在厂里新来的年轻大学生大把大把的。”他对李科长说的好事也不再感兴趣。

李科长掏出中华烟把自己快燃到尽头的烟续上，见杨建章一脸愁容，只好拉把椅子在杨建章面前坐下：“实话说吧。”

李科长又往前凑了凑：“南航要去上海招老师，提出让我们去位技术干部把把关，我看就你合适。”

“去上海出差？”杨建章望着天花板，吸口烟点点头，“倒是不错，只当散心了。”

这是1956年4月的春天，杨建章跟随南航招聘干部工作组来到上海，他此时做梦也想不到，这次招聘的老师中，有一位日后将与他成为一家人。

1956年的春天似乎来得格外的早，经过一年多的休养治疗，母亲的病终于痊愈了。

地处长江下游的上海市，是当时长江中下游最大、人才最集中的城市。上海市地处中国南北的中间段，又濒临东海，春天往往伴随着倒春寒，每次春寒来临，不仅有风雨，还伴有大幅降温。

几天春寒后，气温又开始回升，一片春意盎然，这天母亲独自来到外滩散步，沐浴着温暖的阳光，看着黄浦江往来的轮船。在她生病期间，她的妹妹——我的小姨已参加工作，她决心振作起来，重新找份工作，开始新的生活。

那时要找份工作，大部分是找居委会解决，单位招人也是找街道、居委会发通知。

这天冯琍找到里弄附近的居委会，接待她的是一位胖胖的热心肠的赵大姐。冯琍填了表，把自己的学历等情况向赵大姐简单做了介绍，临出门，赵大姐拉着冯琍的手操着上海口音："侬放心好了，侬条件好，不用愁啦。"

果然，几天后，冯琍从外面散步回来，刚到弄堂口，就被热心的赵大姐叫住："哎哟，冯小姐，阿拉正要找侬，好事情好事情。"原来南昌航校招老师的通知下到了居委会。

赵大姐一把挽着冯琍的胳膊，生怕她跑了："有空吧?"冯琍点点头。赵大姐也不管她愿不愿意，挽着她就走，边走边说："好的了，好的了。他们招聘点不远，再不去他们就走的了。"

南昌航校在沪的招聘并不顺利，一些来应聘的，无论年轻的，还是中年的知识分子，一听说要去江西省南昌市工作，往往摇摇头扭头就走，他们大都不愿离开上海这个当时中国最繁华的大都市，而一些刚刚大学毕业的学生，航校又觉得资历浅不愿意要。

虽来沪一周，遍布上海各街道、居委会都发了通知，可应聘者却越来越少。

杨建章工作量和压力并不大，主要代表320厂帮学校把把招聘教师的关，见工作不忙，他打算请假，去会会在沪工作的同学和青岛老同事。这天他向负责招聘的李副校长和校人事处王大姐打完招呼，刚迈出招聘点的大门，迎面就遇到一位胖大姐挽着一位清瘦高挑的女青年走来。

胖大姐一把拉住他的西装衣襟，操着浓浓的上海口音说：

"哎，同志，侬晓得谁是招聘负责人啊?"

杨建章回头朝屋里喊："李校长，有应聘的!"他顺便瞟了一眼冯琍，补了一嗓子："条件很不错的!"冯琍羞涩地朝他笑笑，以示感谢。

当然此时的冯琍和杨建章彼此做梦也想不到，日后他们俩将成为一家人。

"欢迎！欢迎!"李副校长和王大姐双双笑容可掬地迎了出来，他们开始还以为是320厂杨工推荐的老师来应聘。

冯琍自己也没想到一说找工作就如此顺利，第二天赵大姐又来找她："好事情！好事情!"赵大姐把一张纸塞到她手中，"昨天的面试，南昌航校的领导非常满意，这不，录取和人事调动函今天就到了。"接着赵大姐又拿出一张纸，"没见过福利待遇这么好的单位！喏，让侬去领一套军装、一件军大衣，还有老多的生活用品。"

冯琍看着录用通知和人事函，这时才想起问："大姐，南昌市离上海市远吗?"

"不远，不远。"赵大姐的头摇得像拨浪鼓，生怕冯琍变卦，"阿拉上海好多人去那儿工作，省会大城市，你的单位又好！航空学校不是培养飞行员就是培养工程师的地方。"

显然赵大姐对南昌航校并不了解，这点，母亲和父亲极为相似，他们来南昌工作前，对南昌市的了解几乎为空白。

又一次倒春寒袭击上海，街上寒风飒飒。当母亲拿着人事函去公安局办好户口转移手续，再次来到南昌航校招聘点时，南航已为她购好了去南昌的火车票，为她准备好了一套军装、一件军大衣、一兜脸盆和毛巾等生活用品。

当时南航和320厂一样，确实有些军队背景，当她披上簇新的军大衣走出招聘点时，她单薄而消瘦的身体在阵阵春寒中，确实感到一阵阵暖意。

"参加工作真好!"多年后回忆起这段经历，母亲说，"当时有种参军和找到组织的感觉。"

当母亲拎着东西，穿着新军大衣回到家时，已经年迈的外婆吃惊地望着她，赶紧丢掉手中的活计，把她拉住："冯琍，你这是?"

冯琍有些歉意地望着母亲："妈妈，我找到新工作了。"

"去哪儿工作?"外婆依然拉住她不放，生怕她立即会飞走，"你大姐不是说正帮你在上海找工作吗?"

由于事先没有告诉母亲和大姐，冯琍感到很歉疚："我也没想到这么顺利，是去外地南昌市工作，居委会大姐说离上海不远。"

自己找工作，去南昌工作，也反映了母亲这位知识女性性格中倔强勇敢的一面。

她的人生一路走来，总希望把命运掌握在自己手中，她不想依靠他人，无论面前困难多大，她总想凭着自我奋斗和努力，去改变自己的命运。这一点我们晚辈与母亲相比，只有惭愧和自叹不如。

外婆终究拗不过女儿，冯琍抱着开始新生活的喜悦告别了母亲、姐妹及繁华的上海市。一周后，一声汽笛中，穿着军装的冯琍与在沪录用的其他教师一起，随南昌航校的招聘人员，离开了上海。

四月是美丽的季节，由于人较多，他们占据了几乎半节车厢，一路大伙有说有笑煞是热闹。杨建章仿佛与这些老师们有些格格不入，在车厢的一角，西装革履的他，总是不苟言笑，捧着一本繁体字的《三国演义》在看，偶尔会去车厢交接处吸支烟。

那时的绿皮车开得不快，上海至南昌一千多公里，得走上一天一夜，而且遇到大些的站就会停。不少路段还是单行线，往来列车只能在车站错车，这样一停，有时短则几分钟长则十几分钟。于是每到大站，大家都下车透气，一些兜售各类商品的小推车也趁机做买卖，各种吆喝声此起彼伏，非常热闹。

车到江西鹰潭市后，车上广播说要停车约十分钟，大家便都下到站台上，冯琍陪王大姐也走下列车。杨建章早她们一步，正站在站台边上吸烟。见王大姐她们，他微笑着点点头，算是打了招呼。王大姐拉着冯琍走到杨建章跟前，见杨建章手不离烟，王大姐用教训学生的口吻说：“杨工，少抽些烟，对身体不好！”

“噢，是是。”杨建章尴尬地把剩下的半支烟掐灭了。一抬头见冯琍正抿着嘴向他微笑。王大姐显然心情不错，她看看冯琍又看看杨建章：“来，我介绍一下，她叫冯琍，冯老师，我们刚从上海招聘来的语文、数学老师。这位是南昌生产飞机的国营320厂劳资科的杨建章，杨工程师。”

杨建章伸出了手，冯琍也大方地伸出了手，两人礼节性地握了握。在异地他乡两位年轻人这就算认识了，多年后两人成家了，有了孩子，但母亲对这次相识一直念念不忘，她告诉我们：“你爸握手太使劲，哪有初次见面，握人家女孩的手那么使劲的？一看你爸就没有教养。”

这点我们一直未告诉过父亲，也许憨厚的父亲一生都没有意识到他当时握手太使劲。

二十一、泪别南航

风一更，雪一更，
聒碎乡心梦不成，
故园无此声。

——纳兰容若《长相思》

南昌航空学校的前身汉口航空工业学校刚创办时，教师、干部奇缺，据校史记载：各处、科负责人大都是部队转业来的团级、营级干部，1953年招收第一批学生时，政治课无专业教师，上课采取做报告方式，校领导兼职政治辅导员。

体育课无教师，上课时由校学生会、各班学生自行组织文体活动，直到1953年才调来一位体育老师。

十二个班才一位语文老师，语文课由几位爱好文学的理工教师兼课，到第二学期干脆停开了语文课。这一切直到学校搬迁至江西南昌才有了改观。

1956年正是南昌航空学校大发展的一年，在校学生3150多人，为解决学校教室、实验室、教师紧张的矛盾，加快航空工业人才培育，学校实行二部制（学生分上午、下午上课），教师教学任务非常繁重。

作为新老师，冯琍他们一到学校，办完干部录用手续，就被在人事科等着要人要老师的各学科、专科、教务科负责人领走，新老师来了必须争分夺秒地备课，作为数学和语文老师，冯琍到校第二天就走上了讲台，顶替一位生病的老教师。

由于教学任务繁重，有时批改完学生作业，就已是深夜。

对这份教师工作，冯琍非常珍惜，一到学校她就以极大的热情投入到教学工作中去。不到一个学期，冯琍的教学工作就深受同学们的喜爱，教研组和接触过的老师们也非常喜欢这个多才多艺、乐观向上的女老师。

从统计资料看，1956 年至 1959 年毕业的学生，较 1960 年以后毕业的学生，无论教学水平还是毕业生水平都强很多。其中普通基础课学习课时高出 61%，技术基础课时高出 68%，毕业设计、生产实习均高于后者，仅生产劳动（非专业劳动）后者高于前者 30%。

南昌航空学校的前身是“汉口航空工业学校”，为了配合南昌 320 厂的发展，为 320 厂培养技术骨干和技术工人，1953 年航空工业局通知汉口航空工业学校做好搬迁准备工作，计划 1954 年 8 月完成从汉口搬迁至南昌的工作。

1953 年至 1954 年，南昌校址完成教学大楼、学生宿舍、家属宿舍、实验室、食堂、实习车间等的建设。1954 年 8 月汉口航空工业学校正式迁校南昌，学校更名为“南昌工业学校”。1956 年 2 月航空工业局决定学校增设飞机制造专业，撤销锻造与冲压专业、工具制造专业。1956 年 3 月学校更名为“南昌航空工业学校”，在校学生 3100 多人，学校师资力量紧缺矛盾突出，便决定在全国招聘教师。

从 1958 年至 1960 年，南昌航空工业学校学生保持在 2000 人左右，其间学校开展了“教育大跃进”、“双反”（反浪费、反保守）、“大鸣大放”等运动。1958 年 3 月，被第二机械工业部确定为三所航空工业重点学校，第二机械工业部第四局决定，将学校下放给国营 320 厂领导。

1958 年 6 月，江西省委决定以南昌航空工业学校为基础，成立江西工学院，但南昌航空工业学校依然存在并招生。1960 年 2 月，第一机械工业部将南昌航空工业学校升为专科学校，学校改名为“南昌航空工业专科学校”，学校规模暂定为：学生6000人，其中中专部3000人。7月15日，第一机械工业部第四局决定，学校再次划归国营320厂领导。1962年3月，第三机械工业部与中共江西省委商定，改变南昌航空工业专科学校由320厂领导的关系，确定行政上由第三机械工业部第四局直接领导，党的关系仍属中共南昌市委领导。8月第三机械工业部下达通知，撤销学校专科建制。

1963年6月，学校恢复为“南昌航空工业学校”，中专制学校，学制四年。规划学生2400人，教职员工700余人。1966年5月至1969年6月，学校教学停止，学校停办，曾改名为502厂、国营赣江机械厂、370厂南昌2分厂。1972年4月，经第三机械部和江西省委研究，恢复“南昌航空工业学校”，计划在校学生规模1200人，以培养技术工人为主。

1977年9月，第三机械工业部在北京召开院校工作会议，会议提出拟将南昌航空工业学校改建为南昌航空工业学院。12月江西省同意将南昌航空工业学校改为南昌航空工业学院。

1978年4月，经国务院批准，南昌航空工业学校升格为南昌航空工业学院，学校发展进入大学时期。1982年7月南昌航空工业学院首届本科生毕业。1984年学院获准招收硕士研究生。

2006年8月，南昌航空工业学院校本部从上海路校区向前湖校区搬迁。

2007年3月，教育部正式批准南昌航空工业学院更名为“南昌航空大学”。

从上海回到南昌，杨建章也忙了起来。320厂劳资科决定对全厂各工种的技术工人，编制一部技术定额标准，科长要求杨建章牵头，带几个人尽快拿出来，理由是：“谁叫你是技术干部呢?”

杨建章也不好推托，只能组织几个人没日没夜地干。半年后，320厂首套各工种技术工人定额标准完成。

刚想喘口气，科长的任务又下来了："接部里通知，二机部也要编一套航空系统的技术工人等级标准，还是杨工牵头吧。"又半年，320 厂参与的《二机部航空系统的技术工人等级标准》终于完成。交稿那天晚上，杨建章请所有的参与人员好好地吃了一顿，算是对所有参与人员的感谢。

自从父亲认识冯琍后，每每去南昌航校开会，或办事，总会绕到冯琍办公室去找她聊几句。

那时通讯不发达，每次来南航，两人也没法预约。杨建章有时到办公室不见冯琍老师，就去她上课的教室外等她。一来二去，学生们都把这位西装革履的杨建章当成他们冯老师的男朋友，有时杨建章刚到教室外，靠窗的学生就报告冯老师："老师，你的帅哥男朋友来了！"

往往引起哄堂大笑，冯琍只好放下课本，打开教室门，羞红着脸告诉杨建章："去办公室等吧，我上课还有一会儿。"

后来考虑到影响，冯琍正色对杨建章说："以后不许你来教室找我。"

杨建章憨厚地笑着，点头答应："行，以后我就去办公室等你。"

冯琍扭过头又朝他笑道："可你也不能傻等呀，如果等一会儿下课后，没见我来，你可以去球场、田径场找我呀。"

杨建章仍然憨厚地笑着，点头答应："行，按你说的办。"

那时的南昌航空学校的教职员工均较年轻，朝气蓬勃，充满活力，业余活动也是丰富多彩。学校组织有话剧社、各种运动队等。

由于南昌航空学校是从原武汉 311 厂、原中南空军修理厂转制成汉口航空工业学校，1954 年整体搬迁至南昌的，学校从创办起，学校领导中军人占大多数，因而对体育工作就非常重视。搬迁南昌后，修建了 400 米跑道的运动场，购置了体育器材，为学校体育工作的开展创造了条件。

据学校校史记载：至 1958 年，南昌航空学校开办了业余体校，设有田径、体操（这在现在看来，也属“高大上”）、举重三个业余班。同时学校组织有多达 19 个运动队，如球类、航模、射击、航海等，当时在校的 2000 多名学生中，大部分达到一级、二级运动员标准（这个标准具体不详，但这数据着实惊人，感觉南航不是工科学校，而是一个体育学院。）或体育标准，其中校航模队有单项运动健将 1 人，一级运动员 4 人，二级运动员 21 人，曾获得全国航模竞赛“二级橡筋动力”第一名。

酷爱运动的母亲，一到南航工作，就报名参加南昌航校的女篮和女排，同时也被教练选上。中学时代就爱好体育的母亲，是南航女子篮球队和女子排球队的绝对主力。1956 年南昌航校女篮女排获得了南昌市女篮女排联赛冠军，并代表南昌市参加江西省篮球排球比赛。同时爱好文艺的母亲，也是南航话剧社的积极参与者，令人惊奇的是，南昌航校话剧社居然排演了《雷雨》等经典戏剧，并在学校的公演中大获成功。

1956 年 10 月在参加江西省篮排球比赛后，南昌航校女篮女排全体队员和教练员，受到了江西省体育局领导的接见，由于母亲在每场比赛中都发挥出色，体育局领导在合影留念时，特意把母亲拉到自己身边。

其实母亲到南航工作后，也不乏追求者，可杨建章的先入为主，给人造成了杨建章就是冯琍男朋友或未婚夫的印象，不知是否因此而让许多优秀的追求者打了退堂鼓，反正母亲后来告诉我们：在追求母亲这点上，看似老实的父亲可谓费尽了一番心机，下了很大一盘棋。

但两位年轻人均热爱体育，业余时爱玩，爱看电影、戏曲，爱照相，爱逛街，爱下馆子。久而久之，父亲渐渐成为母亲在异地他乡的知己、业余聊以解闷的好友，林林总总凑一块，也算二人的恋爱始于有共同语言和共同爱好吧。

其实母亲那时更像一位文艺女青年，而父亲纯粹就是一个搞技术的理工男，不仅文艺细胞少，文艺书也没母亲看得多，更没有那些多愁与善感。

母亲后来对我们说：“我最烦你爸约我们一帮人去看电影，他老喜欢坐我身边，一到感人、伤心处，我眼泪就止不住流。而你爸却像一根木头一样，从来无动于衷，看我流泪，他只知道递手绢、递手纸。我也奇怪了，他怎么每次看电影前都会准备好手绢和手纸呢。”

“其实我也感动。”如果父亲听见母亲与我们诉苦，很不满母亲对自己的贬低，“我能忍，谁像你一看电影就眼泪哗哗的。带手绢的习惯，是在青岛养成的，并非专门为你和那帮小知识分子准备的。”

母亲对父亲的不满还有很多：“还有哇，人家文学素养高的人，比如我们同事，看完电影吃夜宵时，都在讨论哪个情节感人，哪个铺垫、哪个细节让人难忘，哪位演员表演到位，你爸吃夜宵就只顾吃，从来说不出自己的感受，而且一开口，还常常把演员名字张冠李戴。不过你父亲的唯一优点，就是吃完夜宵后抢着付账。”母亲继续诉苦：“如果让他谈谈电影或者戏剧的感想，他只会说哪段真实，哪段太假，所以后来我就懒得跟他交流。”

而父亲有时也反驳：“不是因为你妈我很喜欢，我是看不上他们南航那帮年轻教师，无论男的女的，一个一个柔腔柔调的，无病呻吟，他们这也就是能在学校混，让他们来企业干干试试。”

让孩子们在父母中间选边站往往是痛苦的事情，不过久而久之我们觉得父亲并不在乎母亲对他的差评。他认为母亲无论年纪多大，与他比起来意识形态都是幼稚可笑，于是后来他就懒得反驳了。于是我们孩子们再听到母亲忆苦当年，都顺着夸母亲是我们家的文艺女神，是我们家的才女。有时夸得母亲心花怒放，转悲为喜。

就这样，在互相贬低中，父母开始了从认识到恋爱的过程，这个过程是否甜蜜，只有他们俩才清楚。

但看似憨厚的父亲有时确实是让母亲在同事面前难堪，从母亲的叙述中，我们也都这么一致认为。一次母亲下班后正在学校体育馆练乒乓球，几位球技好的男同事正献殷勤般地指导她，母亲非常享受这样的指导。一位帅哥青年教师主动过来当陪练，他回球不刁钻，好让母亲能多打几个回合，说话也温柔，多好的同事呀。

可母亲兴致正高时，父亲不知道怎么摸来了，交往久了南航的同事们都认识他，陪练的帅哥老师把拍子递给父亲："哟，杨工来了，玩一会儿。"

父亲把西装往边上一搭，并没有搭理帅哥，而是走到母亲身边，伸出手微笑着说："冯琍，来，我和你同事玩一局。"

母亲不情愿地把乒乓球拍递给他，然后朝帅哥同事喊："加油！小刘老师!"

父亲接过母亲球拍，来回翻看了一会儿，小声嘟囔道："拍子是差点儿，不过还能打。"然后他跺了跺皮鞋，松了松领带，笑容可掬地朝帅哥小刘老师说："千万别让着我哟，我可不会让着你。"原本是陪母亲的小刘老师无奈地摇摇头，显然不愿意跟父亲对垒。

比赛开始，三局两胜，父亲赢了。帅哥小刘老师默默收拾起衣服，招呼也不打就走了。接着旁边的男同事们轮流上场，都败下阵来。

当最后一人也默默收拾起衣服走了，按母亲的话说，父亲还假惺惺地挽留人家："再来一局，还早，还早。"从此母亲在学校体育馆，再没有男同事愿当她的乒乓球陪练，母亲想打乒乓球只能去找女老师女同事。

为这事母亲埋怨了父亲很多年："干吗对我同事那么狠?"

"我平时打得也一般，也不知道那天有什么附体，为什么发挥那么好。"父亲总是一副无辜无奈的神态。

"拉倒吧，你就成心让我在老师们面前难堪。"母亲为帅哥老师们愤愤不平。

"好好，随你怎么说。"父亲两手一摊，依然很无奈很无辜，"要不下次你让你们同事再与我打乒乓球，我一定让他们赢还不行。"

“下次，没有下次了。”母亲依然愤怒，“你的目的已经达到了，就是在同事中孤立我。”

这个结母亲多年都没有解开，直到有了我们，直到我们也为母亲愤愤不平，母亲才得到了一些安慰。

至于父亲常约320厂同事出来陪母亲一起吃饭、下馆子，母亲也一样看不顺：“那小周、小刘、小谢还有小张，虽是搞技术的，但文艺素质也极差，就知道吃肉、喝酒，在酒桌上说些吹捧你爸和我的好听的，有时候真让人听着肉麻。”可不是，吃人嘴甜，其实任何时候都一样。听到后来，连我们都觉得，母亲一定是冤枉父亲的那些理工男同事们了。

后来我们听母亲唠叨多了，综合各方面的线索，我们孩子背着父母讨论后，得出的结论细思极恐：我们认为那时，看似憨厚的父亲一定编织了一个大网在母亲四周，总之母亲就像网中的鱼，一切的一切都由不得她了。其实当我们的母亲生儿育女后，也渐渐幡然醒悟，可一切为时已晚。如果按照这个思路分析：也许看似老实的父亲，在追求母亲方面，真是下了一盘很大很大的棋，撒了一个很大很大的网，最后才把母亲这条小鱼，收到自己网里。

看来理工男的心计，文艺女青年们有时未必能看得破。如果时过境迁，才幡然醒悟，生米已经煮成熟饭，为时晚矣。

可百密一疏，父亲肯定意想不到的是，他在下一盘大棋和撒一个大网的时候，渐渐也引起学校同事、领导对他和对母亲的不满，严重点可以说，是引起了学校同事、领导的公愤，这也间接造成了母亲后来被迫离开南航学校。

这不，这天下课后，人事处王大姐一把拉住了冯琍：“冯琍啊，来来，我有事找你谈谈。”

两人来到一棵树下的长凳上坐下，这天不冷不热，微风习习，阳光从树间洒下许许多多的小圆点，像音符般，在两人身上、脸上跳跃着。

王大姐端详了冯琍好一会儿才说话，弄得冯琍有些不好意思："冯琍啊，那杨工还常来找你？"冯琍点点头："一周有个一两次吧。"

王大姐立即拉长了脸显得生气："我真后悔把你介绍给他认识，我发现这人脸皮不是一般的厚。"

"怎么了，王大姐？"冯琍疑惑地看着王大姐，"我们之间就是正常交往，聊聊天，散散步，偶尔看看电影，学校很多男女老师交往都这样。"

"别人我不管，你可是我一手从上海招来的。"王大姐拉住冯琍的手，仿佛瞬间又变成冯琍的亲人。

"我们学校李副校长，你知道吧？正团级干部，老革命。"王大姐又满脸堆笑，温柔地看着冯琍。

冯琍一头雾水，但仍对王大姐报以微笑："知道啊，我们刚来学校时听过李副校长的报告，很有激情，很有感染力！"

王大姐收起微笑："可惜啊，这么好的一位领导，身边一直缺位女同志。"

冯琍似乎感觉到了什么："噢，是吗？"

王大姐瞬间脸上又堆满了笑，眼神变得更加温柔："可他不知为什么喜欢上了你，你参演的戏剧、参加的比赛他都关注了，这不他委托我来向你……"

"可是，可是，我有男朋友了。"冯琍打断了王大姐的话。

"不就是那个320厂的杨工吗？"善变的王大姐声音又从温柔变得严厉起来，冯琍瞬间仿佛又变成了她的学生，"杨工哪点能与李校长比！"

王大姐加快语速，词语铿锵，根本不让冯琍插话："李校长虽年纪大些，但正当年，前途无量，现在人家要房有房，学校还配有专车，你一位外地来的女青年，有李校长做靠山，多省心。"王大姐顿了顿，见冯琍低着头，像做错了事的孩子，便语气又缓了缓，"你要是答应李校长，我打算把你调到人事处来，也别在教学一线了，太辛苦，你这么有才华，我年纪大了，你先干副处长，将来就由你接班，这是多少人求之不得的哇。"

见冯琍低头不吭声，王大姐以为劝说有效果，正打算继续发挥，此时冯琍抬起了头，真诚地看着王大姐，像做错了事的孩子：“我感觉我与李校长真的不合适，再说我不能背叛老杨。”

“什么叫背叛啊？”王大姐又生气道，“你们又没有谈婚论嫁，不还是在初期交流吗？”

“这也不能说断就断啊！全校学生、老师都知道了。”

“让我说你什么好呢！”王大姐气鼓鼓地站起来，“你好好想想吧，自己掂量掂量！”说罢她丢下冯琍，拍拍衣服头也不回地走了。

此事冯琍并没有看得太重，以为王大姐就是热心这么说说，只要她拒绝了，王大姐就不会再提了。再加上教学任务重，篮球队排球队训练比赛任务多，一忙她也就把王大姐提“亲”的事，丢到了九霄云外。

时间进入了1958年，离寒假还有一个月，同学们开始准备期末考试，昨晚冯琍在晚自习上辅导同学们复习，一大早她又抱着一摞作业推门进了教研室，但今天的办公室怎么觉得有些怪怪的，她一进来，无论年轻还是年长的老师，大家都用直愣愣的眼神瞅她，她像往常一样与大家一一打招呼，大家回应的表情也挺怪挺僵硬。这时教研室主任走了过来，他示意冯老师坐下。

冯琍静静地把作业放好，静静地等待主任发话。

“是这样，”主任扶了扶高度近视的眼镜，“前一段时间，我们在同学中做了老师满意度调查，这事你知道吧？”冯琍点点头。

“可能你的结果不是很好，人事处说要找你谈谈。今天你的课就暂时不要上了，我让小张老师先代你两节课。”

冯琍抬起头，主任躲闪开冯琍的目光，转身快速离开。

冯琍来到学校人事处，接待她的是一位刚大学毕业，进入组织处刚半年，扎着两根小辫，长相姣好的小姑娘。冯琍说明来意，她热情地请冯琍在接待的沙发上坐下，并为她泡了一杯茶。随后她拿起一袋材料，进了隔壁的房间。

当她出来时，脸上已没了先前的热情和微笑，换成了满脸的严肃，她在冯琍面前坐下，严肃地说：“冯老师，根据你的学生满意度调查，你已被列入辞退人员名单。”

“不会吧？”冯琍一脸茫然，“我听几个班的班干部们说，同学们对我的教学挺满意。”

小姑娘不屑地摇摇头，拿起文件袋晃了晃：“冯老师，我们这儿有调查表。”

“我能看看吗？”冯琍问。

“不行。”小姑娘断然拒绝，“只有领导才有权看。”小姑娘接着说道：“根据你的表现，学校完全可以辞退你，但是，学校领导念你是位人才，正巧南昌市教育局希望我们学校支援他们一些教师，学校领导决定把你调去南昌市教育局另行安排工作。”

冯琍低着头，默默坐了一会儿，她抬起头，似乎下定了决心：“那么，允许我与同学、老师、球队教练们告个别吧？”小姑娘摇摇头：“不行，从现在开始你三天内必须离校，交回寝室钥匙。”小姑娘从刚才摇晃的文件袋里抽出一张纸放到冯琍面前的桌上：“喏，这是你的调令，我们已经通知了南昌市教育局，你的档案我们随后也会封好转交南昌市教育局。”

调令函上写着：“南昌市教育局：为支援南昌市教育事业，特抽调我校教师冯琍同志去你处报到。落款：南昌航空工业学校。”

一切似乎已经无可挽回，从上海千里迢迢来到南昌航校工作，无论教学，还是学校的演出、球队的训练、比赛，冯琍都投入了十分的热情，现在以组织的决定，说调离就调离，而且不容任何分辩。

“好吧，既然组织已经决定了，我没有什么意见了。”冯琍倔强地毅然抬起头，霍地站起，把座椅咣地朝旁边一推，算是抗议，抓起调令转身走出了人事处。这大幅的动作和咣当声，让没怎么见过世面的小姑娘大吃一惊，她睁着大眼睛，呆呆地目送着冯琍走了出去。

刚走到过道，人事处旁边处长室的门开了，王大姐胖胖的身影闪了出来，她冲冯琍的背影小声喊道："冯老师！冯老师！"冯琍停下脚步，回头静静地看着王大姐。

王大姐笑容可掬地凑上来，照例先拉起冯琍的手，轻轻拍着以示亲热："这一切仍可挽回，不要急不要急嘛。"王大姐小声在冯琍耳边说道："上次说的，你与李校长的事，你再考虑考虑，调动的事我给你宽限几天。"

"不用。"冯琍冷冷地站在原地，"谢谢王大姐费心！我与李校长绝无可能。"冯琍欲走，可王大姐的手紧抓着不放。

"冯老师冷静一下嘛。"王大姐又贴过来小声道，"你知道吗？据我们了解，杨工的工作也将调整，他可能也要离开320厂。"

冯琍使劲地抽出手："王大姐你告诉我这些干啥？他是他，我是我。"说罢，冯琍倔强地朝楼梯口走去，当她转弯走下楼梯的时候，身后传来王大姐冷冷的声音："傲什么傲，也不掂量掂量自己几斤几两。"

一切来得那么突然，冯琍回到学校寝室关上门，寝室原本是两人一间，可那位老师在市里有房，因而很少来住。寝室里冯琍一个人呆呆地坐着，眼泪顺着脸庞流下，她抬手看着手表，这款上海牌女式手表是杨建章送她的生日礼物，现在离午饭还有半小时，一会儿老师们陆续下课就要回来，冯琍不愿意同事们看见自己落魄的样子。她抹了抹眼泪，换了件衣服，赶紧锁上门，她要去找杨建章想想办法。

南昌的冬季，阴雨天多，这不一过中午，阴沉的天空，又淅淅沥沥下起了冻雨。这两天320厂人事处也在找杨建章谈话，鼓励他带头去支援垦殖场建设。

这天上午在320厂大会堂召开了"320厂支援江西垦殖"的动员大会，会上江西省省长邵式平做了动员报告，他嗓门依然洪亮，富有鼓动性：

"江西垦殖事业在全国都是一面旗帜，但现在垦殖事业面临大量的人才缺口。我希望320厂广大干部们能投身到江西垦殖事业的创业中去，特别是工程技术人员和技术干部，垦殖场会为每位技术干部搭建施展才华的舞台，保证人尽其才，广阔天地才大有作为啊。”

接下来省委组织部领导也在会上表示：“经省委研究，支援垦殖系统的干部工资待遇不变，组织关系不变，两年一轮换，愿留在垦殖系统的我们欢迎留下，不愿意留的我们也欢迎回原单位。有愿意报名的，会后可以在我们省委组织部这里做个登记。”

既然这样，当天会议结束后，杨建章便毅然报了名，成为320厂首批自愿报名支援江西垦殖系统建设的技术干部之一。

当他怀着即将支援垦殖系统的热情兴冲冲地回到劳资科办公室时，劳资科李浓科长用夹着烟的手指着他直摇头：“你呀，你呀。”

杨建章嘿嘿笑着：“就两年，两年后我还会回来。”

李科长依然摇头：“我算是明白了，杨工你为了从事技术工作，是上刀山、下火海都在所不辞呀。”

正说着，杨建章桌上的电话响了，是冯老师打来的。

当杨建章赶到320厂生活区商场见到冯琍老师时，她上衣几乎已被冬雨湿透，杨建章心疼地赶紧脱下西装给母亲披上。杨建章知道不是有事冯琍老师不会轻易到厂里来找他，于是父亲拉着母亲在商场边的饮食店，找了个僻静的地方坐下，点了些热乎乎的饭菜让冯琍先吃。

在温暖的饭店里母亲把被学校调离的事告诉了杨建章，杨建章低头听完，他知道母亲很难受，毕竟南航有她倾注了几年心血的事业、学生，有与之朝夕相伴的教练、球队和同事。

当杨建章静静听完母亲的叙述后，他抬起头，发现母亲的脸上已挂满泪珠，他从口袋里摸出手绢默默递给母亲。

带手绢是父亲在青岛养成的好习惯，这个好习惯，在关键时候又一次派上用场。见母亲揩着眼泪，杨建章不知如何劝慰她，过了一会儿，他慢慢说：“离开也好。”

但又觉得没有分量，补了一句：“以后的日子我愿意与你共同面对。”

但还是觉得没有分量，又补了一句："无论多困难，我愿意照顾你一辈子。"

冯琍揩干眼泪深情地看着父亲点点头，坏事变好事，父亲终于收网了。

两天后，父亲特地请假陪母亲去南昌市教育局报到，这天依然下着小雨，父亲一路上为母亲撑着伞。

接待他们的钱儒科长，瘦高个，戴着一副眼镜，穿着一件旧式中山装，待人斯文而热情，他接过冯琍递来的调令函："太好了，欢迎欢迎啊！"

钱科长扶了扶眼镜："南昌市这两年上马了好几所中学，缺老师缺得厉害，缺好老师就更厉害，好在省领导支持，从全省各类学校调老师支援我们。"

母亲当即被分配到南昌二中担任语文老师，南昌二中地处南昌市最繁华、最美丽的东湖边，那时还不曾想到南昌二中后来成为南昌市乃至全省的重点中学。

告别时，钱儒科长一直把他们送到南昌市教育局大门口。

"钱科长真是位热心人，而且还是位非常看重人才的热心人，这种干部不多啊。"告别后，杨建章对冯琍感叹道。

关于这一点，他们彼此都有同感。没想到的是，在以后及"文革"的日子里，关于工作问题，冯琍多次找过热心的钱儒科长，而钱儒科长也是竭尽全力帮助母亲，无奈因为"文革"中被冲击，他心有余而力不足。

当两位年轻人从南昌市教育局出来，雨后放晴，傍晚的夕阳透过云层，像几束巨大的橘黄色聚光灯，照耀在城市上空。东湖边的八一公园，是南昌市最美丽的公园之一。那天父亲和母亲时而手牵手，时而相拥漫步在公园湖畔的小径上，湖光粼粼，水鸟成群，远离喧嚣，两个年轻人的心彼此依偎，爱情终于迸出了火花。

杨建章考虑到要去垦殖场工作，怕照顾不好母亲，决定在南昌二中边，东湖旁租间房子作为彼此的爱巢和婚房。因明天就要搬出南航，父亲决定先把母亲的大部分用品寄存在朋友家。

第二天一大早冯琍早早返回学校寝室收拾东西，不一会儿父亲带着几位320厂的，被母亲称为“酒肉朋友”的理工男同事，开着不知从哪儿借来的一辆解放牌大卡车，停在了寝室楼下。

母亲东西并不多，大家一人拎几样，也就搬完了。母亲的东西在硕大的货车厢上，只是堆了一个角而已。随后理工男们又呼啦啦簇拥着母亲去人事处交钥匙，办理剩余手续。

当大家再次上车准备离开时，四周已有不少同学围观，远远地，母亲发现王大姐正站在一棵树旁怏怏地注视着他们。

汽车发动了，父亲、母亲和司机挤坐在驾驶室，其他伙伴或站或蹲在后面的车厢上，快到学校大门时，突然母亲捂住嘴，眼泪夺眶而出，父亲赶紧示意司机停车。

原来路边站着校排球队篮球队的几位老师和同事，还有教练。车一停稳，冯琍就推开车门朝大家奔去，大家也瞬间就把她围起来，七嘴八舌地问：“冯老师发生什么事了，说调走就调走?”

“冯老师你可不能走啊!”

“冯老师你可不能把我们丢下。”

“冯老师这两天还有比赛哪。”

……

教练也挤了进来，拉住冯琍：“冯老师你不能走，你是校排球队篮球队的主力，我这就去找校长，问问他们还要不要学校荣誉了!”

冯琍眼含热泪，只是摇头，一句话也说不出。

短暂的告别后，当汽车再次发动时，冯琍再也忍不住，号啕大哭起来，旁边的父亲也不知怎么劝，只有默默递上手绢。

从此，虽然生活在同一个城市，但母亲再也没有跨进过南航的大门，直到她在南昌市去世。

改革开放后恢复高考，那年我参加高考，填写志愿时征求母亲的意见，年迈的母亲平静地对我说：“你考哪所院校我都不反对，包括师范院校，但希望你不要报考南昌航院。”可见南航的经历对母亲伤害之深。

离开南昌航校是母亲命运的转折点，她晚年在南昌饭店干服务员工作，一次上班时，她偶遇一位中年男子，那男的围着母亲左看右看，小声问道：“大姐，你很像我读南航中专时的班主任冯老师。”

母亲抬起头：“我就是冯老师。你是?”

“啊！真是冯老师!”中年男子惊呼起来，“同学们常常提到您！说您是我们在学校遇到的最好的老师。”

中年男子告诉母亲，当年她不辞而别后，同学们因不满代替她的老师，还去学校教务处闹过，要求冯老师继续回来带班，可学校说冯老师是被上级调走的。

当中年男子听说母亲为了生活到饭店干服务工作，立即掏出五百元钱硬要塞给母亲，被自尊心极强的母亲断然拒绝了。

那天母亲下班后心情很好，就因为昔日的学生竟然还记着她。后来母亲退休了，据说自称她学生的人还曾来找过她。

母亲到二中工作后，南航球队几位老师也曾来看过她，她们告诉母亲：她走后校排球队篮球队人心也散了，打一场输一场，不久教练也辞职了，校女子篮球队排球队也解散了。

当我写这篇回忆录时，想找找当年南航校史上是否有老师们的名录，可只找到学校历届校领导的名录，母亲和许许多多为南航奉献过青春的老师一样，如雨露洒过的麦田，消于无形。

只是在“中国航空工业史丛书”《南昌航空工业学院院史(1952—1985)》一书中看到南昌航校曾获“南昌市排球冠军”。我想这里面一定有母亲的辛勤汗水和飒爽英姿吧。

二十二、终成眷属

呦呦鹿鸣，
食野之苹。
我有嘉宾，
鼓瑟吹笙。

——《小雅·鹿鸣》

抽调干部上山下乡创办垦殖场，在当时是江西省在国内的创举，从客观上也缓解了三年自然灾害时江西省的粮荒，同时能够支援国家和其他省份不少粮食。早在1957年底的动员会上，面对台下的几千名全省各行业干部，江西省长邵式平声音洪亮："……江西的革命老根据地都在山区，山区老百姓很穷，要组织有能力、有经验的干部去创办垦殖场，去办工厂、学校，办农、林、牧、副、渔，带动山区老百姓富裕起来。……"

当时父亲杨建章作为320厂派出的代表就坐在上千名干部当中，当听说垦殖场可以创办工厂，他心潮开始澎湃起来，毕竟从无到有，创办一家工厂，造福一方百姓，也是他年青时代立志学习机械与技术的终极理想。

根据320厂部的安排1958年春节过后，杨建章作为320厂借调去农垦系统的干部，移交完工作后，就去省委组织部报到，暂时支援垦殖系统两年，档案暂存320厂组织处。

临走前，他去拜访了几位要好的同事和朋友，包括因病在家休养的原厂组织科周礼仁科长。周科长消瘦了许多，他直埋怨父亲事先不与他商量，不过他也说："还好是暂借，两年后在垦殖场不顺心你一定要申请回来。"

"是的。"父亲点点头，"没与你商量是我欠考虑，不过只是两年。"父亲低着头，搓着手，小声说，"我只想去垦殖系统试一试。"

周科长拍拍父亲的肩膀，嘿嘿笑道："是故意躲着我吧？你不用解释，你的小心思我懂。"

周科长胖胖的媳妇端过一盘洗净的苹果。周科长和他媳妇都是山东人，他们有一个可爱的女儿，周科长当年随部队南下，转业后到320厂工作，媳妇也从山东农村带着娃，辗转来到南昌投靠，周科长在320厂职工食堂为她找了份打杂的临时工。

来二中报到的第一天，母亲就被当时的校长兼支部书记苏交叫到办公室谈话。

当时南昌二中的苏校长其貌不扬，消瘦的脸庞配着一双小眼睛，常年穿着一件旧中山装或某工厂的工作服，给人一种憨厚、朴实的感觉。不了解的人第一次与他见面，很难把他与一位中学校长联系起来。

"教师岗位是非常重要的岗位，市教育局和上级领导都非常重视教师的政治素养。"第一次见面，苏校长热情地给冯老师端了一杯热茶。

冯琍点点头，表示自己在认真听着。

"要培养出又红又专的学生。"苏校长停顿了一会儿，看了一眼冯琍，显然他对冯琍老师的态度还是非常满意的，"要培养出又红又专的学生，首先教师自己必须又红又专，我们二中的目标就是要为党、为国家培养又红又专的接班人。"

说完他递给冯琍几张表格："你的档案我看了，因为教师岗位是非常重要的岗位，希望你把之前的经历一点儿不漏地写上。"

冯琍认真地点点头，几天后母亲把填好的表交给他，那个时代的人都非常诚实，在经历一栏中，母亲填得非常详细，其中包括她中学在国立六中，随学校统一参加“三青团”组织。苏校长看着表，皱起了眉头，自言自语道：“‘三青团’?”

他转向母亲：“你非常诚实，我们组织上就希望干部能这样，但‘三青团’这事我得向上级汇报一下。但你也不要有什么负担，组织上都重在现实表现。而且从旧社会过来的人有些事情都难免。”

参加“三青团”，对今后有什么影响，年轻的冯琍老师并没有往心里去。1958年正值全国“大跃进”运动，南昌二中的老师不仅要带好学生上好课，还要组织学生们大炼钢铁，去农村参加劳动。

为了尽快解决住房，父亲和母亲在母亲来到二中报到后，就开始在二中周边找出租房，可找遍了周边，都没有合适的。正发着愁呢，这天年轻的小王老师告诉母亲：“冯老师，冯老师，学校旁刚腾出一幢小洋楼，房东正在求租，房子面湖朝阳，很不错，就是房租有点儿贵哟。”

母亲中午吃完饭，去专程看了看，果然在出了二中大门右拐不足百米的路边，有一栋江南典型的老式木质砖瓦小楼，二层。左右二立面外墙是老式青砖砌成刮灰刷白，正面立柱及二楼和房梁均由结实的大圆木构成，一楼大门、外墙、窗户均采用木质结构，保养很好，极像旧时大户人家亦住亦商的临街店铺。此时大门和窗户紧闭着，门上面贴了张纸条写着“求租”，下面留有正楷毛笔小字：“有意租房者，请约时间与房东面谈。”母亲赶紧把留言纸条塞入门缝内。

这天傍晚母亲挽着父亲专程来看房，那时的母亲父亲，因为年轻着装都比较考究。父亲依然是西装革履，母亲上身则穿着一件当时流行的毛线外套，下面是西裤，脚蹬半高有带新皮鞋。两位时髦年轻人的到来，让坐在一楼大堂端庄的中年女性眼睛一亮，此时她正在用南方的盖碗品茶，她身着如今少见的中式对襟真丝面料旗袍，虽然有些旧，但保养极好，一看就是生活讲究而精细。

见他们到来，中年女性放下茶杯，旁边的女佣赶紧扶她站起身，中年女性笑着说："是冯老师吗？我是李太太，这屋的房东。"

母亲点点头："对，我就是给您留条的冯老师。"母亲介绍父亲："这是杨先生，我的男朋友。"

李太太言谈举止一看就知书达礼，从见面后的眉眼可以看出，李太太很欣赏和喜欢这一对知识青年。

这栋小楼还有一个后院，楼梯下是厨房，灶台、自来水等一应俱全，沿木梯而上，楼上是一间大卧室，卧室对着后院还有一个木质阳台，由于隔开了街道的喧嚣，正是休闲闭目、品茶养性的好去处。此时夕阳正透过二楼的窗户照进卧室，平时只要拉开卧室窗帘，一街之隔的八一公园湖面和美景便尽收眼底。

父亲、母亲都很中意这栋屋子，可就是犹豫房租有些贵，李太太开价房租每月六十元，毕竟父亲要去垦殖场工作，变数很大，而单靠母亲每月四十几元的工资负担不起这么贵的房租。父母犹豫不决，希望房租能降些，但毕竟是临街的一幢楼，李太太的开价其实并不贵。他们只好约李太太两天后再来定，同时也提出了希望房租能稍微降些。

见父母希望再降价，李太太也犹豫起来，表示要回去与自己先生商量商量。

两天后的傍晚，当父母再次来到小楼前，厅内多了一位中年男子，他与李太太一样，衣着也很考究，西装西裤，面料很好，虽然有些旧，但非常挺括。李太太热情招呼二位年轻人坐下，他们从喝茶聊家常开始，并没有直接谈房子。聊天中得知李太太丈夫叫李善元，李善元夫妇也知道父亲在320厂工作，马上要去支援垦殖场工作，母亲是二中的老师，目前二人正在找房子准备结婚。还是李太太主动打破僵局："你们真喜欢这儿？"

父母很认真地点点头。李太太看看李善元又说："真喜欢这儿，我们可以让点儿。"

李善元问父母："你们打算多少能租下？"

父亲示意母亲回答，母亲只好怯怯地试探：“每月三十元行吗?”

李太太低头不语，从表情可以看出，这个价位出得有点儿低。

此时，李善元站起身拍了拍李太太肩膀，两人去院中商量。不一会儿李太太走了进来，她面带微笑：“我先生同意了，就每月三十元吧。”看得出李善元夫妇是真心喜欢这两位年轻人，愿意挽留他们住下，这房价当时在周边是最低的。

父母也笑了，赶紧起身，迎着走进门的李善元和太太：“那，太谢谢你们了!”

后来得知，李太太丈夫李善元是一位爱国商人，十五岁时进入南昌市李祥泰绸布店当学徒，1941 年晋升该店副经理，直至全国解放。1948 年任中国红十字会南昌市分会理事、南昌绸布业同业公会常务理事。解放前夕，李祥泰绸布店老板全家去香港定居，店铺由李善元在南昌继续经营。通过收看中共秘密散发的传单，李善元对共产党保护私营工商业的政策有了了解。南昌解放后，又目睹解放军纪律严明，秋毫无犯。绸布店在他的组织下，于南昌市解放的第二天就恢复了营业。

新中国成立前解放军挺进西南，政府向工商界募捐、筹粮支援前线。他积极响应并超额完成任务，受到当地政府的表扬。为支援抗美援朝，他代表李祥泰捐款 4 亿元旧币（折合当时新人民币 4 万元)，列南昌市工商界行业之首。他曾先后担任南昌市副市长，中国红十字会南昌分会会长，全国工商联五届常委，政协江西省第五、六届副主席，省工商联第三、四届主任委员，省工商联第五、六届名誉主任委员等职务，是长期同中国共产党合作共事的老朋友。

1957 年反右整风运动中他曾被错划为右派，撤销副市长职务，保留市政协委员，下放企业劳动。父母租房的时候，正是李善元人生低谷的这段时间。

父母在这栋小楼中，一住就是三年，直到怀上了我，母亲要去上海生产，才依依不舍退了房子。

这年春节，父亲带母亲去 320 厂拥挤的小屋见了奶奶和他的兄弟姐妹，算是两人正式确立了恋爱关系。

春节后，杨建章告别了冯琍和母亲及兄弟姐妹们，怀着干一番事业的理想，去云山垦殖场报到了。

作为南航支援南昌教育的老师，刚来二中，学校领导对冯琍老师还是器重的，并把她列为高中骨干语文老师。那时的二中年轻教师不多，大部分教师都是从旧社会延续下来的。而她的到来，犹如给这平静的池塘，激起了层层浪花。

冯琍老师的课堂教学，喜欢活跃课堂气氛，而这让许多上年纪的老师们看不惯。课余冯琍喜欢组织同学们打篮球、锻炼身体，这在南航是再普通不过的事情，但在二中又有许多老师们看不惯。受父亲的影响，她也喜欢带手绢，而且是那种很漂亮的、带各种小花的手绢，不少老师就把这些反映到校长、书记那里，说她的课余搞活动影响学生自习，用漂亮手绢是资产阶级的典型表现。为这些琐碎的事情，冯老师多次被苏校长叫到办公室谈话，让她注意在老师和同学们中的影响。

其实冯琍老师也很想在二中老师中交些朋友，可老师中青年老师太少，有几位迫于舆论压力也不愿意与她交往过多，渐渐地她成了二中老师中的凤毛麟角，这样的处境让她非常郁闷。

为了与老师、同学们打成一片，冯琍老师也很努力。日常着装她渐渐以深色为主，花手绢也不带了。但即使这样老师们还是与她隔着一层，因为毕竟她是从外面调来的老师，在二中这片土壤中没有什么根基。

1958 年的夏天仿佛来得特别早，5 月的南昌就非常炎热。趁着五一节的休假，杨建章提早几天请假从云山垦殖场赶回南昌。两个年轻人去民政局办了结婚手续，然后去了杭州西湖游玩，算是旅行结婚。

临走前他们去洪都 320 厂与奶奶和全家兄弟姊妹们照了张合影并告别，没有彩礼，没有迎亲，没有婚宴，一切是那么的匆忙和简朴。在杭州西湖玩了两天后，他们顺道去了趟上海，在上海父亲第一次拜见了外婆和母亲在上海的姐妹家人。就这样，用母亲后来的话说：“她终于把自己嫁出去了。”

在以后的油盐酱醋的平凡日子里，每当两人吵架斗气时，母亲也曾后悔过，她认为父亲不珍惜她的感情，其根源就是结婚没有好好操办，父亲占了便宜，所以并不珍惜她。每当这时，刚刚还暴怒的、据“理”力争的父亲，瞬间就哑火，沉默不语起来，仿佛母亲的话点中了他的“要害”。

现在回想起来，父母在日常生活中的吵架，起因大都是些鸡毛蒜皮的小事。其实婚姻这事，谁占谁的便宜，谁又能说得清？这也许就是一种缘分吧。

父母结婚都没有在各自单位上张扬，也许他们觉得自己年纪大了的缘故，也许还有别的什么原因。回到南昌后，父亲就又匆匆赶回云山垦殖场，母亲也投入到南昌二中日常繁忙的教学工作中。

多年后，我查找翻阅了各种南昌二中的回忆录和学校教师、毕业生的名录，想寻找到母亲的信息。与南昌航空学校一样，没有发现母亲的任何痕迹，仿佛母亲在南昌二中工作的几年经历，已被历史抹得干干净净。

二十三、云山造纸

槲叶落山路，
枳花明驿墙。
因思杜陵梦，
凫雁满回塘。

——温庭筠《商山早行》

位于赣北山区的永修、武宁、靖安、安义四县交界之间，有一座气势雄伟的大山，主峰叫云居山，海拔980多米。1957年这里人烟稀少，交通不便。但这里峰峦重叠，白云缭绕，林海松涛，溪水潺潺，风景秀丽。云居山与庐山遥遥相望，素有“姊妹山”之称。

1957年，在这片美丽的土地上，经江西省政府批准正式成立了江西省国营云山综合垦殖场。场部位于江西省九江市云居山下云山镇，垦殖场占地375平方公里。

云山垦殖场是当时江西省五大垦殖场之一，1958年获得周恩来总理签发的“全国农业社会主义建设先进单位”的国务院奖状。当时江西省与云山垦殖场同时新建的还有：大茅山垦殖场、红星垦殖场、井冈山垦殖场、共青垦殖场等。

改革开放以后，1992年经江西省人民政府批准，江西省国营云山综合垦殖场设立省级云山经济技术开发区，1993年成为江西省体改委首批进行现代企业试点单位。江西省国营云山综合垦殖场改制成江西云山集团有限责任公司，简称“云山集团”。

这里气候宜人，四季分明，雨量充沛，光照充足，年平均气温16.9℃，自然条件十分优越，农林资源极为丰富。拥有耕地3.7万亩，年产优质商品粮1.6万吨，油料作物1400吨；垦复造林育林面积37万亩，森林覆盖率达75%，林木蓄积量100万立方米，毛竹蓄积量100万根，经济林1.8万亩，果林1万亩；拥有可养殖水面5000余亩；拥有年产20万只甲鱼的江西最大的工厂化甲鱼养殖场。

这里还拥有丰富的旅游资源，闻名东南亚的佛教名寺——真如寺就坐落于云居山上。经过改革开放后的保护和开发，云居山已成为江西省的旅游胜地，并与柘林湖旅游区融为一体。山上珍稀野生动植物品种繁多，1997年省政府将云居山列为江西省人民政府省级自然保护区。

云山集团的云山经济技术开发区地处南昌市和九江市工业走廊中段，为省级八大经济技术开发区之一，享有市级投资审批权和省级开发区的一系列优惠政策。

云山经济技术开发区基础设施完备，水电路配套齐全，交通便利，改革开放后京九铁路、昌九高速公路、105国道穿区而过。这里距南昌市50公里，距九江市55公里，距昌北机场25公里。

由于320厂的交接工作拖延了几天，1958年夏，杨建章没有随大部队一起来到云山垦殖场报到，当他来到场部时，垦殖场欢迎会已经开过。人事科对他说：“杨工，你就直接去云山造纸厂吧，找白厂长报到就行了。”

当电话打到云山造纸厂，那头的白厂长嗓门洪亮地高声说道：“欢迎啊！欢迎啊！我们这里就是缺少技术领头人，一会儿我派厂里的拖拉机去接你。”那时的云山垦殖场，由于属于创业阶段，各单位布局分散，生活艰苦，道路以山区新挖的土路为主，汽车也是奢侈品，所以各单位运输大多靠拖拉机。

一路颠簸，风尘仆仆的杨建章终于拎着小皮箱，来到了造纸厂大门口，白厂长正站在门口迎接。厂大门非常简陋，只是用两摞红砖砌了两个大门柱，左边的柱上挂着厂牌“云山垦殖场造纸厂”，厂大门是用竹子临时编成的，开合都很不方便。厂房还在修建，厂里面全是泥，深一脚浅一脚。一条小河绕厂而过，小河旁用竹子搭成的简易房间，便是职工们的临时宿舍。厂行政办公室和临时食堂、洗浴间，坐落在厂区东面山脚下一个人工填平台地上，地势较高，需拾级而上才能到达，但站在台地上可以俯瞰整个厂区。

白厂长也兼造纸厂的党支部书记，他个不高，皮肤黝黑，与其说是厂长，更不如说像位大山里的农民，但他声音洪亮，初次见面给人印象非常热情。在厂行政办公室旁边的临时食堂，白厂长叫上厂里的几位主要干部，特意让食堂加了两个硬菜，上了一瓶白酒，大家坐着小木凳，围着一个不高的方桌，桌上盛菜的碗大小不一，这已经算是很高规格的欢迎宴了。

席间，杨建章问白厂长：“造纸厂的蒸煮、制浆、造纸等设备都有着落了吗?”

白厂长端着盛酒的碗看看杨建章，瞅瞅旁边的几位干部，大家都哈哈大笑了起来。白厂长忍住笑说：“杨工啊，你刚从大城市、大国企来，不怨你。”

说罢，白厂长放下碗筷：“我们这个造纸厂啊，不是什么正规的造纸厂，垦殖场也没有什么经费投入，包括机器、设备、厂房，都要靠我们自己白手起家。”

他拿起酒瓶给杨建章碗里又加了一些酒：“先尝尝我们农场自己酿的酒，你来了就好了，先好好休息两天，然后好好地设计一套我们自己的机器、设备。加工可以委托垦殖场的机修厂去做，一些简单的必需的机器、设备，我们也可以添置一些，这我可以保证，我一定打报告向场里申请。”

他又转向大家：“我们自力更生，丰衣足食。”大家附和地点头：“对！对!”

杨建章皱了皱眉又问白厂长：“那水源如何解决？用附近小河的水吗?”

白厂长拍拍杨建章的肩膀："那是当然的喽，当时选址在河边，就是为了用水方便。"

杨建章又皱起了眉头："那，不行吧？这条小河还不够我们污染的，造纸厂一开工，对水源污染是非常大的。"

白厂长和干部们又笑了，白厂长称赞道："杨工考虑得真远，先把造纸厂建起来再说吧，环保的事可以放一放。"

杨建章放下碗筷："那不行，最起码应该在厂里建一个大的污水池，决不能把造纸厂的废水直排。"

见杨建章较起了真，白厂长也皱了皱眉，但毕竟是领导，瞬间他脸上又堆满了笑容，他举起了酒碗："来来，喝酒，喝酒。"他拍拍杨建章的肩膀，小声说道："厂里以后的技术听你的，今天我们先吃先喝。"

两天的时间，杨建章把周边跑了个遍，算是对周边的山岗、溪流有了了解，但心里一直在盘算找个地方建一个大的污水池。厂里的几位干部，均是全省各个市、县支援农垦系统的干部，技术干部不多。厂里工人一半来自城市国营企业的下放工人，另一半是当地的农民。与320厂的工人比素质差得不是一星半点，大部分职工需要进行严格的岗位培训，才能胜任将来的工作，这让杨建章非常忧虑。而白厂长却显得特别心宽，信心满满，每天整个厂里都能听到他的吆喝声，大家在他的指挥下有条不紊地工作。

这天中午吃饭，杨建章特意找到了白厂长："白厂长，设计的工作量比较大，能不能给我派两个助手？"

"好呀。"白厂长放下碗筷，依然爽快而乐观，"没问题，过一个月有两位共大的学生毕业，场部说分我们这儿，就跟着你干吧。"共大，全称叫"江西共产主义劳动大学"，招的学生大多是根正苗红的农村孩子和垦殖场的职工子弟。学生们的课程，都是以实用技术为主，学习一般一至两年，这种速成培养，在当时迅速缓解了人才不足的矛盾。这也是江西当年在"三面红旗和大跃进"中，与垦殖场同时产生的新生事物。

一个月以后的一天下午，白厂长果然领着两个皮肤黝黑、挎着书包的年轻小伙子，钻进了杨建章搭在车间边上，平时工作兼休息的草棚办公室。人还没进来，白厂长大嗓门的声音就先到了：“杨工，给你带来两个徒弟！”

趴在桌上正聚精会神绘图纸的杨建章抬起了头，见白书记带着两个非常精神的小伙子站在自己面前，他啪的一声丢下铅笔，高兴地拍起手来：“这，太好了。”

白厂长先指着杨建章对两个年轻小伙子说：“来介绍一下，这是我们厂里大名鼎鼎的、来自320厂的杨工程师。”随后他转向杨建章：“这个是小孙，这个是小马，他俩刚刚从共大毕业，你好好带带他俩，就算是他俩的师父吧。”

小孙、小马懂事地给杨建章鞠了一躬：“师父好。”

两个年轻人的到来使杨建章非常高兴，他伸出手热情地与两个年轻人一一握手：“欢迎欢迎，以后大家互相学习，取长补短。”

随后的日子，他们三人便形影不离，一起测量，一起绘图，有时也高声争论。白厂长也非常关心这两个年轻人的成长，常把他俩叫到办公室，询问他们的学习工作情况和杨工设计进展情况。

小孙、小马每次从白厂长那回来，都要兴高采烈地在杨建章面前夸赞白厂长一番：“白厂长真是一位非常好的领导，这么关心我们年轻人，又非常懂技术，懂管理，懂得爱护人才，真是一位难得的好领导！”渐渐地，白厂长对设计方面有什么想法和交代，也由两个年轻人带话给杨建章，有时转述不是很清楚，杨建章不得不另找白厂长汇报，这让杨建章有时感觉不爽。但转念一想，企业的发展毕竟将来要依靠年轻的技术骨干力量，白厂长多多关心年轻人也无可厚非。

造纸厂的土建进展非常迅速，杨建章带领两个年轻人也加快了设计步伐，他们三人没日没夜地赶工，出了一批图纸，就交由修理厂去加工。开始杨建章带着两个年轻人，三人一起去修理厂加工现场监制，因为修理厂技术工人的水平毕竟有限，杨建章非常担心加工中材料、尺寸弄错，热处理不当等等，这样不仅造成浪费，还会前功尽弃。这套蒸煮、制浆、造纸设备，其中不仅有大量的精加工部件，还有大量的钣金制造件，而且造纸厂还有通风、废水排放、动力、电力配置必须考虑。三人同时去现场监工，显然有些人员浪费。杨建章考虑再三决定分成三个方向，一人监工精加工部件，一人监工钣金件制造，一人继续绘制机械加工图和监督车间设备安装。由于相隔较远，三人约定每周碰面三次，汇报各自方面的进展情况。

这样的分工，效率是提高了，但是三人的沟通和见面就少了，但小孙和小马只要回到厂里，就会到杨建章办公室汇报情况并聊一些他们知道的有趣事情。杨建章也非常赞赏小孙、小马，逢人就夸奖他俩，在白厂长面前更是没少说好话。

渐渐地他们遇到了大难题，制浆设备的主轴和大齿轮，由于尺寸偏大，修理厂没法加工，唯一的办法，只能是去垦殖场的大山外面，找大城市的大厂寻求帮助。这不仅要影响进度，而且还需要一笔资金，情况反映到白厂长那儿，白厂长一直犹豫不决，他多次找到杨建章：“杨工，看看能不能降低设计标准？应付过去，我去场部申请了，经费根本没法解决。”

每当提起这事，杨建章就直摇头：“降低标准不行，转速那么高，这会出大事的，经费的事只能拜托你多跑跑。”

没有办法的白厂长只能找小马、小孙关起门来商量，这两个年轻人胆子也大，为迎合白厂长，提出了用铸铁代替铸钢锻造加工主轴和大齿轮。其实白厂长也是技术干部出身，他知道这样做会有风险，但迫于走投无路，竟然同意了两个年轻人去试试，他们不敢把这个事情告诉杨建章，只能偷偷去找场部小土炉炼土铁的师傅想办法。

但毕竟纸包不住火，杨建章知道后怒气冲冲地去找白厂长：“小马、小孙这俩孩子不是胡来吗？那个土铸铁怎么能代替铸钢呢？技术各项指标都差远了。”

白厂长拍拍杨建章的肩膀微笑着说道："这事我知道，年轻人有想法，应该支持嘛，不试怎么知道不行呢？"

杨建章依然态度坚决："这种土法上马的做法，我是坚决反对的！"

白厂长递过来一杯茶："杨工，息怒！"他挨着杨建章坐下，"这事我非常清楚。是我同意他俩去试试的。放心，不会有什么事的。"

这次谈话以后，不知因为什么流言传到了小马、小孙的耳朵里，从此小马、小孙便与他们的师父杨建章疏远了，也不再来杨建章办公室汇报工作了，厂里职工都知道他俩正专程忙于设备制造安装的"技术革新"工作，他俩一改跟着杨建章后面唯唯诺诺的形象，有什么事也直接向白厂长汇报。年轻人的积极性一旦被调动起来，整天都会干劲冲天地忙于工作，当然由于年轻，工作中踌躇满志之色也会溢于言表。而杨建章又回到了刚来时一人画图一人工作的状态。

这年的冬季来得仿佛特别早，云山垦殖场由于缺电，为保生活用电大部分企业停产，造纸厂也不例外。这样，杨建章便早早回到了省城南昌，打算春节后再返回造纸厂工作。每逢佳节倍思亲，1959 年 1 月中旬，离春节还有半个月，杨建章与奶奶商量，想趁着春节前，再回趟湖南老家看看父亲和弟弟，已经很久没有他们的消息了。可是奶奶坚决不同意："你上次回去就差点儿被扣下，现在无论如何都不能再去冒这个险。"父亲没有办法，只能再给弟弟杨建国写信，同时寄些生活费。

1959 年 1 月的湖南的大山里，也到了滴水成冰的季节。一场寒潮来袭，北风呼啸中，大山便与外界隔绝了联系。家里的柴房四面透风，在老家接受改造的爷爷杨汉和的病情越来越重了，整天咳嗽不断。又瘦又矮严重营养不良的小儿子杨建国也时刻想念着远在南昌的母亲和兄弟姐妹，他已经很久没有收到大哥的来信和钱款，现在面对年老、体弱、多病的父亲，他唯一能做的就是赤着双脚，去外面多捡柴火背回来，尽量把家里的土灶烧旺些，一方面取暖，一方面熬些粥给爷爷喝。此时春节临近，外面陆陆续续传来鞭炮声。

这天夜里，爷爷在一阵强烈的咳嗽后，把帮自己捶背的杨建国拉到身前："建国儿啊，"爷爷停顿了一会儿，"我看我是不行了。"他颤巍巍伸出干枯的手抚摸着建国的额头，眼神充满着父爱和歉疚，"我死后，你还是去南昌找你母亲和哥哥吧。"

建国扑通一声跪在父亲面前，泪流满面："父亲，是我没把您照顾好，我没脸去见母亲和兄弟姊妹。"

杨汉和干枯的手努力伸向建国，想抹去建国脸上的泪水："你是我的好儿子，你已经尽孝了，是我命该如此，我已经很拖累你了，我愧对列祖列宗啊。"说罢杨汉和也流出了两行眼泪，他想尽量扶起杨建国，可身体虚弱得已经没有力气，"见到你母亲和你哥杨建章，还有你的兄弟姐妹们，就说他们走后，我在老家一切都好，免得他们伤心。"

杨汉和虚弱地慢慢躺下："我死后，随便找个地方埋了就行，地势高点儿更好，看得远些。"

"不，父亲，我申请让你入到祖坟里。"杨建国号啕大哭起来。

杨汉和虚弱地摆摆手："你也去睡吧，我没事的。"说罢，闭上了眼睛。

这天晚上杨汉和的咳嗽不像往日的厉害，杨建国陪在床边，外面依然北风呼啸，半夜后，阵阵睡意伴着寒意袭来，杨建国毕竟是个孩子，以为父亲没事，便也倒头睡去。等他第二天早上醒来时，才发现父亲已经逝去，看表情似乎走得很安详。

倔强的建国没有哭，只是默默跪在床前，好一阵后，他才咣咣磕了三个响头，顶着阴冷的寒风，朝村部走去。

昨夜一夜寒风，吴春旺起得比较晚。吃完早饭，他披上大衣，缩着脖子，哼着小曲来到村办公室。刚进门坐下，村干事便敲门进来："吴书记，地主杨汉和死了，他儿子上午来村办公室找你，申请把杨汉和葬到祖坟地里。”

“什么？杨汉和死了！”吴春旺从办公室椅子上跳了起来，他眨了眨小眼，“不行！不允许进杨氏祖坟！看在乡里乡亲的分上，允许他就近找个荒地埋了。”

“是。”孙干事点头出去。

按照当地习俗，人死后三天下葬。听说杨汉和死了，村里一些沾亲带故的族人里有年纪较大的村民，也许念起了杨汉和生前或曾经对他们及家人的好来，第三天一大早，不少人自发聚集到了柴房前。这两天山里下了一场大雪，雪后的早晨寒气很重，大家就这么默不作声静静地站着。没有棺材，杨建国卸下了柴房门板，用破旧的棉被，把骨瘦如柴的父亲包裹好，放在门板上。

几位乡亲主动上去抬起门板，跟着杨建国朝附近的一个山坡走去。杨建国扛着铁锹和铲子，默默地走在队伍的前面。没有风，有的只是刚刚升起的灿烂的阳光，普照着远远近近的白皑皑的山峦。没有哭声，更没有鞭炮、唢呐声，寂静的队伍，只能听到人们踩在积雪上发出的脚步声。

当把杨汉和下葬后，大家便默默地各自散去。山坡上只留下杨建国一人在给父亲的坟茔培土，一铲一铲，直到天黑。

多年后，当我重回湖南故里时，在那个荒山坡上找到了爷爷杨汉和的墓，山坡上依然孤零零只有他一座坟，周边伴随的是山坡上的碎石和开满了不知名的黄色小花的野草，一阵山风吹过，野草和小花们便随风起伏摇曳。

欣慰的是后来当地乡亲们和族人凑了一些钱，把爷爷杨汉和的墓修缮了一下，立了一块墓碑，周边还培了一些水泥。

杨汉和去世几天后的一个早晨，天气依然阴沉而寒冷。村干事急匆匆地朝吴春旺的家跑去，在一个转弯路口，他与哼着小曲的吴春旺，差点儿撞个满怀。

“不、不好了！”村干事大喘着气。

“慌，慌什么慌?!”吴春旺没好气地问，“出什么大事了?”

“杨汉和家的那个地主崽子跑了。”

“跑了?”吴春旺沉吟了片刻，朝干事一挥手，“走，回村办公室去。”

来到村办公室，村民兵队长已经在那儿候着了。吴春旺问：“什么时候发现那地主崽子跑了的?”

民兵队长回答：“我早上去村里巡视，发现他们家连门都拆了，门框只挂了一个草帘子，我进去一看，才发现家里没人了。”民兵队长自告奋勇道：“吴书记，要不要我派两人去把地主崽子抓回来？天寒地冻的，估计他也跑不远。”

吴春旺慢悠悠地拿起一支烟，点着，又慢慢地抬头望着天花板：“估计这小子去江西找他哥哥了。”吴春旺又想起了前几年扣押杨建章挨上级严厉批评的事。

沉默了一会儿，吴春旺对民兵队长一挥手说：“算了，一个臭小子，量他跑到江西也成不了什么事儿，说不定还没到江西，他就在路上被冻死了。”说罢，吴春旺在烟灰缸中狠狠地把烟掐灭，转向民兵队长说：“你再带两人去那破房子看看，搜搜有没有什么值钱的东西。”

“我早晨就看过了，除了些破烂，连吃的都没有。”民兵队长答道。

“那你还是带两人去，把那破房子一把火烧了，省得晦气。”吴春旺命令道。

1959 年元宵节后，杨建章打算过两天就返回云山垦殖场。这天傍晚，320 厂职工宿舍里，奶奶和春兰姑姑正在家收拾房间，她们刚刚送走了杨建章、冯琍两口子。这时门外响起了敲门声：“有人吗？这是杨建章家吗?”听声音是隔壁邻居王奶奶。春兰姑姑赶紧去开门。

王奶奶指了指身后一位蓬头垢面，拄着拐杖，弯着腰，虚弱不堪的人问：“他说是你们家亲戚，杨建章是他哥哥。杨工我认识呀，所以我就带他来了。”

由于天黑看不很清楚，春兰姑姑问：“你谁呀?”

“我，我是建国啊。”寒风中传来颤抖和虚弱的声音。

“是建国弟?”春兰姑姑显得非常吃惊。

“啊，是建国来了。”小脚奶奶跌跌撞撞地冲向那位“乞丐”，一把抱住他，“啊！真是建国儿啊！你怎么来的呀？怎么弄成这模样啊?”

见母亲朝自己奔来，杨建国微笑着眼前一黑，便倒在了母亲的怀中。这时屋里人都跑了出来，大家七手八脚连拖带拽地把杨建国弄进了屋子。

第二天杨建章又从市里赶回 320 厂宿舍，兄弟见面自然又是一场抱头痛哭。

交谈中杨建章得知，他离开湖南老家后，从南昌寄给湖南老家父亲和弟弟的信、钱和物，大部分石沉大海不知去向。杨建章异常伤心，难以想象父亲和建国弟弟，在他离开湖南老家后的几年，度过了一段怎样艰难而痛苦的日子。

与家人团聚后，杨建国叔叔不久进入了 1958 年刚成立的江西省地矿局工作，成为一名普通职工。1966 年地矿局成立 909 地质勘探队，杨建国叔叔转入 909 地质勘探队（现为江西省 909 地质工程勘探所）工作，后来定居在江西省赣州市。

在那个年代 909 队是全国地质行业的“排头兵”，成为“全国地质战线一面红旗”、全国第一批“工业学大庆”企业等诸多荣誉和标兵单位，当时流传一句话：“全国学大庆，地质战线学 909。”不可否认，江西地矿人为振兴祖国地矿事业做出了巨大贡献，据资料统计：909 队自 1966 年成立到 1975 年十年里，先后找到了 5 个大矿、51 个中小矿，提交普查评价和地质勘探报告 69 份，初步摸索了江西省的成矿规律，写出地质论文和研究报告 12 篇，钻探生产连续十年提前超额完成国家计划。

晚年的父亲常常对家人提起：他最对不住的家人就是弟弟杨建国，他吃的苦最多，为家庭牺牲最大。

二十四、调往新丰

谁知林栖者，
闻风坐相悦。
草木有本心，
何求美人折？

——张九龄《感遇（其一）》

过了正月十五，杨建章采购了一些日常用品，告别家人，登上了开往云山垦殖场的长途客车。

上车前杨建章给白厂长打了一个电话，希望造纸厂能派拖拉机来场部接他一下，因为这次行李多了些。白厂长当即同意："杨工要回来了，太好了，拖拉机的事你放心好了，我来安排。"果然当杨建章颠簸一天，拎着大包小包在云山垦殖场部的简易客车站下车以后，就发现造纸厂的拖拉机司机许师傅在不远处正向他招手。

今年南方的春天来得似乎较早，昨晚一场春雨过后，山里的不少树木就开始发芽了。山风拂面，似乎也没了冬季的寒冷与刺骨。路上车很少，杨建章坐在拖拉机斗上，与司机许师傅说说笑笑，沿着山路朝造纸厂驶去。

"杨工，转过前面那个山就到造纸厂了。"许师傅指着前面一座丘陵说道。

"许师傅，晚上请你一起去食堂吃饭，我这次从城里带回了两瓶好酒。”杨建章拍着许师傅的肩膀说道。

“客气啦杨工。”许师傅笑道，“也许白厂长今天晚上会请你哪。”

“那如果今晚不行就改日了，我们俩一定得喝上一口。”

两人正说笑间，忽然听着山那头咣的一声巨响，惊起四周一片飞鸟。许师傅下意识踩了一脚急刹车。随后大山的背后，又蹿起了一股浓烟。

“不好！一定是造纸厂出事了。”杨建章判断道。

“肯定是我们厂，这大山附近只有我们一家工厂。”许师傅也同意。

于是他们加大马力朝造纸厂驶去，拐过那座山，远远就看到，一股浓烟正从造纸厂制浆车间屋顶蹿出。附近的家属职工都朝工厂跑去，车间外已围满了人。

杨建章跳下拖拉机，也顾不了拿行李，使劲扒开人群往车间里挤，车间门口站着几位基干民兵维持秩序，他们不停地把围观职工和家属往外推。车间干部、职工有的用消防水管往车间喷水，有的端着脸盆，提着桶，漫无目的地往车间里泼水。民兵队长认识杨工，放他挤进了人群。此时的白厂长，正站在车间门口镇定自若地指挥着抢险，几位造纸厂干部围在他的身旁随时准备听候命令。此时车间的浓烟已减小了不少，可到处依然是呛人的味道。杨建章一扭头，发现小孙、小马俩孩子，脸和脖子熏得乌黑，此时双手被五花大绑着，跪在车间外墙根下，两位民兵用步枪顶着他们的后背。

杨建章跑过去问他俩：“这是怎么了？出了什么事？”

俩孩子一抬头见是杨工，像见到救星，眼泪瞬间便哗哗地流了下来。他俩这一哭，杨建章似乎明白了些，他对押他们的民兵说道：“把他们绑解了吧，也别跪着了，都是同事。”

民兵也认识杨建章：“好吧，你俩小子先站起来吧。”

民兵小声对杨建章说：“绳子暂时不能解，这是白厂长亲自下令让绑的。”

杨建章点点头，只能扭头去找白厂长。见是杨建章回来了，指挥抢险的白厂长客套地伸出了手："杨工回来了，你回来得真是太及时了，真是太好了！"

两人握了握手，白厂长面无表情道："杨工，你带几位技术人员去车间看看，看看损失情况怎么样，回头来我办公室找我。"随后白厂长又转向民兵队长："让家属和职工们都散了吧，也不用再浇水了，车间已经没有明火了，大家早点儿回去休息。"

"那两个罪犯小子如何处理？"民兵队长请示道。

"今晚先关到仓库去。"接着白厂长又吩咐身旁的厂办公室主任："明天一早在会议室召开全体中层以上干部会议，汇报讨论今天的事故。"

渐渐地人都散去了，造纸厂又恢复了往日的宁静。杨建章拿着手电筒，与三位技术工人在车间里仔细巡视。显而易见，事故就出在制浆机的铸铁主轴上，断裂的铸铁主轴随着惯性，把车间顶棚砸了个大窟窿，落在了车间后面空地上，同时砸坏烧毁了四台电机和一个配电柜，并引发电气短路，引燃了车间一堆屋顶用的防水油毡，并造成了浓烟与大火，所幸的是没有人员伤亡。从车间出来后，杨建章直接去了白厂长办公室，报告了损失情况，同时希望白厂长把小孙和小马给放了。

一脸愁容的白厂长看着杨建章："杨工啊，你从省城回来，我原本想找几个人一起给你接个风，春节后咱们还没好好喝上几口，可今天偏偏摊上这种事，真是扫兴。"听白厂长这么一说，杨建章心里暖暖的。

杨建章想调节一下气氛："太感谢领导的关心了，我这次从省城还特意带了两瓶上等的四特酒回来，就是想感谢领导和同事们一年来对我的关心与照顾哇。"

可白厂长依然苦着脸，显然心情很沉重："厂子里出了这么大的事故，一定得有人担责任啊。"杨建章沉默了一会儿，小声说道："要担责任我担吧，谁叫我是全厂的技术负责人呢。"

白厂长一边摇着头，一边嘴角却露出一丝不易察觉的轻松笑容，仿佛一块石头落了地："杨工啊，你真是一个善良的人哪。"说着，白厂长突然轻轻拍了一下桌子，又愤怒起来，"这两个小子，成事不足，败事有余。"白厂长用手往桌上又拍了一下，"我让他们慢慢试，可他们倒好，一上来就就把电闸推到底，转速上得那么快，这不是胡来吗？"

看着愤怒的白厂长，"唉。"杨建章叹了一口气，"没伤到人就是万幸了。"杨建章接着继续为小孙、小马求情："我看今晚还是把他俩放了，让他们早点儿洗洗涮涮睡觉吧，我刚才看俩孩子反绑着蹲在墙角怪可怜的。明天中层干部会上让他们做个自我检讨就行了，其他责任还是由我担吧。"

白厂长站了起来，长吁了一口气，听杨建章这么一说，似乎轻松了一些，他摇了摇头："好吧。既然杨工坚持，我一会儿就让人把他们放了吧。"

造纸厂出了这样的事故，肯定要向上级和场部报告。几天后，云山垦殖场给造纸厂办公室打来电话，就事故情况，要杨建章去场部技术科一趟。白厂长听闻特意安排拖拉机送杨建章去场部，并嘱咐道："杨工啊，见了领导能不往自己身上揽，就不要往自己身上揽，要学会保护自己啊。"杨建章点点头，感激地与白厂长握手告别。

快到中午时分，杨建章来到场部技术科，干事让他去找技术科黄科长，来到科长办公室外，杨建章轻轻敲了敲门，里面传来一个熟悉的江浙口音："请进。"杨建章疑惑地推开门，瞬间愣住了，这不是320厂的同事，当年来南昌火车站遇到的黄欣哲工程师嘛。

"哈哈哈哈，果然是你！"黄科长站起身用手指着杨建章哈哈大笑，"闯祸了吧！倒霉了吧！"

杨建章一脸的尴尬："是是，我这次来就是特意汇报这件事。你怎么也来到云山了？"没想到黄科长笑哈哈走过来，先给了他一个大大的拥抱："我怎么不能来？你前脚走，我后脚就来了。"

"那，中午我请你喝两杯？"杨建章依然尴尬地赔着笑脸。

“到了场部哪能让你请啊。”黄科长叫来干事，让干事带杨建章先去场部招待所，要杨建章在场部好好休息两日，汇报工作的事不急，杨建章只好听命。

刚在场部招待所安顿好，干事又来了，说中午黄科长叫上科里的几位320厂同事，在招待所请杨建章。在这几位320厂同事中，有一位叫刘一辉的年轻工程师，后来与父亲成为好友，几乎每年都会来家里坐坐。

那个年代，吃饭想喝酒也没什么好酒，一般都是喝当地农民酿的米酒。由于度数低，一般都用碗喝。由于大家都来自320厂，也就没什么隔阂，互相之间很快就放开了。

聊着聊着就聊到了造纸厂的事故上，黄科长端着酒碗说：“杨工啊，我调了你们造纸厂的设计图，一看是杨工你设计的，我就糊涂了，心里说，杨工不可能胡乱设计吧?”

杨建章站起来：“惭愧，惭愧啊，我先自罚一碗酒。”

黄科长陪了一口：“可我一看，杨工的设计、材料指标和要求，没有问题呀。”

杨建章叹了一口气：“一言难尽哪。”杨建章摇着头，脸上冒着汗。

大家见杨建章这狼狈相，又都哈哈大笑起来：“一定是杨工替白厂长背锅了。”于是大家纷纷向杨建章敬酒表示安慰。

大家有说有笑，一边喝酒，一边回忆起320厂那些难忘的日子。快乐的时光总是非常短暂，下午还得上班，大家很快也就散了，并约定晚上继续。

就这样杨建章在场部住了三天，陪大家喝了三天酒。第四天上午，干事一大早来敲杨建章住的场部招待所的房门，说上午黄科长要与他谈正事。

谈话既没安排在会议室，也没安排在办公室。黄科长带着杨建章，爬上后面的一座小山，在一棵大树荫下，放着几个大石头，一看就是乘凉的好地方。

黄科长拉杨建章坐下：“没想到啊，要强的你来到云山，去了造纸厂。据我了解白厂长那人是比较难合作的，你要有思想准备。”

杨建章不置可否地点点头：“但我觉得白厂长这人还行。”

黄科长掏出一包烟，递给杨建章一支：“你们造纸厂给场部的事故报告，我看了，说事故的原因主要是你的设计造成的，只字未提其他人和你们的白厂长，你得有接受处理和调离造纸厂的准备。”黄科长长吸了一口烟，“好在事故说大不大，说小不小，经济损失也不大，也没死伤。场部委托我们技术科调查此事，我尽量向场部美言你，争取从轻发落吧。”

杨建章站起来：“那太谢谢你了，我就说嘛，你我之间有缘。”

“嗨，都是多年的老同事老朋友了，帮你是应该的。”黄科长朝杨建章狡黠地笑了笑，“你们那主轴千万再不能用铸铁代替了，还让两个共大学生找机修厂去弄，这些事我全知道，瞒得了别人瞒不过我，估计也是你们白厂长的鬼点子，出了事又让你来顶包。我已向场部打了报告，委托我们 320 厂去加工，加工费优惠。”

站在黄科长的面前，杨建章不知如何是好：“太谢谢你了，你为我们解决了大问题。”

“哎呀，行了。”黄欣哲科长站了起来，“就凭我们在 320 厂同事一场的关系，我也应该帮你。如果是那个白厂长来找我，我还未必帮。”

杨建章真诚地感谢着黄欣哲：“太谢谢了，但我还是有一个请求，希望你好人做到底，你能否向场部建议一下，”杨建章顿了顿，“我被处理或调走，能否在造纸厂建成以后。”

黄科长用夹烟的手指点了点杨建章：“杨工啊杨工，还是改不了那个较真儿的老毛病，你的要求我尽力向场部领导反映吧。”黄科长停顿了一下，“这样吧，我感觉你在造纸厂比较孤单，我把刘一辉派去造纸厂，协助你的工作，怎么样？他也是 320 厂出来的，又年轻，又懂技术，也好减轻你的担子。”

“那太好了，造纸厂缺的就是青年技术干部。”杨建章高兴地回答。

三天后，杨建章陪同刘一辉拿着场部人事科的调令，一起回到了造纸厂。

这年夏天，云山造纸厂终于建成投产，产品主要以包装纸为主。这年秋天，江西省农垦系统展览会在省城南昌市举行。云山垦殖场的机制造纸设备和机制包装纸，获得了农垦系统创业成果一等奖，并得到省领导的表扬。同时事故的处理结果也下来了，杨建章和白厂长全场通报批评，杨建章不再担任造纸厂技术负责人，刘一辉接任造纸厂技术负责人。杨建章调离造纸厂，调去更加偏远的新丰松山砖瓦厂当代理厂长。

两年后，云山造纸厂因水源污染严重，经场部领导研究决定关停。

二十五、新丰小住

行到水穷处，
坐看云起时。
偶然值林叟，
谈笑无还期。

——王维《终南别业》

时间很快到了1961年春，此时在二中的冯琍老师工作中也遇到了麻烦，南昌市教育局对干部重新审查，她当年填表中关于参加“三青团”的事情，被学校重新提及，校长苏交又把她叫去了办公室。这次他对冯老师已没了当初报到时的热情，他看了一眼已有身孕，行动不便，但仍然坚持教学和工作的母亲，既没有表示关心更没有赞扬，只是淡淡地示意她坐下。

母亲坐下后静静地等待校长的问话，她的第一预感又是那位同事老师可能去校长那儿告了什么状，静坐了一会儿见苏校长只是翻来覆去看着手上的一份文件，并不开口，冯琍只能先问：“苏校长，找我来，是不是我又做错了什么？”

苏校长抬起头，面无表情，仿佛冯老师并不在面前，他的一双小眼依然没离开文件：“冯老师啊，市里对教师要重新政审，你参加‘三青团’的事，学校也瞒不住，我们要派人去你原籍调查清楚。在接受调查期间，原则上要求你不能再担任本职工作，正好你也有身孕，把教学工作向其他老师移交一下，等待调查结果和学校的处理意见。这个我会向你们年级组和教导办打个招呼，你的意见如何？”

“有这么严重吗？”冯琍感到很突然，盯着校长问，“多长时间才会有结果？”

“我想你的问题倒不严重，只是现在有这么个要求，我们只能按章照办。”苏校长终于与冯琍的目光短暂对视了一下，但又迅速移开，“不过，冯老师啊，你得有思想准备，如果调查结果不好，你得有离开教师岗位的思想准备。”

这次谈话后，学校安排母亲去收发室协助工作。据说去四川外调她历史问题的老师，是学校指派的一男一女两位政治可靠的青年教师，其中那位女老师正是当年介绍母亲租李善元房子的小王老师，据说她父亲是位老革命，根红苗正，她也是二中少数与冯琍老师还能说得上几句话的几位老师之一。

一个月后，两位外调的老师回到学校，立即去校长兼支部书记苏交办公室汇报工作，据透露的消息，学校第二天就把冯老师的外调情况汇报到了市教育局。

又过去一个月，冯琍老师的外调政审结果教育局依然没有反馈给学校，因此冯琍依然只能挺着越来越大的肚子在收发室继续工作。这天，小王老师来收发室取邮件，见没人，她悄悄告诉冯琍：“你这次政审有贵人帮你，应该问题不大。”

原来他们去四川外调冯琍当年在国立六中参加“三青团”之事，惊动了成都教育局有关部门。成都一位高级干部知道此事后找到他们俩，说愿为冯琍老师担保，她当年在国立六中参加“三青团”实属无辜，当年国民党政府强行要求中学生加入“三青团”，不入不行，造成大量学生解放后政审遇到麻烦，政审难以通过。他说他了解你，家庭非常贫困，本人没有申请，就被学校强制加入了“三青团”，后来并没有参加“三青团”任何活动，相反你读中学时要求进步，为此他专门写了一封信让我们带回来交给市里有关领导。

“看得出这位领导非常了解你，关心你。”小王老师说。

“你没问问那位领导叫什么？”冯琍急切地问小王老师。

小王老师摇摇头：“只听周围人称他方书记，在成都教育系统很有威望，你应该知道是谁吧？”王老师反问道。

“方书记，方书记？”冯琍念叨着，一边摇头，一边陷入了遥远的中学回忆。

又一个月过去，眼见快放暑假了，学校对冯琍的政审还没有结论，冯琍老师历史有问题，被上面外调政审，这事已在老师中传得沸沸扬扬，本来在老师中就格格不入的冯琍老师，现在似乎成了二中的什么“怪物”，上下班或在去食堂的路上，不少老师都远远躲着她或绕开她走。苦恼的母亲趁父亲回昌办事，与父亲商量，如果学校和老师们长期这样对待她，她想干脆请假回上海生了孩子再说，父亲也赞同。

可冯琍老师还没来得及请假，这天苏校长又让冯琍去趟他办公室。

这次苏校长对冯老师热情了些，他主动告诉冯琍，她的政审通过了，没什么问题，见校长这么说冯琍长长舒了一口气，脸上也露出了一丝几个月来难得的笑容。

“可是，”苏校长的语气又吞吞吐吐起来，脸色也阴沉下来，“可是，可是……”

“校长有话不妨直说。”看见校长的脸色，冯琍敏感地察觉到校长今天不是单纯为了告诉她政审通过那么简单，肯定还有其他事情。

“冯老师呀，”苏校长的语气变成了难得的关心，“你爱人在农场还好吗？女同志怀孕没人照顾生活很难啊。”

“我爱人是320厂支援农垦的干部，在农场还好。”冯琍看着校长，感觉到校长要切入正题了，于是说：“校长有话不妨直说。”

“是这样，市里要精简教师队伍，一般夫妻一方已下放的，另一方应跟随其下放。”苏校长终于说出了今天谈话的重点。

“可我们家那位是属于支援农垦建设，不属于干部下放范畴。”冯琍解释道。

“都一样，只要干部离开城市，都属于下放。”苏校长有些不耐烦。

“那，我也必须下放？”冯琍迷茫地看着校长，“没有商量余地？没有别的办法？我现在有身孕，也没办法去农村工作啊。”

“这也是。”见冯琍迷茫，苏校长眼光反而变得锐利，他看着冯老师，“还有一个办法，你自愿办理离职，我们学校同意，你就不用随夫下放了。”

“离职？”冯琍听苏校长这么说，更加迷茫犹豫起来，“这，这么大的事，我得回去与爱人商量一下。”

“离职是上策。”苏校长口气坚定地劝道，“你原本在学校与同事处得就不好，我都替你难受，离职生完孩子后，你完全可以另外找份更好的工作。”苏校长拿起桌上的杯子喝了口水，继续说：“像你这种有才华、有能力的同志，再找份工作应该不难，劝你离职也是我们学校班子商量的结果，你再好好考虑考虑吧。”

从校长室出来，挺着大肚子的冯琍，心情极差，她慢慢走出熟悉的二中校门，来到湖光粼粼的东湖边，独自坐到黄昏。

来二中工作的几年，她尽了自己最大的努力，也忍受了许多委屈，但直到今天仍有不少领导、同事对她看不惯。这里面其实也体现出南昌这个城市对外来文化缺乏包容，相较于其他都市缺乏文化自信，缺少一种对文化人的关怀。这里的人们更注重乡土关系，缺乏对脱颖而出的人才的赞赏和对人才个性化追求的容忍。这方面二中不像南航，南航教师大多来自五湖四海，学历高又年轻，而当时的二中却正好相反，因而两者没有可比性。当苏校长提出让母亲自愿离职时，二中在母亲心中已是一潭死水，没什么值得留恋了。这也是母亲最终下定了决心，辞职回上海生孩子的主要原因。

可多年后，母亲生完孩子回到南昌市，找到南昌市教育局钱儒科长，希望在教育局再找一份工作时，钱科长对母亲的离职异常吃惊，直埋怨母亲当时做出的决定太草率，应该事先与他商量一下或者打个招呼。

母亲说："真对不起，我确实应与你打个招呼，但当时我有孕在身，行动实在不方便，又因接受教育局政审外调，我已经被调离了教师岗位，只能在收发室帮忙，而我爱人因从 320 厂支援农垦系统，又远在云山垦殖场工作。"

听母亲这么解释，钱儒科长对母亲当年的遭遇更加愤愤不平："谁说被政审人员必须调离本职工作，学校真是胡来。"钱科长接着说："再说你的丈夫是支援农垦系统建设的干部，更应该在工作中予以照顾，何况你当时还怀有身孕，于情于理二中都不能让你辞职。"

母亲听钱科长这么说，只能含泪默默地摇着头："我当时对政策也是缺乏了解。"

钱科长继续说："再说你是教育局下派的教师，二中不用你，完全可以退回到市教育局，市教育局所属各中学缺老师都缺得厉害。"钱科长叹了一口气，"事已至此，说什么都晚了，好在现在南昌市中学还是缺老师的，我们教育局可以先安排你当代课老师，待条件成熟了再转为正式教师。"

所以母亲生完孩子从上海回到南昌后，第一份工作就是去十三中当代课老师。改革开放后，我正在母校南昌育新学校高中部读高中，一天一位同学告诉我："南昌二中要招插班生，只要报名，参加考试，通过了就可以。"我回去找母亲商量，母亲说："南昌二中那几位老师我都了解，水平也就那样，育新学校老师那么重视你，离家又近，我建议你还是在育新学校读完高中为好。"母亲接着说："学习是一个终身的、渐进的、不断持续的过程。"

母亲这句话让我牢记至今，我一直在南昌育新学校读到高中毕业，并且坚持学习进修，当我调到北京工作并定居，我还报考了北京大学汉语言文学网络教育本科课程，早些年还取得过北京广播学院新闻专业函授本科学历，这些学习经历都让我获益匪浅。

1961 年上海的夏天炎热异常，独自一人回到上海待产的冯琍，在当时的上海第六人民医院初为人母，母亲经历一天一夜的难产痛苦，经手术后终于带我来到了人间。

上海第六人民医院，前身是创建于 1904 年的西人隔离医院，医院旧址在上海老靶子路 41 号，现在的武进路 85 号。八一三事变后，于民国二十六年（1915）迁至中正西路 251 号，现延安西路华东医院北楼。1943 年改名长安路隔离医院，1947 年改名为上海市第六医院。1949 年 5 月，定名为上海市第六人民医院，1956 年迁至北京西路 1400 弄 24 号，1991 年迁至宜山路 600 号，旧址由上海市儿童医院迁入使用至今。

当时新中国正经历着 1959 年至 1961 年的三年自然灾害，生活物资供应短缺，由于怀孕期间营养不良，母亲生下我以后消瘦异常，奶水不足，只得想办法用米汤代替奶水。当时上海市为保证孕、产妇的营养，规定每位孕、产妇每人每天能购买一个鸡蛋，母亲自己舍不得吃，每天把鸡蛋蒸给了我。每当看到照片上胖乎乎的我和消瘦的父母，心中的滋味不知如何描述。

母亲带着我挤住在外婆和大姨一家的房子中，为了照顾我们母子，外婆和大姨一家克服人多困难，把转角的一间小房腾出来给我们暂住，而且一住就是四年。直到有了弟弟，父亲调到了南昌市的省轻化厅工作以后，分到了一间住房，我、弟弟和母亲才从上海迁回到了南昌市。这四年中真不知我们一家，给外婆和大姨家增添了多少麻烦。时至今日，一提起上海市陕西北路的大姨家的弄堂，心中依然有一种莫名的亲切感。

新丰砖瓦厂职工人数不多，与新丰农场职工混住一起，其中食堂、宿舍也是共用，新丰农场职工分两拨人，一拨以当地农户为主，另一拨是下放垦殖场的干部、城市职工，其中还有一群接受改造的未摘帽的右派分子或其他坏分子。他们人数不多，但男女分开，生活工作施行半军事化管理，劳动时均有民兵监督。

这天父亲走在田埂上，远远看见这支十几人的劳改队伍朝他走来，他们每人肩上压着一个扁担，扁担两头是两个粪桶，远远地就能闻到一阵粪臭——他们应该是往田里送粪去。队伍的后面跟着一个挎着步枪的民兵。

杨建章赶紧在宽些的地方让着他们，队伍的最后是位戴眼镜的瘦弱小伙，他歪歪扭扭地跟着，当他来到杨建章跟前时，脚下一滑，一条腿踩在稻田里，险些摔倒，后面的民兵见状赶紧过来扶他，这一扶不要紧，小伙子一抖，滑向稻田的粪桶溅了民兵和旁边的杨建章一身。这一下民兵怒了，照着小伙子就是一脚，嘴里还骂着："去你娘的，干什么都干不好！"

小伙子连人带桶跌在水田里，前面行进中的挑粪队伍停了下来，几位年长力壮的挤了过来，有的人跳到田里扶起小伙，有的挤到民兵面前质问："为什么打人？""我们是来劳动的，不是受你欺凌的。"

眼看冲突就要爆发，杨建章赶紧隔在他们中间说："大家冷静，都别动手。我是砖瓦厂的杨厂长，这事我目睹了全过程，请大家相信我可以公平处理。"他转向民兵说："这事是你不对，监督劳动，不是让你随便动手打人。"民兵低下了头，杨建章又转向大家说："大家继续劳动吧，这事闹大了对大家都不好。这个小伙子我带他回去，先洗洗干净！"民兵阻止道："杨厂长，这不行，不参加劳动必须我们领导批准。"杨建章狠狠瞪了民兵一眼："我会好好处理还不信？我肯定会去找你们领导说明。这次闹事你可负有主要责任，但是你放心，我不会去你们领导那儿告你的状。"听杨厂长这么一说，害怕再惹众怒的民兵只好点头同意。

见挑粪的队伍走远，杨建章带着小伙挑着空桶朝相反的方向走去。一路上通过交谈，杨建章得知这个小伙叫李钰，父母都是大学老师，原是江西大学中文系大三的学生，因言论不当错划为右派，已来农场劳动两年，恋爱多年的女朋友也因此吹了。

听了小李的介绍，杨建章动了恻隐之心，他想帮帮小李。杨建章带着小李去砖瓦厂职工澡堂把身子洗干净，并换上自己的干净衣服，然后他们去见了新丰农场的支部书记田书记。

新丰农场的田书记是当地人，一位老党员，为人正直憨厚，听闻杨厂长想把小李调砖瓦厂厂部当干事，有些为难，他想帮忙，但李钰的身份特殊。

经不住杨建章一连几天的要求，最终田书记冒着犯错误的风险，同意李钰暂借砖瓦厂工作。

可能田书记也没想到，后来自己竟然成了李钰的老丈人。当时田书记的女儿田小芳也在砖瓦厂工作，担任出纳，李钰来砖瓦厂后，一来二去他们就熟悉了，再后来两人谈起了恋爱。可据说这门婚事田书记坚决反对，但他女儿铁了心要与小李在一起，因为是真爱，李钰最终也放弃了回省城南昌的机会，在新丰农村安了家。

这位李钰叔叔我后来见过一次，那是 70 年代中，一次家里要添置一个柜子，母亲在家具店看好后，星期天让父亲和我去运回来，父亲为此专门找人借了一辆三轮车。临走母亲把一个装满钱的信封交给了我，那时没有百元大钞，信封里都是十元的，看得出这钱是母亲平时一点点攒下的。

三轮车我蹬父亲坐，还没到家具店，三轮车的链条脱落了，父亲只得摇着头下了车，站在路边指导我安装，这时突然听到有人喊：“杨厂长！杨厂长！”

我长这么大也是第一次听人喊父亲杨厂长，我侧头望去，只见人行道不远，一位戴着眼镜的农民大伯模样的人在向我们挥手，并朝我们跑来。在他身后快步跟着一位抱着孩子的中年妇女，身旁还有一男一女两个脏兮兮十岁左右的孩子跟着。

父亲一时也没反应过来，愣愣地看着来人，农民大伯一把抓住父亲的手，有些激动地说道：“我是李钰，杨厂长，您变化不大啊，我老远一眼就认出了您。”

父亲有些迟疑地问：“云山垦殖场的李钰？”

“正是正是。”农民大伯取下眼镜，眼泪已夺眶而出，看得出他非常激动。

后来我就只顾修车了，隐隐约约听农民大伯说，他们一家在农村生活如何不易，他们此次进城是为了给小儿子看病，钱已花光，病还没治好，正犯愁，远远看见了父亲，想问父亲借点儿钱。

他让两个孩子喊父亲大伯，“大伯好！大伯好!”两孩子的嘴巴真甜。

当我装好链条，起身时听见父亲在喊：“儿子，过来一趟。”

接着父亲伸出手不由分辩地说：“把你妈交给你的钱给我。”

我把脏手在路旁的树干上擦了擦，犹犹豫豫地从裤兜掏出了信封。父亲一把抓过去数了数，递给了戴眼镜的农民大伯：“钱不多，你拿去应急吧，不用还了。”

农民大伯接过信封，眼睛依然含着泪，带着全家向父亲鞠躬：“太谢谢杨厂长了!”看见这一幕的路人，都以惊异的眼光打量着我们，我夹在他们中间感觉还真有点儿不知所措。

告别了戴眼镜的农民大伯一家，回来的路上，父亲把他们的故事简单地跟我说了说，并告诫我：“回去你妈问起来就说，我们看了柜子，质量不好没有买，钱在回来的路上，碰到了厂里的同事，人家有急事借走了。”回到家，我按父亲的交代，向母亲说了。

母亲将信将疑地看了看我又打量着父亲，没有说什么话。

后来一向抠门的母亲，再也没有提起这笔钱的事儿，我也不知道父亲后来是如何圆的场。但想起来只有两种可能：要么父亲用私房钱填上，要么父亲后来向母亲坦白交代了。

1963 年我两岁多时，一辈子吃苦受累的外婆李良在上海因病去世，母亲异常悲痛。这年秋天，父亲邀请我们母子从上海去云山垦殖场小住了一段时间，那时父亲依然在新丰砖瓦厂工作。

那是 1963 年美丽的秋季，江西的秋天是最美丽的季节，不仅温度适宜，而且山峦叠翠，枫树摇曳，五颜六色，非常漂亮。我这个从上海来的白胖胖、傻乎乎的“洋小子”，与农村孩子一比，显得有些另类，在新丰小住期间，没少闹笑话和闯祸。

父亲在新丰农场，和其他职工一样，有一个小院子，院子最里是一间小平房。院子里养了一只羊和两只下蛋母鸡。里面的小平房陈设非常简单，只有一个土炕和一个写字桌，还有一个简易书架和行李箱，简易书架上堆满了他的书籍，除机械制造有关书籍外，又新增了不少建筑设计和施工的书，这是因为当时新丰砖瓦厂还负责云山垦殖场医院的设计和建设。

我们只能与父亲挤在一个土炕上睡觉。平房的墙脚拿掉了两块砖，母鸡们平时出去自己找食，要下蛋时会自己从砖洞里钻进房间，父亲在砖洞边垒了一个草窝，是母鸡们晚上睡觉和下蛋的地方。有时候父亲出差回来，鸡窝里竟然有十几个蛋。这在供应紧张的年代，也是一笔不小的财富，这也就是为什么父亲每次来上海看我们的时候，总是带着一大兜鸡蛋的原因。

羊是从小养大的，跟父亲很有感情。平时谁家放羊，它就会跟着人家的羊群去山上找吃的。晚上放羊回来后，它会自己认门回到院子。下雨天或冬季寒潮来临的时候，父亲会让它进房间睡觉，它会很乖地蹲在墙角。

自从我来后认识了这只羊才懂得，原来动物们是那么通人性。

记得我来时第一天刚进院子，羊用嘴含着我的衣角，不肯松口，我吓得直哭，父亲走过来对我说："小羊与你开玩笑呢。"于是我止住了哭，用手大胆地轻轻摸了摸羊毛，羊便"咩咩"叫着松开了口。

当我们要离开农场回上海的头天晚上，羊拴在院子里，父亲和母亲商量说："春节前打算把羊杀了，今年好带些羊肉去上海过年。"

第二天我们走时，院子的羊又用嘴角含住了我的衣角，眼泪汪汪像是告别，这次我用小手抚摸它好久才肯松口。现在想起来：小羊肯定能够听懂我们人类说话，昨晚说要杀它过年的事，它肯定知道了，所以才这么难过地与我告别，万物皆有灵啊。

后来听说父亲也不忍心杀它，只是委托农场的人把它牵走，后来听屠夫说：杀其他羊时羊都挣扎得厉害，唯有杀父亲这只羊时，小羊显得很安静。

我在新丰小住期间，“闯祸”也使自己出了名，一次是掉到石灰堆里，好在及时闭上眼；一次是父亲朋友带我去食堂玩，正值开饭时间，那时粮食紧张，食堂主食常年吃蒸红薯，不少职工都吃得有些厌烦了。可我觉得大家碗里的红薯好好吃，于是伸手就去抢人家手中的红薯，这一惊人的动作，惹得大家哈哈大笑，我也因此而一战成名；除此之外，其中最轰动的事当属差点儿被老虎吃掉那次。

当时新丰农场和砖瓦厂的职工，都散住在一个山坡上，山坡下是一片稻田，稻田的尽头是一片森林，这森林与云山的原始森林相连，当时在云雾缭绕的云山大山中，在大片的原始森林中，还时常有华南虎和各种大型野生动物出没。这里无论白天还是夜深人静时，都时不时能听到老虎、狼群以及各种野生动物的啸鸣。

但据说华南虎很少走出原始森林，所以当地人见到老虎的机会也不是很多。那是一个秋天的傍晚，太阳还没完全下山，但天色开始变暗。男人们还未下工，妇女们都在斜坡上的房檐下沐浴着夕阳，有的做着手工，有的聊着家常。

一群孩子，在大些的孩子的带领下，从斜坡草地上滑下，然后沿着田埂朝森林跑去，再沿着森林边缘绕到另外一条田埂跑回来。孩子们嘻嘻哈哈，绕了一圈又一圈，乐此不疲。

我傻乎乎地站在山坡上，看着孩子们高兴地呼啸着，觉得特别好玩，于是也跟在孩子们的后面滑下了斜坡，然后跟着他们沿着田埂朝森林边缘跑去。当跑到森林边才发现：可能是为了两块稻田能互相补水，田埂被挖断了，大孩子们都一跃而过，我当时可能太小，吓得在田埂沟边站住。

本来跳不过去，可以回头跑回斜坡，可我一直试探着想跳过去，原本一直绕着跑圈圈的大孩子们不知为什么回到山坡上都不跑了。这样森林边的小沟旁就剩下我一个孤零零的小人儿，可我依然跃跃欲试想跳过去。

此时从我这个角度看，森林是黑乎乎、阴森森的。每当刮起一阵寒风，大森林就发出一阵阵沙沙声，当风停止时，黑黑的大森林又显得格外的寂静。

我还站在沟边傻乎乎地犹豫试探，忽然黑乎乎的森林中传来了老虎的吼叫声。随着吼声，一只硕大的华南虎摇摇摆摆走了出来，它浑身皮毛线条格外漂亮、鲜艳，特别是那对眼睛，明亮而有神，它哼哼着，又仰天吼了一声，惊得树上的小鸟四散而逃。

老虎就这样漫步走到小沟旁，隔着小沟与我相对而视，并发出一阵呼噜呼噜的低频声。我是第一次见到这么硕大，这么雄壮、漂亮的老虎，也不知道它的威力，更不觉得害怕，自然也不会哭，更不会跑。幼小的我对这个庞大的动物充满惊奇，在它对我虎视眈眈的时候，我也瞪着眼睛细细地打量着它。一只大老虎与一个人类的小幼儿就这么隔着田埂的小沟对视着，而周边的世界仿佛已经停止，除了寂静还是寂静。

不知过了多久，在我的目送下，老虎慢慢扭过身子一步一回头地消失在森林中。见老虎走了，我心里直遗憾，眼睛依然盯着黑洞洞的森林，傻傻地希望老虎能再返回。

直到闻讯赶来的母亲，一路惊呼着我的名字跑来，当她抱起我不顾一切地往回跑时，我依然扭着头朝向黑森林，希望还能再看一眼漂亮的老虎。

事后大家告诉父母，当时山坡上的大人小孩都吓傻了，大家睁大了眼睛，一声不敢吭，生怕喊叫声会激怒老虎。大家都心想：完了完了，杨厂长的儿子一定会被老虎吃了。谁知对视一阵后老虎扭头走了，真是吓死人了。后来当地猎人分析说：“当时老虎一定是吃饱了，否则杨厂长儿子这条小命肯定就没了。”可也有猎人反对：“傍晚时分，正是老虎出来寻觅食物的时候，它要是吃饱了，不可能来到森林边缘。”反正杨厂长儿子差点儿被老虎吃掉这事，在当地算是引起了不小的轰动。

自从这件事以后，我对老虎和猫咪等猫科动物，有了一种天然的好感，每当去动物园看到笼中的老虎，我都心生怜悯。长大后许多事都淡忘了，但说来也奇怪，与老虎照面的事却一直清晰地印在我的脑海中，仿佛这事就发生在昨天。我从小就认为：老虎一点儿都不残暴，老虎是一种非常有灵性、非常漂亮的绅士动物。小学时我第一次读《水浒》，其中看到武松打虎一节，我气得不行，认为武松这家伙太残忍了，怎么能这样对待我的老虎朋友。

除了差点儿被老虎吃掉，我在新丰小住期间，还生了一场大病。

那天可能因为感冒了，我在爸爸的炕上发着低烧躺了一天。新丰农场没有医院，只有一个条件简陋的卫生所，父母以为我在床上躺一天，喝点儿水就慢慢会好。

谁知晚上我转成了高烧，并开始抽搐。卫生员来了两次以后告诉父母："孩子病情加重，今晚必须转到场部医院去治疗，最好住院观察。"

当时唯一的交通工具就是新丰农场的拖拉机，那时山里还有成群的野狼出没。父亲找到司机时，司机不愿意去，他告诉父亲："能否坚持到天亮再走？因为路上有一段有野狼出没。"

那时的拖拉机驾驶座和车厢都是敞篷的，行驶速度也不快，如果碰到狼群，狼群往车上扑，那孩子和大人都非常危险。

可驾驶员来到家里看到我的情况后，他又改变了主意："走吧，我们还是走吧。孩子病情很危急，我担心等不到天亮了。"

临走驾驶员嘱咐父亲："在车斗上多装些碎砖，遇到狼群时不要慌，用碎砖反击它们。"驾驶员自己操了一把大镰刀插在驾驶座位边，准备路上遇见狼群进攻时用以自卫。

新丰通往场部的路是一条土路，非常颠簸，母亲紧抱着我坐在碎砖上。父亲手握砖块蹲坐在车斗边保护着我们，司机紧握方向盘全神贯注地开着拖拉机。这天夜里，没有月亮没有风，满天的星星缀满天幕，仿佛伸手可摘，四周大山漆黑一片，大山中各种野生动物的鸣叫声此起彼伏。

走了一段，果然遇到了狼群，先是一只，后来是几只，他们尾随着拖拉机，眼里放着光，父亲不时扔几块砖头大叫几声吓唬它们。司机也不顾土路的颠簸，尽量加大油门快速前进。

好在狼就一直这么不紧不慢地跟着，并没有向我们发起进攻。翻过一座山后，终于看到了场部的灯光，尾随的狼群也渐渐散去，直到这时司机和父亲才松了一口气，而车上的母亲一直紧紧地抱着我，用自己的头部和身子护着我，一路上吓得不敢抬头。

那时云山垦殖场职工医院在父亲的主持下，刚建成不久，虽然不能跟大城市的医院相比，但在这十里八乡，这个砖瓦结构的职工医院，已经是医疗条件最好的医院了。在云山垦殖场医院住了两天，我的烧慢慢退了。事后我才知道，为了照顾我，父母两天两夜没怎么合眼。

二十六、南昌团聚

寒烟细，
古寺清，
近黄昏礼佛人静。
顺西风晚钟三四声，
怎生教老僧禅定？

——马致远《烟寺晚钟》

时间很快到了1964年，我和母亲回到上海后，母亲又怀孕了。

1964年我家出现了重大的变故，首先是2月份奶奶去世。1964年2月27日是农历正月十五，当晚320厂各车间、各部门都组织在生活区舞龙灯，厂生活区的路两旁也都挂满了龙灯和春联，当晚奶奶吃了点儿元宵，非常高兴地和大家一起去观赏龙灯。回来后奶奶对儿孙们说头有些痛就早早睡了，大家原以为是受了点儿凉，不是什么大碍，谁知奶奶这么一睡就再没起来，当晚在床上过世了。

奶奶的走非常突然，让大家难以接受。奶奶从小受过良好的教育，家里只有一儿一女，她年轻时非常漂亮，是湖南老家当地的大家闺秀，她嫁入杨家，侍奉公婆丈夫，任劳任怨，一生善良，与世无争，以自己的善良和一言一行，潜移默化地影响着自己的儿女和家庭。出于对母亲的孝顺，父亲对他舅舅一家也非常好。解放后由于舅舅家出身也不好，生活非常困难，父亲常从工资中省下些钱接济他们一家，“文革”中父亲还让他舅舅唯一的儿子来南昌小住了一阵。

参加完奶奶的葬礼后，我和母亲告别亲友又回到了上海，父亲也回到了云山垦殖场工作。那时我和母亲住在上海大姨家的大屋下面拐角的小屋中，上海人叫亭子间。为了减轻大姨家的负担，母亲在亭子间旁的楼道口支了一个小炉和小锅，自己挺着肚子开火做饭。

一天我和表哥追闹着玩，我从楼上跑下来，一不小心把楼道中的小炉和小锅撞翻，由于楼道是木质结构，通红的炉火、锅中煮的饭非常容易引起火灾或烫伤孩子，好在有惊无险。但母亲非常生气，拉过我疯了一样狠狠揍了我一顿屁股。当时三岁的我已经懂事，见母亲气成这样，知道自己闯了大祸，吓得大哭：“妈妈不要打我，我错了，以后不淘气了。”一向爱我的母亲，打过后又抱着我号啕大哭，可见父亲去农场后，我们母子在上海生活的艰难。这是我记忆中，母亲唯一打过我的一次。

母亲去世后，每当夜深人静，想起这次儿时的挨打，都有一种揪心的难受，我多么希望父母在世时，能多揍我几次。在我的一生中，和所有的孩子一样，从小到大都犯过无数次大大小小的错误，例如逃学、与同学打架、去池塘野泳、不与家里打招呼去郊区玩、整夜不归，等等。我的父亲母亲在我做错事后，总是跟我讲道理，要求我下不为例，从来没有动手打过我，他们总认为我是一个懂事的孩子，只要说道理就行。这些点点滴滴，现在想起来，蕴藏着多么深厚的父爱和母爱。

由于云山垦殖场基本建设逐渐完成，砖瓦厂的工作量越来越小，大部分职工被遣散到新丰农场和其他农场。最终在年底到来之前，垦殖场宣布，撤销新丰砖瓦厂，砖瓦厂遗留工作并入新丰农场管理，杨建章的新岗位是新丰农场财务负责人。这一安排对一心想干技术的父亲来说，无疑是有心理落差的。

这天父亲去垦殖场办事，中午顺便去技术科看望黄欣哲科长等老同事，中午大家又一起喝了一杯，席间才知道黄科长和刘一辉他们下月将被调回 320 厂。回到新丰农场后父亲有些闷闷不乐，他把自己关在屋子里面躺了一天，显然他这个第一批自愿报名支援农垦的技术干部，不知什么原因，已经被 320 厂遗忘了。

技术科黄欣哲科长临离开云山垦殖场时，特意来新丰农场找了趟父亲，按他的话说，他是来告别，也是来开导父亲的。

朋友自远方来，自然不亦乐乎。父亲自掏腰包炖了一只山里的土鸡，红烧了一条鱼，要了几瓶老乡酿的米酒，在新丰农场最豪华的餐厅——职工食堂旁边的小餐馆，热情招待了黄科长。这在当时算是非常豪华的宴请了，原本想把田书记也拉上，可不巧田书记去场部开会了。

正值江西的冬季，窗外天空阴沉，寒风飕飕，远山叠翠，松涛阵阵，但屋内的炭火盆烧得正旺，噼里啪啦，温暖如春。

两碗温热的米酒下肚，黄科长的话匣子就打开了："杨工啊，你真是个好人。"黄科长咂咂嘴，"这酒不错，也很单纯，有股粮食的单纯。"父亲点点头："这是当地酿酒的一种特点，喝惯了你会喜欢它的。"自从到 320 厂认识黄欣哲科长以后，父亲一直认为黄科长是一位高人。

黄科长笑了笑："兄弟你也很单纯啊。"说罢两人哈哈笑了起来，黄科长接着开导起父亲："这调回 320 厂，得自己去活动啊。"黄科长环顾窗外，"风景不错啊。你平时不去走动走动、活动活动，谁记得住你呀？"

父亲端起酒碗与黄科长碰了一下，另一只手拍了拍脑袋："嗨，我这人就是笨，你是知道的，只知道好好干工作，认为这样领导就会记住我的。"

黄科长用手指着父亲笑了："所以说嘛，我认为咱们这几个从 320 厂来的，我最不放心的就是你这个家伙，所以临走一定要过来开导开导你。"

父亲若有所思："是该活动活动了。"他问黄科长："哎，对了，人事科周礼仁科长是不是能帮这个忙?”

这一问，黄科长脸一下子沉了下来，低着头话也不说了，气氛一下子凝固起来，沉默了一会儿，黄科长小声问道：“你真不知道啊?”

“知道什么?”父亲被问得愣住了，“这几年我一直在这大山里面待着。”

黄科长抬起头，眼睛朝着窗外，轻声说道：“周科长一年前就死了。”

“死了?！哎呀!”父亲大吃一惊，用手在自己脑门上重重拍了一下，“哎呀，这两年我应该抽空去看看他。”

“死了。说走就走了。”黄科长小声叹着气摇着头，“要不，我都会建议你去找找周科长。”黄科长喝了一口，“好人命短啊。”

父亲接着问：“那他媳妇和他的孩子呢?”

黄科长伤感地说道：“唉，人走茶凉啊。原本他媳妇就是临时工，厂里发了一些抚恤金给他媳妇，劝他媳妇带着孩子回山东老家去了。”

“这样啊，黄科长，你应该把这消息早点儿告诉我，我好最后去看他一眼。”父亲难过地用一双大手蒙住脸。

黄科长也难过地说：“我怎么告诉你？我也是他死后才知道的，我也后悔没能去送他最后一程。”

这次谈话后，父亲终于动了想调回省城的打算。他抽空去场部转了转，才知道320厂支援云山垦殖场的干部，基本上大都被320厂调回厂里或南昌市。虽然田书记对父亲有挽留的意思，可父亲似乎已经听不进去。是啊，原本是为了从事技术工作，想到垦殖场大干一场，但目前这种尴尬局面，似乎与他的理想相差甚远。

不善于交际的父亲，在南昌320厂和场部之间跑了几趟，接待他的人大都爱理不理，320厂人事科的回复是：目前厂里不缺技术干部，再说现在有文件从垦殖场调干部，必须要经省委有关部门的同意才敢接收。垦殖场人事科陈科长更是冷着脸直接告诉父亲："目前垦殖场正缺少干部和人才，除非经省委有关部门同意，一般情况垦殖场是不会放人走的。"

调动的事似乎进入了死胡同，杨建章显得越发苦闷。再加上母亲已经怀了弟弟，母亲也希望父亲能尽快调回省城，这样一家人好团圆。

苦闷中的父亲，在给几位昔日好友回信中也流露出目前对调动的无奈，一日，他收到昔日好友，也是他敬仰的师兄，在北京纺织工业部担任高级工程师的黄镇的回信，信中黄镇说："来信得知兄近日苦闷，你还记得轻工业部副部长，也是我们的兄长和导师王新元先生吗？他曾是老革命家董必武先生的得意学生和干将，在青岛从事地下工作时，他就是接受董必武先生的直接领导。王新元副部长当时就非常注意你，也很欣赏你的工作能力，解放后在北京几次湖南同乡聚会中还提起过你。建议你给王新元副部长写封信，谈谈你目前的处境，我想王新元副部长会想办法帮帮你。"

接到黄镇的来信，父亲面对着大山默默地流下了眼泪。他觉得自己从北京到320厂到云山垦殖场的工作，太平庸太一般，他没脸向老首长、老领导汇报，他觉得自己辜负了老领导老首长当年对自己的嘱托和期望。

不久父亲又接到黄镇第二封来信，黄镇告诉父亲：他利用在北京工作的便利在向王副部长汇报工作时，顺便提起了父亲的近况，王副部长非常关心父亲的情况，希望你亲自写封信，向他汇报汇报你目前的工作和处境。

接到黄镇的来信后，父亲终于鼓起了勇气，向王副部长去了一封信，如实汇报来到江西后的工作生活情况，以及目前的处境和想调回南昌工作，照顾家庭的想法。不久王副部长给父亲回了信，信很简短，信中鼓励父亲丢掉包袱，安心工作，相信组织，听候组织安排。

王新元副部长是父亲在青岛工作时的老上级，中共地下党员。早在1919年王新元就积极参加驱逐北洋军阀张敬尧的学生运动。1923 年王新元在上海大学与湖南籍学友组织起“中国自强学会”，追求富国安邦之道。1925 年上海“五卅”惨案发生后，王新元积极带领同学参加反日反帝爱国运动。1926 年 10 月秘密加入中国共产党。从此，王新元同志长期在上海、重庆等地从事中共的秘密地下工作。

1939 年在重庆第 18 集团军办事处，王新元同志受到老革命家董必武同志的接见，从此在董必武的直接领导下工作。董必武指示他要很好地利用自己所学的专业、社会关系，长期隐蔽，学习兴办现代企业，掩护革命同志，其党组织关系由董必武同志直接领导。

1940 年至 1945 年 9 月，经董必武同意，王新元同志到贵阳任贵州企业公司秘书长。1946 年 1 月经董必武安排，秘密转到中纺青岛分公司任副经理并兼父亲去青岛工作后所在的纺织机械厂厂长，同年 1 月 16 日王新元同志抵青后与中共青岛工委取得联系，并按党的指示将一大批中共地下党员安排在分公司各部门及各企业工作，同时发展了一大批优秀同志入党，其中包括工程技术人员、知识分子、学生和纺织工人，壮大了青岛地下党组织。1949 年青岛解放前夕，按照董必武的指示，王新元支持山东大学学生、教授反对学校迁往台湾，在王新元同志的团结、教育和发动下，包括年轻的父亲在内的青岛各纺织企业工程技术人员和纺织工人，在青岛白色恐怖中，开展了可歌可泣的武装“护厂”斗争，为中纺青岛分公司所属的十三家现代化的纺织企业完整无损地回到党和人民手中，做出突出贡献。

1949 年 9 月至 10 月，王新元同志因贡献突出，应邀参加了全国第一届政治协商会议和开国大典。解放后王新元同志被国务院任命为轻工业部副部长。1965 年 2 月 20 日，第五届人民代表大会常委会第三次会议决定，轻工业部改为“第一轻工业部”。

冬去春来，这年 6 月的一天，云山垦殖场人事科突然打来电话，要父亲去场部一趟。当父亲气喘吁吁地赶到云山垦殖场人事科时，接待他的依然是人事科陈科长。几个月不见，此次陈科长对他的态度大变。陈科长热情地给他递茶倒水，他们先聊家常，最后落到工作上，陈科长说："杨建章同志，你真是个人才。"说着竖起了大拇指："我才知道，你在纺织工业干过，在国防工业干过，又在我们垦殖场基层锻炼过，难得，难得啊！"

人事科陈科长的表扬，让杨建章有些摸不着头脑，他只能坐在那里干笑，谦虚地直摇头："哪里，哪里。""领导过奖，过奖。"

一杯茶后，终于进入正题，陈科长告诉杨建章："省委组织部的调令到了，调你去江西省轻工业厅工作。"陈科长停顿了一下，"你的事，也惊动了我们场里，我们场领导也做了反思，应该早点儿发现你这个人才，早点儿提拔重用才是。"

杨建章笑了笑："人才谈不上，我就是一个搞技术的。"

陈科长叹了一口气："哎呀！我们这个人才选拔机制还是有许多问题呀！现在说什么都晚了，场领导表示：为了表达场部的诚意，如果你愿意留在垦殖场工作，将提拔你到新组建的基建科担任科长，撤销过去场部对你的处分，恢复你的中层干部待遇。当然你如果有什么想法和要求，也可以提出来，我一定如实向场领导转告，场部领导一定会慎重考虑。"

说完两人都低头沉默起来，沉默了一会儿，杨建章抬起头，先打破了尴尬和沉默，他真诚地望着陈科长说："非常感谢场部对我的关心，我还是希望听从省委组织部的安排，因为我爱人已经怀孕了，另一个孩子又小，长期分居两地也不是办法，还是希望回到南昌市互相有个照顾。"

陈科长点点头，站了起来，有点儿无奈地说道："行吧，一会儿你到外面办公室办调动手续吧。"

1964年6月，父亲经省组织部从云山垦殖场调到江西省轻工业厅工作。后来据黄镇告诉父亲：为了父亲的调动，王新元副部长从部里到省里颇费了一番功夫，为此父亲一生都特别感激王副部长，当1969年得知王副部长遭受迫害时，父亲多次向北京的同学、同乡打听，希望能知道王副部长的下落，他很想亲自去北京看望老领导和老首长，可惜直到王新元副部长冤死狱中，父亲都没能打听到他的下落。没能见王新元副部长最后一面，成为父亲终身的憾事。

1978年12月，当时的轻工部党组为王新元同志举行追悼大会，王新元才终于得以平反昭雪。

1964年7月的上海，夏天早早来临，陕西北路旁的一个大弄堂，每天阵阵知了声，伴着海上吹来的凉风，无论白天还是夜晚都让人非常惬意。这天早晨，当我一觉醒来时，发现每天和我同床的母亲不见了。这时表姐宣红走过来安慰我："你妈妈去医院生小弟弟了。"

三天后，表姐宣红带我去医院看望母亲和弟弟，那天可能过了探视时间，医院不让我们进去，性急的我只能站在住院部门口朝里面大喊："妈妈，妈妈，我来看你啦!"不知喊了多少遍，表姐拉我也不肯走。突然住院部三楼的一扇窗户打开了，虚弱的母亲探出脑袋向我招手，且沙哑地喊道："儿子，妈妈在这儿!"终于看到了母亲，我高兴地跳了起来。后来据说我被表姐拽着一步三回头离开后，母亲一直靠在窗边，默默地流着眼泪看着我们远去。

又过了三天，母亲和弟弟终于出院了，看着那么小的弟弟，我非常高兴也非常好奇，时不时会用手抚摸一下他。母亲摸着我的头说："以后你就是哥哥了，要处处让着弟弟。"1964年以后，上海市对孕妇的供应有所改善，每天可以供应母亲半个猪蹄，所以母亲给弟弟的奶水就比我要足，弟弟从小身体也比我小时候棒。

这年秋天，省轻化厅给父亲分了一间宿舍，不久，母亲带着我和弟弟把户口从上海市迁来南昌市，我们一家四口终于在江西省南昌市团聚了。

二十七、中学代课

山之高，月出小。
月之小，何皎皎。
我有所思在远道，
一日不见兮，
我心悄悄。

——张玉娘《山之高》

父亲调到省轻化厅后工作非常忙，主管全省磷肥厂的建设和技术改造工作。同时他还参加了两期省委组织的社会主义教育活动，一期在省建工局，一期在省交通厅，因而他常常出差不在家。

待弟弟大点儿以后，母亲想去上班了。一开始母亲频繁去南昌市教育局，想恢复其教师工作，接待她最多的还是当年分配她到南昌市二中当老师的钱科长，钱科长对母亲的遭遇非常同情，也很愿意帮她恢复教师工作。到了 1966 年南昌市教育局终于通知母亲，先去南昌十三中当代课老师，复职手续等待市教育局研究后办理。

母亲要上班了，带弟弟的任务就交给了我。早上母亲和父亲早早地起来，燃好煤炉，做好早饭和中饭，然后用湿煤灰拌的煤泥把煤炉封好，中间捅两个洞，上面再放上一壶水，这样到中午时煤炉里面煤球依然慢慢燃烧着。中午我会把煤炉捅开，让煤炉燃烧旺盛起来，把母亲和父亲早上上班前做好的饭菜蒸一蒸，我和弟弟便有了中餐。

我们住的是省轻化厅的宿舍，先是一间，后换成两间，楼上楼下，左右邻居，主要都是省轻化厅的干部。家里的大门装的是一关门就能把门锁上的弹子锁，父亲和母亲担心我们万一出去，把门不小心关上了进不来，便在家里留了一把钥匙，要求我出门必须把弟弟带上，把钥匙挂在脖子上，坚决不允许我一个人把弟弟留在家里。那时我已经五岁多了，弟弟也两岁多了。

我们家住三楼，其实父母上班后，我们几乎不下楼玩。我一个人带着弟弟在家看小人书，给弟弟讲故事，吃饭睡觉，下午一般母亲因不放心，会尽量早早地回来。过了一段时间，父母见我带得挺好也就放心了，如果遇上单位有事，天黑了才能回来。

其实只要不出意外，父母上班，我在家带弟弟，看小人书，日子过得也很安详。可意外谁也不能避免，这天我发现弟弟不愿意跟我一起玩，总是无精打采地趴在床上昏睡，我一摸他浑身滚烫，知道弟弟病了。那个年代家里没有电话，父母也没有手机，家里也没有什么药，如果等到母亲或者父亲晚上下班回来，我担心弟弟有可能会出现意外。于是我做出了一个大胆的决定，决定背上弟弟去医院看病。

去哪个医院呢？因为父亲曾经带我在离家约五公里的省直机关干部职工医院看过病，所以我决定背弟弟去省直机关干部职工医院。

我背上发高烧昏睡的弟弟，把门钥匙挂在脖子上锁好门。走一段路，靠在路边大树边休息一会儿，横跨两条马路后，终于来到了医院。之所以选这个医院，是父亲带我在这个医院看过病，我知道这个医院给小孩看病。我天真地想：我虽然没有钱，但我可以报父亲的名字，医生应该查得到。

当来到医院时，我已精疲力尽。我把弟弟安顿在医院进门大厅的长条椅上，自己稍事休息后，趴在挂号的窗口上，尽量踮起脚对窗口里面的阿姨说：“阿姨，我想给弟弟挂号看病，他发高烧了，但我又没有钱。”挂号的阿姨探出来，看了看我和弟弟一眼，和蔼地对我说：“你们家大人怎么没来呀？”

“爸妈都在上班。我爸爸是省轻化厅的杨建章。”我回答说。

阿姨又接着说：“你这样子挂不了号啊，这样吧，你带上弟弟，直接去内科找个医生给你们看看。”

那个年代省直医院看病的人不多，我找了一个房间人最少的医生，希望他给弟弟看看病。

这是位个子高高的年轻医生，他戴着眼镜，穿着白大褂显得非常斯文帅气。他耐心地听我说完，跟我来到大厅的长椅边，他摸了摸依然昏睡的弟弟，对我说：“我去帮你们挂号建病历吧，改天让你父母再来找我一趟，费用我先垫上。”大约一个小时后，给弟弟验了血打了针拿了药，我背着弟弟在年轻医生的陪同下走出医院。

在医院门口，年轻医生反复叮咛我：“记得过些天，让你爸爸或者妈妈来找我，我是内科的李医生，办公室是 105，记住了吗？”我反复点着头：“记住了李叔叔，谢谢你救了我弟弟。我爸爸是省轻化厅的杨建章，应该可以打听得到。”

李医生笑着摸了摸我的头：“最好还是让你父母来一趟，你弟弟的病历还在我手上呢。”

回家给弟弟吃了药后，弟弟当天下午就退烧了。现在想想，也很感谢那个可爱的年代和社会，没钱也能给弟弟看病。当天晚上父母回家后，我把白天带弟弟看病的事告诉了他们，要求他们一定要好好谢谢那位 105 办公室的李医生叔叔。

第二天上午父亲特意请了半天假，写了封感谢信，去医院感谢了李医生和医院领导，称赞他们是当今的活雷锋。

后来我带了一幅自己画的画，还专程到省直医院 105 办公室去找李医生叔叔，想送给他。可 105 已经换成别的医生在看病，问了几位医生都说他已经调走了。

这年下半年，弟弟满三岁了，考虑由我在家带弟弟总是不安全，于是父母打算送他去幼儿园，因为我懂事，我每天可以跟着妈妈去学校上班。为这事父母还找我认真聊了聊，告诉我：两个孩子上幼儿园负担比较重，希望我能理解。

这样每天父亲带着弟弟先去幼儿园，然后他再赶去上班。而每天早晨母亲骑自行车后面带着我，去十三中上班。母亲上课时，我就在母亲办公室桌上看书或练习写字，因为我非常乖，从不乱跑乱动，所以办公室的几位老师也没什么意见。

这年夏天，史无前例的“文化大革命”爆发，红卫兵大串联开始，慢慢地也波及南昌市的中学。十三中教室走廊上、墙上的大字报越来越多。这天刚下课，办公室外一片喧哗，我扒在办公室窗户上朝外看，只见十来个戴着红卫兵袖章的男女学生，把一个戴眼镜的中年男人从隔壁办公室拖出来，然后就是一阵拳打脚踢，同时他们还喊着口号：“打倒资产阶级走资派！打倒走资派校长！”这时我远远看见母亲走过来，她见此情景加快了脚步，伸出双臂拦在同学和中年男人之间，并大声喊道：“同学们不许打人！你们怎么能这样对待校长?”她话音未落，几个男同学冲上来把她用力推开，她重重地摔在旁边地上半天爬不起来。

见此情景，我不顾一切地冲了上去，对着男女同学大叫道：“不许打我妈妈!”被打得嘴角流血的校长，此时也赶紧爬起来，上前扶起母亲：“冯老师，你不要管这些事了，照顾好你的孩子吧。”

然后校长对着同学们大声说：“同学们有事可以讨论，但是不能动手啊!”

“打倒资产阶级走资派！打倒走资派校长!”围观的同学中不知谁喊起了口号，一些男同学怒目圆睁，摩拳擦掌，似乎还要打人。也可能是看到我一个孩子插在他们中间，围观的女红卫兵把激动的男同学们一个个拽走，喊了一阵口号后，围观和参与揪斗的同学们陆续散去。

刚才一跤母亲摔得不轻，在其他老师的搀扶下，她一瘸一拐地回到办公室坐下。办公室里其他老师见状义愤填膺：“这帮孩子怎么能这样打人呢！这书也没法教了。”

不一会儿刚才被打的校长也来了，他握住母亲的手问："冯老师没事吧?"母亲摇摇头："没什么，可能扭了下腰。"

校长看了看周围的老师："刚才接到上级领导的通知，我们十三中可能马上要停课闹革命了，大家抓紧把手头的课程收收尾吧。"听校长这么说，办公室的老师们都大声嚷嚷起来："还收什么尾呀?现在这些学生还怎么教啊?""要革命，大家都闹革命呗。"

在老师的一片嚷嚷声中，校长又转向母亲："冯老师，你是市教育局派来的代课老师，就不要掺和十三中的事了，何况你还有孩子。"校长拉过办公室的负责人交代道："看来十三中最近要越来越乱了，明天冯老师就不要来上课了，让她在家休息，工资发到月底，下月关系转回市教育局吧。"

这时一位老师跑了进来告诉校长和老师们："十三中的红卫兵把学校大门给关上了，说是要关起门来闹革命。"

"胡闹!"校长气愤地说道，"我还没被打倒!学校还是我说了算。"

随后校长又转向母亲："走，冯老师，我送你们出校门。"办公室其他老师也附和道："我们一起去送冯老师，看那帮学生敢怎样!"

在校长和十几位老师的护送下，母亲推着自行车和我来到了校门口，只见几位稚嫩的女红卫兵小将戴着红袖标，叉着双手站在大门中央。校长走上前去，口气尽量和蔼地说道："我是校长，谁让你们把学校大门给关了?"见校长来了，守门大爷想从警卫室出来，可警卫室大门被两位红卫兵学生死死顶住。

一位女红卫兵小将理直气壮地回答校长："这是十三中红卫兵司令部的命令，我们已经接管了学校大门的守卫工作。"

"好。"校长指了指身后的老师们说道，"从今天开始，我们十三中教师也成立'文化革命司令部'，现在我命令你把大门打开。"

这时一位年纪较大的老师走上前来，以长辈和师长的口吻不由分说地命令道："王小萌，李燕，听校长的，把大门打开。"

几名学生红卫兵面面相觑，最终还是放出了守门大爷，守门大爷赶紧把学校大门打开。在学校门口，母亲与校长和老师们依依惜别。回程的路上，骑在车上的母亲一直在抽泣，我坐在前杠不知道如何安慰母亲："妈妈，是不是哪里疼？回去我帮你按按。"母亲摇摇头："你还小，有些事你不懂。"

后来听说，南昌十三中"文革"中武斗和派系斗争非常严重，不少老师和同学卷入其中，并受到了严重伤害。

母亲在家休息一个月后，因惦记着复职的事，便又去南昌市教育局咨询。接待她的依然是钱科长，他见到了母亲，叹了口气："冯老师，按规定你的复职应该今年可以办妥的，可不巧的是'文革'又来了，一切又乱了。"接着钱主任建议道："要不你还是先代课吧，铁路工人新村学校初中部正缺少老师，要不你先去那儿试试。"

1966 年底，经南昌市教育局介绍，母亲又来到南昌铁路工人新村学校初中部当代课老师。当年母亲来到工人新村学校代课时，条件还没有这么好，可是不久，工人新村学校初中部与南昌市十四中合并。南昌工人新村学校希望母亲留下来继续担任小学教师，可母亲犹豫再三，考虑到自己缺乏教小学生的经验，最终还是从工人新村学校辞职了。

时间很快到了 1967 年，外面时局越来越动荡，母亲和父亲商量后决定，她暂时不去代课了，留在家里照顾我和弟弟，待局势好点儿再说，而父亲依然是早出晚归地工作。

南昌市受"文革"的武斗影响越来越大，各种派系斗争更加疯狂，大量的枪支弹药流向民间。城市主要街道两旁用沙袋垒起了很多碉堡和战壕，各种派系的武装卡车、武装巡逻人员随处可见，各种派别的革命团体为争夺工厂、街道、机关，常常大打出手，因而造成了无数的血案。

南昌市的人民广场，曾经的八一起义纪念地，四周墙上贴满了大字报，经常有散发传单和演讲的造反派和红卫兵，各种打着革命旗号的小报满天飞，上面印有大量的丑化老一辈革命家的漫画，甚至还有各种惨案的报道、各种死伤人员照片，可以说惨不忍睹。

但欢乐的庆祝活动也不少，也许上午还在枪战的街道，下午就变得一片欢乐，一队队汽车敲锣打鼓，大喇叭放着革命歌曲，各种红旗迎风飘扬。人民广场和路边瞬间成了一个欢乐的海洋。各种宣传队挥舞着红宝书表演各种舞蹈，或演唱革命歌曲。这些表演的造反派和红卫兵大多是帅哥美女，他们身穿绿军装，腰系军用皮带，手臂佩戴红袖章，挥舞着红宝书，有的还画着淡妆，他们的表演充满朝气，飒爽英姿，让人难忘。

父亲和母亲不让我们小孩子去这种场合凑热闹，只准我们在楼下或者屋里玩。楼下街道的游行队伍来了，会允许我们趴在窗户和阳台上看一看。

但欢乐毕竟短暂，大部分的白天和夜间经常听到激烈的枪声和炮声，整个城市仿佛随时在战争和欢乐中切换。

物资供应开始紧张，各种供应不仅要凭票，还要大清早甚至天不亮去排大队才有可能买上。

社会越来越动荡，省直机关和单位也开始大量裁减干部和下放人员，宿舍附近常有搬家的汽车，各单位造反派上门抄家也是常有的事。父亲年初由省轻化工业厅下放到了南昌市郊区莲塘镇的国营江西农药实验厂从事技术工作，这一调动，客观上也避免了省轻化厅造反派上门抄家造反。

但是，最终我们家还是没有躲过抄家的厄运。这天只有妈妈、我和弟弟三人在家，忽然我们听到咚咚的敲门声，而且左右邻居都有。母亲吓得让我带着弟弟赶紧躲到里屋，她自己壮着胆去开门。原来是一队不知哪里冒出来的红卫兵，当母亲打开门后，他们当着母亲的面念了一段毛主席语录，然后告诉母亲他们是来“破四旧”的。

四位身材高大，穿着绿军装，戴着红卫兵袖标的男女青年走进房间，他们很仔细地查看了我们家的每一件物品，乃至还不时敲敲墙壁敲敲地板，检查有没有可能的夹层。由于我们家家具、物品，乃至碗筷都很简单，所以他们没有什么收获，临走一位红卫兵把饭桌上的一个插着塑料花的小花瓶拿起来看了看，瓷瓶上面画着一个嫦娥奔月。红卫兵对母亲说道：“这个属于封资修的东西，需要砸烂它。”

母亲有些心疼，这个小花瓶是她和父亲结婚时朋友送的，母亲与红卫兵商量道：“能否不用砸烂它，我用布把它包起来。”

“不行，必须砸烂。”红卫兵小将的革命态度非常坚决，不过他也缓冲了一下，“这些塑料花你们可以留下。”说罢他把塑料花从瓶中抽出，扔在了桌上。

当他们走到家门口时，我和弟弟听到了巨大的瓷瓶砸向地面的声音。这时我们才发现，我们整栋楼，到处都传来“乒乒乓乓”的打砸声，同时伴随着老人和孩子的大呼小叫和哭闹声。

当稍微安静些以后，我和母亲来到大门口，发现我们家的嫦娥奔月，已经破碎成无数小块。再看看左右邻居，楼上楼下，家家门口都是满地的瓷器、玻璃碎片，甚至还有被撕毁的各种字画、书籍，各种相片、相册……看来我们家是损失最小的。这是我们家在“文革”期间，唯一的一次遭受抄家的经历，只损失了一个小花瓶，算是不幸中的万幸。

我们隔壁单元的刘大妈，是这一带居委会的负责人，是一位非常善良的人。当街道上有些人知道我们的家庭出身后，曾有人鼓动刘大妈开批斗会，批斗像我们这种家庭出身不好的人，都被刘大妈以各种理由拒绝了。刘大妈曾说：“这一带居住的都是来自五湖四海的革命干部，都为革命做出过不小的贡献，何必把阶级斗争搞得那么尖锐。”

那时母亲与刘大妈很谈得来，母亲常常带着我和弟弟去她家串门，同时向她讨教一些针线活儿、家务活儿的技巧。刘大妈有一位比我大几岁的儿子，我记得他好像叫刘红，画画得很好，让当时的我非常崇拜。后来我也喜欢上美术和画画，多半是受他的启蒙。

自从喜欢上美术画画以后，我便照着小人书开始描，要不就随心所欲地画着梦中或想象中的景色，再到后来自学水粉写生、国画，这都是后话。

上小学以后，我多次代表学校参加南昌市少年儿童美术作品展览，奇怪的是，在几百幅甚至上千幅的参展作品中，我的参展作品多年连续被选登在《南昌日报》、《南昌晚报》副刊和《江西文艺》封面上，有《我坐汽车上井冈》《山村来了拖拉机》《到处莺歌燕舞》等作品，这也让我在画画美术方面，在同学和老师中有了不小的影响，大家都认为我是一位未来画家的好苗子。可恢复高考后，我报考浙江美术学院、江西师范大学美术系、景德镇陶瓷学院美术系，无一例外，都名落孙山。

记得那年我在江西师范大学美术系考点考试，一位戴眼镜的中年监考老师常在我身边转悠，那时美术的专业考试基本上是考铅笔素描和水粉写生。考完交卷后，那位中年老师问我："为什么你的素描作品中间的罐子那么写实和重笔，而周边的布置都那么虚淡?"

我天真地回答："素描写真也是一次再创作，应该有所取舍。"中年老师摇摇头："素描就应该真实地反映现场，我们考的就是你们的写实功底。同学你跟我来一下，我让你看看我的学生的作品。"中年教师把我带到考场外另一间办公室。我想原本他是想让我看看他教的大学生的作品，可当推开门时，发现里面已经有好几位教师或坐或站着，办公室桌上大部分地方，都堆放着考试同学上交的作品。这时一位白胡子老教授，正在声音洪亮地做简单的评点，他指着一位同学的素描作品评价道："这位同学的功底很不错，几乎把我们布置的现场都还原了下来。"随后老教授从作品堆中随意又抽出一张，我发现正是我的考试的作品。

他看了一眼摇摇头："这幅作品的功底就差远了，而且中间实周边虚，这明显是为了讨巧。"听到这儿我知道今年的艺术考试没戏了，于是我转身迅速跑出了办公室。

江西师范大学美术系外有一片阴凉的树林，我沮丧地跑到一块石头边坐下。这时那位监考教师也追了过来，他鼓励我：“同学，考得不好不要灰心，明年还可以再考。你再好好练练基本功，你想象力很丰富，作品很大气，可惜的是在专业考试中，这些都占不到任何优势。”

我站起来向老师表示感谢，他拍了拍我的肩膀：“继续努力，我认为你是一个好苗子，希望你明年继续报考我们师大美术系。”我非常感谢这位后来再不曾谋面，却给我很大鼓励的老师。

艺术考试失败后，我听从了工程师父亲的劝说，第二年转考理工科，后来进了当地的一个工程学院，再后来进了国营工厂接了父亲的班，当了一名技术员、助理工程师，后来又跟父亲一样，评上了工程师职称。

原本按照父亲设计的道路走下去也挺好，在南昌市当地万人的大型国营企业当个工程师，也相对安逸。但喜爱文学、想成为艺术家的理想依然在骨子里深埋着，只要单位和当地省市有美术展览，我都会报名积极参加，并送上自己的作品，自然也没少获奖。

再后来不安分的我去了所在大型国企的企业电视台工作，又报名去北京广播学院读了函授新闻专业，再后来去某省级卫视当记者，北漂北京去某杂志社当记者，直到后来定居北京。来到北京后一个偶然的机会，进入酒店房地产业，又重操工程师旧业，干起了老本行，人生就是这样，兜兜转转。接近晚年的时候，为了圆自己上北大的梦想，又去北京大学读了一个网络教育的汉语言文学本科。

现在想想，我一生中的所学和技能，在我人生的某个阶段，都发挥了重要作用，所学没有丝毫的浪费，这也许就是素质教育的重要性，因为你不知道下一个机会是什么，你是否能够抓住并有充分的知识储备可以胜任。

无论在后来的新闻记者工作中，还是拍摄新闻图片、拍摄电视新闻和专题片，年轻时期打下的文学、美术功底都给我带来有力的帮助，这也是我当年一些新闻和专题片作品获奖的原因之一。

二十八、动荡岁月

五花马，
千金裘，
呼儿将出换美酒，
与尔同销万古愁。

——李白《将进酒》

时间很快到了1968年，全国“文革”形势依然动荡，母亲多次跑到市教育局希望能寻求一份工作，可市教育局几乎已经瘫痪。留守人员见母亲来，每次都让她直接找钱科长，可钱科长已经好久不见踪影。

这天不甘心的母亲又骑车来到市教育局，教育局楼下道路上围满了人，正在开批斗会，母亲一眼发现钱科长和几位老知识分子正被围在人群中间，几个人脖子上都挂着一个大牌子，上面写着“走资派某某”，并被画上了大大的叉，几位脸庞稚嫩的红卫兵小将立在他们身后，一看就能判断出，红卫兵小将应该是哪个中学正在读书的孩子。红卫兵小将一手按着被批斗者的头，一边不停地呼喊着“打倒走资派某某某!”的口号。

冯琍拨开人群挤了进去，见原本瘦弱的钱儒科长，此时头发凌乱，耷拉着脑袋，嘴角淌着血，脸上青一块紫一块，一看就是刚挨过打。母亲不顾一切挤进去后，对着钱科长身后的红卫兵小将气愤地大喊：“要文斗，不要武斗!”

这时候钱儒科长虚弱地抬起头来，有气无力地对母亲说：“冯老师走吧，我这儿没事的，孩子们不会把我怎样。”

母亲依然不顾一切地大声呵斥红卫兵小将：“你们不能这样对待一个教育工作者!”红卫兵小将也大声地反驳道：“他们都是走资派，都是牛鬼蛇神!”接着又一浪高呼的口号，压过了母亲的喊叫声。

母亲几次想接近钱科长都没有成功。不知哪儿冒出来的一队怒目圆睁的红卫兵已经挡在了她与“牛鬼蛇神”们的面前。几位看热闹上了年纪的工人老师傅使劲把母亲拽出了人群，他们悄声对母亲说：“老大婶，不要同红卫兵小将斗了，否则你得吃亏了。”母亲再回头，钱科长和一群“牛鬼蛇神”已经被红卫兵押回了教育局大楼。这是母亲最后一次见到钱科长，后来母亲也曾经多次去教育局，但是在瘫痪的教育局母亲除了打听到钱儒科长已经被下放以外，再也没有打听到钱科长的任何消息。再后来有一位守门的大爷告诉母亲，说钱科长下放后不久就死了。

就这样母亲回教育系统工作的梦想又被“文革”无情地打断了，这也是母亲后来不得已，进入国营南昌饭店当服务员的原因。

由于父亲家庭出身不好，所以从“文革”初期开始，父亲都是选择明哲保身，就是各个造反派都不参加，各个造反派也不得罪，只是埋头工作，搞自己的技术。其间他在厂技术科负责完成了化工车间三氯化磷生产设备的研制和生产，后又调入机修车间，设计完成了什么弯管机、两台四吨小锅炉、一台大型落地车床，甚至他为减轻食堂职工的劳动强度，还抽空为食堂设计了一台和面机等等。

其中那台大型落地车床是父亲比较自豪的产品，记得他带我去厂里玩儿时，特意给我戴上安全帽，牵着我来到那台巨大的、约几米高、此时正隆隆作响的车床面前。他不时与师傅们打着招呼，并用平淡的语气告诉我：“这个设备在省里都很少有，可以精加工各种大型的罐装设备。它采用的是软轴传动，自动化程度也很高。”

那时我还小，搞不懂父亲采用了什么先进的设计理念，但有一点，我在那台巨大设备面前感到了震撼。一个巨大的罐体，在那里轰轰隆隆地慢慢旋转，高大结实的钢铁架子上面，几把锋利的钢刀正把罐体加工面一丝一丝地切削下来。站在那台巨大的机床面前，此时我感到父亲特别有本事，也希望将来能像父亲那样去工厂工作。

中午在食堂吃饭期间，父亲又专门带我去食堂后厨，参观了他的和面机，虽然没有上午的机床那么巨大的震撼，但这边加入面粉和水，不一会儿那边就盘出一大团和好的面团，看着也非常有趣。

我悄声地对父亲说：“我们家里要也有一台就好了，那样我们就每天都可以吃上饺子和包子了。”父亲笑了笑：“傻孩子，家里那点量，用手揉揉就行了。”

南昌农药厂所处的南昌市郊区莲塘镇是一个风景秀丽的地方，池塘、水稻田星罗棋布，那时这里的水田和池塘中，有许多野生的淡水鱼，甚至还有野生的甲鱼和黄鳝。

只要我去农药厂玩，父亲就会带我住上一两天，晚上他甚至会约上当地的农民，带我们一起去田里和水塘抓黄鳝和甲鱼。

给我留下深刻印象的还有这里的萤火虫。夏日的夜晚凉风习习，蛙鸣阵阵，在没有月亮的时候，仰望天空，会发现天空布满神秘的星云，令人遐想。山坡上，田野中，到处是星星点点的萤火虫。此时父亲会放下手中的活儿，约上几位年轻师傅，再带上我，准备好一个网兜，还有一个带盖的小玻璃瓶，瓶盖上扎了几个小眼。

当我们把捉到的萤火虫放到玻璃瓶中，就成了一盏萤火虫灯。

厂里的宿舍在一个山坡上，附近就是斗门村，当傍晚农民们收工回家做饭炒菜时，当地农家饭特有的阵阵香味便朝宿舍扑面而来。父亲是湖南人，江西菜与湖南菜味道又接近，所以还是喜欢吃当地偏辣偏咸的农家饭。

来农药厂工作后，父亲经常约同事，去农药厂边的斗门村吃农家饭，有时也喝点儿农家酿的米酒，兴致起来大家少不了高谈阔论，有时遇见当地的村干部，他们也会拉上一起吃饭喝酒。

记得我有一次去农药厂玩，傍晚父亲就拉上几位师傅，似乎还拉上了一个村干部，去一家农户吃鱼。印象中那条鱼不小，咸咸辣辣的，还炒了几个菜。饭间农户又端上了一坛米酒，大人们吃得兴致昂扬，便高谈阔论起来。

我一个小孩子吃饱后，便去院子中看农家孩子斗鸡，在一盏昏暗的灯光下，几个农家男孩抱着或者拎着各家的大公鸡，另一只手拎着个小篮子，篮里放着几个鸡蛋，谁家鸡输了就给赢家一个蛋。女孩子们会躲得远远地观看，不时会传来咯咯的笑声，对孩子们这种低智商的游戏，大人们自然不屑一顾。

可输赢对孩子们还是非常有影响的，有的孩子几个蛋输完后，会抱着大公鸡哭着回去。输了的孩子家里，没见大人们去责怪孩子，倒是赢了的孩子家长如果知道了，会让孩子给输家送回几个蛋去。

整个村子家家户户都养了许多鸡，估计每天家家户户都会收获不少的鸡蛋。有时斗着斗着孩子们可能饿了，便敲开一个鸡蛋直接放嘴里生吃。这也是我长这么大，第一次看见生吃鸡蛋。

那天父亲和师傅们吃了近两个小时，临走告别时，农户还希望父亲下次再来，说下次再给父亲留条大鱼。这样一来二去，农药厂附近农村的干部和农民大多都认识父亲，农民们给他取了个外号叫“杨胖子”，其实那时的父亲只是略胖，可能农民将自己与父亲比，父亲还是胖，所以叫他“杨胖子”。

农民们知道他大方，舍得花钱吃，有时家里捕到了好鱼什么的，也用水养着留给杨工。我印象中父亲去农药厂工作后，没少往家里带鱼，有时也有甲鱼和黄鳝，冬天还会带来农民自己腌制的腊肉、腊肠。

父亲与当地村干部和农民的特殊关系，在“文革”中农民武装围攻农药厂时，也多少帮了父亲的忙。

其实面对这场声势浩大的运动，像父亲这样躲是躲不掉的。就在母亲常往教育局跑的时候，父亲所在的南昌农药厂的阶级斗争也越来越激烈。先是厂里各派之间的斗争，后来又演变成工厂与当地农民之间的武装斗争。

这天，从中专毕业分配来厂里没几年的技术员吴涛找到父亲。由于小吴进厂在机修车间一直由父亲带，所以他叫父亲为师父。他兴奋地悄悄告诉父亲，他已经串联了与自己一同分配来厂的同学，还有十几位工人师傅，打算成立一个叫井冈山革命的造反派，希望师父也能参加。决心当逍遥分子的父亲，当时就婉言拒绝了，并告诫小吴不要出这个风头，兴头上的小吴技术员当时哪听得进，他当即拉下脸，告诫父亲：“不要阻挡人民革命的力量。”一甩手愤愤然离开了。

果然没几天，机修车间“井冈山革命造反派”宣告成立，小吴技术员当即宣布夺权，车间主任等领导立即靠边站，当然靠边站的还有像父亲这样“不知趣”的知识分子。这样，父亲便受到了革命群众监督劳动的软禁待遇，不能再从事技术工作，必须老老实实接受工人阶级的再教育。父亲的工作变成每天负责全车间，包括卫生间的打扫，并且只能吃住在车间办公室，不能回家。

父亲一连几天没有回家，母亲有些急了。电话打到了车间，父亲接的电话，他还不好意思告诉母亲自己被革命群众软禁了，只是说生产有点儿忙，最近不能回家了。得知父亲一切正常，母亲放心地挂了电话，背地里还是埋怨了父亲好几天。

小吴在机修车间掌权还没到一个星期，机修车间井冈山革命造反派就被当时厂里最大的造反派组织八一起义造反派的持枪基干民兵给镇压下去了。小吴技术员连同几个造反派的“头头脑脑”被关在了机修车间外面一个放材料、工具的小黑屋中，门口二十四小时有厂基干民兵站岗。

新的造反派上台，父亲等几位干部和知识分子的日子也没好过到哪儿去，依然是靠边站，接受工人阶级的再教育，父亲还是干打扫车间的活儿，但好在父亲这人比较乐观。

这天父亲打扫车间路过放工具的小屋门口，只见吴涛正扒着门口的小窗户朝外张望。而守卫他们的基干民兵比前段时间也有了一些懈怠，远远地站着与另外一位同事谈话聊天。

小吴白净的脸显得消瘦和憔悴了许多，他沙哑着嗓子朝父亲小声喊着："师父，杨工，杨老师。"父亲假装一边扫着地，一边慢慢地靠过去问："你们几个人咋样了?"小吴哭丧着脸告诉父亲："他们几个都放了，这里关的就剩下我一个人了。"

"你也服服软，争取放出来得了。"父亲劝道。

小吴沙哑着嗓子小声回答道："我已经认罪了，可他们还是不放我，说我罪大恶极，还时不时打我。"

父亲摇摇头："我当时就劝你不要冒这个头，你还是太年轻。"

小吴可怜巴巴地望着父亲："我现在都后悔死了，他们每天只给我一碗水、一个馒头，每天都饿得不行。"

父亲抬眼看了看远处的基干民兵，此时与同事还聊得正欢，父亲小声说道："这样吧，中午我到食堂给你弄点儿吃的。"小吴隔着窗户，沙哑着嗓子小声向父亲表示感谢。中午父亲利用打扫做掩护，用报纸包了几个食堂的包子，趁守卫不注意，从工具间小门的窗口塞给了小吴。

从那以后父亲每天都趁守卫不注意，给小吴送些吃的喝的。

不知为什么，几天后农药厂造反派与周边村民发生了激烈的冲突，并发生了流血事件。附近农村的民兵组织把农药厂围得水泄不通。他们每天用大喇叭喊着："农药厂造反派的弟兄们，你们已经被包围了，请立即放下武器投降，我们优待俘虏。"

可农药厂造反派也非常硬气，他们把围墙四周铁丝网都通上电，搬出了厂民兵仓库里的所有轻重武器，在厂内建起了碉楼，设计了交叉火力网，还把一些腐蚀性极强的化学用品装进了玻璃瓶，整箱整箱地储备，备弹尽粮绝后使用；厂内主要街道和车间之间还垒起了沙包，以防敌人突破外围后，可以在厂里进行巷战。

面对强大的敌人即将发起的进攻，厂里所有基干民兵和年轻职工都上了一线，所有人二十四小时时刻警惕着。造反派的口号是："誓死保卫农药厂！誓与农药厂共存亡！"决心书、标语贴得厂里到处都是。厂里已经开始缺粮了，可造反派组织头头们依然斗志高昂，厂广播站每天广播着造反派战士们写的慷慨激昂的决心书。

这种日子可苦坏了像父亲这样被绑架在厂里的知识分子和一些靠边站的干部、群众，造反派们不让他们离开，食堂每天只供应一餐饭，甚至就一个馒头，可干的活儿却非常繁重。

慢慢地陆陆续续有人逃跑。这天化工车间的庞工程师找到了父亲商量，说他们几个实在是受不了了，想今晚趁夜逃出厂，并连夜逃回南昌市去。庞工程师的想法与父亲不谋而合，他也想早点儿逃出这是非之地，父亲点头表示同意："这样吧，后半夜我们从厂里下水道钻出去，那下水道是当年建厂时我设计的，那个下水道的口径大，接近一人高，一直通到厂外河边。出去后我们只要游过河，沿着田埂就能到达去南昌的公路，一切就好办了。"庞工点头表示赞同。

天黑后父亲悄悄去向小吴告别，由于形势紧张，看守小吴的民兵已经抽调去守工厂围墙，工具间的木门只有一把小锁锁着，显然大敌当前，吴涛在造反派眼里已经无足轻重。

听说父亲今天晚上就要走，小吴哭丧着脸，用沙哑得几乎发不出声音的嗓子说："师父带上我吧，将来如果要坐牢，我一定说是我自己逃跑出去的，绝不牵累你。"父亲摸着门上的小锁，低头想了想说："好吧。"

这天夜里没有月亮，天格外的黑，闷热的夏日近郊，各种蛙类此起彼伏叫得格外响亮，仿佛在酝酿一场大风暴，也仿佛在给父亲他们打掩护。凌晨两点左右，庞工带着几个外车间的群众，摸黑来到机修车间外与父亲约定的大树下碰头。父亲拿着事先准备好的一把铁钳，摸黑把小吴救出来，然后来到大树下与庞工他们会合。数了数一行八人，大家在父亲的指挥下，悄悄躲过厂里民兵的哨位。在厂泵站附近钻入下水道，大家忍受着刺鼻的臭味，沿着下水道悄悄地朝厂外摸去。

他们终于钻出了下水道，看来似乎一切顺利。可当他们八个人，鱼贯游过一条不深的小河，刚要上岸时，意外还是发生了。

一束手电光朝他们照来，并伴随着拉枪栓的声音："谁？什么人?"显然他们的越厂行动，已经被围厂的农村民兵发现。

父亲示意大家趴在河边别动，自己举起双手缓缓地站了起来："别开枪。我是农药厂的杨工。"这时又多了几束手电，朝父亲照来，接着是几个黑影举着步枪朝他围了过来。小河堤上手电光也引起了工厂围墙里造反派民兵们的注意，啪的一声枪响，子弹嗖的一声朝他们飞了过来，好在谁也没打中。父亲吓得赶紧越过河堤，蹲在了稻田里。

当农民武装民兵们弯着腰弓着背围拢过来，看清确实是狼狈不堪的父亲时，气氛就变得缓和了起来："哈哈哈哈，果然是杨工杨胖子。"围过来的几个人小声地发出了嘻嘻哈哈的笑声："杨工怎么这副狼狈模样啊?"原来几位民兵都是斗门村平时常去吃饭的几家农户。

父亲缓缓放下手："还不是你们围厂，逼得我们没办法，只能逃出来。"

"你们厂造反派太可恶。你逃出来好，有可能明天我们就要向农药厂发起总攻了。"说话的小头目是一位村干部，也没少与父亲一起吃饭、喝酒。

"唉，饶了我们吧，我们已经几天没吃饱饭了。"父亲一边抹着脸上的泥和汗水，一边向周围的民兵拱手，全没了国营厂干部往日的架势。

"行了，你走吧。"小头目笑着挥了挥手，"杨工是我们的朋友，我们革命的农民阶级，不会为难自己的朋友。”

父亲凑近小头目，小头目村干部直往一边躲，显然父亲满身臭味非常难闻，父亲小声地说道：“除我之外，还有几位同事同我一起出来的。”他朝河边挥了挥手。庞工和小吴他们陆续弯腰弓背站了起来，浑身湿漉漉臭烘烘的他们，迅速越过河堤，在稻田里朝父亲靠拢过来。

小头目问：“这都是你的朋友？确定不是造反派？”

父亲拍着胸脯说：“确定确定，都是我的朋友，没有一位是造反派，大家都是农民阶级的好朋友。”大家也附和着直点头。

小头目拿手电朝每人照了照，只见八个人个个像落汤鸡，狼狈不堪，小头目说：“好吧，既然大家都是杨工的朋友，那也都是我们农民阶级的朋友，都赶紧走吧。”

就这样，父亲带着八个像难民的同事，一路辗转，天亮后才回到南昌市区。

当父亲回到家后，母亲吓了一大跳：“你怎么脏成这样跑回来?!”

父亲只对我们说了一句话：“我是好不容易从厂里逃出来的。”便一头钻到洗漱间去洗澡了。

印象中父亲逃出来后，有较长一段时间就待在家里，没再去厂里上班。后来据说在部队的干预下，以人民内部矛盾调解才得以给农药厂解围，当然冲突期间彼此还是造成了许多伤亡。

这件事后，厂造反派被彻底打倒清算，厂里实行了军管，工厂陆续恢复正常后，父亲才回到了厂里去上班，依然是搞他的技术，我印象中那时已快到秋天。

虽然后来的“文革”还有一波又一波的高潮，可父亲的逍遥派队伍却不断壮大。小吴、庞工他们也加入了父亲的逍遥派，自然也加入了农家饭的吃喝行列，后来他们都与父亲成了“生死之交”的朋友，直到父亲退休后，他们还常来家里串门。

1968 年秋天我开始上小学一年级，读书的学校是南昌市公园路附近的南昌市育新学校，我读一年级时育新学校原本是一所小学，我们读小学的时候，学校陆续开办了初中部和高中部。我在这所学校一直读到高中毕业（现在这所学校可能已经没有了高中，我们也许是这学校唯一一届高中毕业生）。

南昌市虽说是江西省的省会城市，但餐饮业却一直不是特别发达。

1916 年南昌至浔阳（今九江）铁路通车，1934 年浙赣铁路通车。以火车站为中心，南昌市的旅馆业开始兴旺起来，1922 年江西大旅社建成开业（今八一起义纪念馆）。

1958 年江西省尤其南昌市一些机关企事业单位自办招待所逐渐增加。江西宾馆、江西服务大楼、南昌饭店（后改名江西饭店）相继建成。1968 年受“文革”影响，江西省解散撤销合作旅社，省、市机关、企事业单位部分招待所停办，省农垦厅、外贸局、地质局、劳改局、人民银行所属招待所，统一归口到南昌市饮食服务公司管理。

辉煌时期，南昌市饮食服务公司管理宾馆、饭店、旅店 28 家，拥有床位 4122 个。其中规模较大的包括南昌市服务大楼、国营南昌饭店等。

改革开放以后，南昌市一批高等级的星级宾馆如雨后春笋，出现了国家、集体、个人投资新建宾馆、旅社、餐饮业的热潮。

南昌市饮食服务公司也进行了企业制改造，政企分离，撤销了一部分企业，如国营南昌饭店，改扩建了江南饭店、镇江汤包楼、服务大楼、建设旅社等一批老企业，但因缺乏管理人才，经营状况一直不很理想，所属企业逐渐被私有化。

时间很快到了 1969 年，父亲依然在南昌农药厂工作，时不时地遭受到排挤，而这一年，南昌市饮食服务公司在各街道招聘服务员，因回教育局工作无望，为了改善家庭生活，母亲与父亲考虑再三，最终母亲选择报名参加工作，她与一些较年轻的家庭妇女，被分配到南昌市火车站附近的国营南昌饭店当服务员，每月工资三十几元，三班倒非常辛苦。

国营南昌饭店成立于1968年，归口当时的南昌市饮食服务公司管理。

同年南昌市饮食服务公司在南昌火车站广场对面新成立国营南昌饭店，并从南昌市各街道招聘了一批服务员和工作人员（母亲此时入职）。

当时的国营南昌饭店，围绕着火车站周边，建有一部、二部和三部，拥有客房近百间、床位二百余张。同时配套的还有餐厅、浴室、冷饮生产设备（夏季可以生产冷饮制品）、幼儿园等。

1982年南昌火车站改扩建纳入南浔线技术改造项目内，规划中的南昌火车站广场将扩大，因此火车站广场周边，包括国营南昌饭店在内都得拆迁和搬迁，直接造成国营南昌饭店撤销，好在此时母亲已经退休。

记得我上小学三年级的时候，弟弟也开始上小学一年级了，父亲母亲大约每天早晨五点就要起床，父亲走得早，他要去赶南昌开往南昌近郊南昌县的头班车，然后去农药厂上班。而母亲每天早晨，要起来生好煤炉，然后给我们做好早饭和中午饭，早饭一般以粥为主，中午饭一般是两个菜，用碗扣好放在饭桌上，米饭做好了放在蒸锅中。中午我们放学回来捅开煤球炉，把饭菜蒸热就行，这种生活模式从我很小就开始，自然我干得也非常顺手。早饭和中午饭准备好后，母亲会叫我们起床，而她匆匆吃了些早饭就赶去南昌饭店上班。

我和弟弟吃完早饭，洗好碗筷后，就背着书包去上学，每天如此。可有一天中午放学回来，我发现弟弟已经在门口等我了。我一摸钥匙，坏了，今天上午走得匆忙，忘了带钥匙了。当时我们家住三楼，如果从一楼爬上去太危险。考虑再三，我决定还是跑去火车站找妈妈取钥匙。

临走前我把自己的书包交给弟弟，并反复叮嘱弟弟，忍着点儿饿，一定不要乱跑，要在门口等我回来，懂事的弟弟点头同意了。

当时公园路去南昌火车站有两条路可以走。走大马路大概十几公里，骑自行车非常方便。另一条路就是沿着铁路线去火车站，要近很多，我选择了沿着铁路线去火车站。但这条路比较危险，时常有火车穿梭而过，而铁路边的路基都是碎石，跑快了容易摔跤。更危险的是，如果火车快速经过，你必须蹲下抱着路边一根电线杆或一棵小树，否则极易被庞大的火车吸入。

当我一路躲着火车，以最快的速度赶到火车站旁的南昌饭店时，已是满身大汗气喘吁吁。来到一楼大堂我问值班的阿姨："阿姨，你知道我妈妈在哪儿吗？我妈妈叫冯琍。"一位中年阿姨从老式的木质前台探出头来，微笑着问："你是冯老师的儿子？"我点点头："我找我妈有点儿急事。"

阿姨指了指马路对面："你妈在那片刚拆迁的房屋空地上晒被单。"我赶紧躲着汽车和往来行人朝对面跑去。绕过一面断墙，映入眼帘的首先是一片在正午灿烂阳光照耀下的白色床单，在白色床单中间，我发现了母亲，她一个人正麻利地一边抖着被单，一边往绳子上挂。她卷着袖口，脸颊微红，额头渗着汗水，在正午的阳光照射下我的母亲是那么的英姿飒爽。

"妈妈。"我一声呼喊。母亲吃惊地转过身："哟，儿子你怎么来了?!"

"忘带钥匙了，我来找你要钥匙。"

母亲微笑着说："等一会儿乖儿子，待我把这床被单晒好。"

此时，一个经理模样的中年胖女人板着脸，带着两位年纪较大的服务员抬着一个大铝盆，里面装着刚洗好的被单走了过来，她没有发现我远远地站着正注视着她们，她用极不尊重的口气对母亲说："地主婆，动作快一点儿，这一盆也得赶紧晒上。"说完，她们三人远远地放下盆子转身就走。

母亲脸上的微笑没了，她默默地走过来从口袋掏出钥匙递给我。我愤愤不平地说："这谁呀？对你这么没礼貌。"母亲叹了口气，拍了拍我的肩膀："她是这里的小经理，不要跟她这种人计较，这里大部分同事对我都挺好。"

我眼泪汪汪地看着母亲："妈妈，如果这里不好，我们就不干了，你还是回家吧，有爸爸的工资我们就有饭吃。"

母亲仰了仰头，强忍泪水摸了摸我的头："傻孩子，我有了工作，多少能补贴点儿家里。现在工作不好找，母亲年纪又大了，将来如果没有工作，我老了生病了，肯定是你们孩子的负担。"母亲顿了顿，叹了口气，"这里不管怎么样，也是个国营企业，我相信将来退休还是有保障的。"

我和母亲吃力地把沉重的装有湿被单的盆子，抬到了晒被单的绳子下，母亲对我说："本想留你吃饭，可考虑到弟弟还在家门口等你，你还是赶紧回去吧。"

我帮母亲晒好被单，母亲把我送到路边，叮嘱我路上一定要小心。我跑过马路，回头张望，母亲依然在马路对面似乎边抹着眼泪边向我招手。

那天弟弟没有失约，一直在门口等我回来。可中午与母亲相见的情景，让我好几天闷闷不乐。

母亲到国营南昌饭店工作以后，一直很努力，饭店服务员素质普遍不高，因而饭店的板报和假日各种布置都是出自母亲之手。南昌市饮食公司每年组织篮球比赛，母亲带着几位较年轻的服务员组了一个队，她既是主攻手也是教练员，每年都取得较好的成绩。可即使这样，领导也并不太欣赏她。一些素质差的服务员甚至在背后常常议论和排挤她，她们不知怎么知道了我们家庭出身是地主，所以背地里喊她地主婆。

我知道母亲一直在忍受着的目的，是为了我们孩子，是为了她退休后有一份微弱的保障，以免拖累她的孩子。可实际情况是，1981 年她退休的时候，国营南昌饭店也开始改制了，再加上经营不好，退休职工的医疗也没了保障，家里积累了大量的医疗费用没处报销，这一状况直到母亲病逝。

二十九、慈爱父母

早宿半程芳草路，
犹寒欲雨暮春天。
小小桃花三两处，
得人怜。

——刘辰翁《山花子》

尽管在南昌农药厂遭受排挤，在南昌饭店遭受歧视，但父母一直保持着普通知识分子、平民百姓的平和善良。他们很少当着孩子的面，谈论自己在单位遭遇的事情，他们给予自己孩子更多的是爱护、帮助、关心和慈爱。

除了我小时候因不懂事在上海撞翻母亲在木质楼梯上架的炒菜炉子，险些引发大火，挨过母亲一次打外，从我懂事起，无论父母的生活工作多么艰辛，他们在家都从不打骂孩子，不会把自己在社会和单位上受到的打击、排挤甚至屈辱发泄到孩子身上，而且他们非常注重孩子的意愿，舍得在买书上给孩子花钱。七十年代初我们住的省直机关干部居民楼里，可能由于动荡的生存环境，我的同龄小伙伴，我们楼上楼下左右邻居家的孩子，经常会因为做错事挨父母的打骂，那时父母打骂孩子似乎是天经地义的事，比如女孩子洗碗打碎了碗会挨打，男孩子从外面打架回来会挨打等等。所以从这点来说，我的父亲母亲应该是当时少有的慈母和善父。

六十年代末至七十年代初的时候，父亲的工资就有一百多，当时我记得我同学的父亲每月就四五十块钱工资，要养活一大家子人。父亲的工资加上母亲的微薄收入，供养全家四口人的生活，在当时外人看来我们家是较富裕的家庭。

可我们知道，我们家在吃的方面是舍得花钱的，每月下来父母除去吃，其实剩不下什么钱，家里需要购置什么大件，还需要母亲在单位上来“会”。所谓“会”，就是找十几位同事，通过抽签排定先后，每月每位同事从工资中抽出十几、二十几元不等，交给抽签排定的同事，类似于银行的定期存款。

在我的邻居小伙伴们的眼里，我们家父母是最舍得给小孩子买书的家庭，在那个年代文化生活相对贫乏，少儿读物奇缺，但只要新华书店出了什么新的连环画、小人书，我们家几乎都会去买，所以课余时间小伙伴也愿意到我们家看小人书。当然看的人多了，书的保养就差了很多，甚至会被小伙伴们撕掉其中一两页他们喜欢的内容，当然也有借去后忘记还回来的。但即使这样，直到改革开放前夕，我们家也积攒了四五个大木箱的连环画和小人书，尽管由于外借频繁，品相、完整性都已不是很好。后来我到了北京，把小人书和连环画交给了我的弟弟保存，估计现在也所剩无几。

除买书外，父母还非常舍得给孩子们订杂志和报纸，记得那时我们家订有《解放军文艺》、《江西日报》、《南昌日报》（后改为《南昌晚报》）等等，改革开放后恢复的《大众电影》杂志，也成了我们家常年订阅的刊物。

父亲闲暇时间最喜欢看不知哪里借来《参考消息》，记得当时《参考消息》还必须要有一定级别的干部才能订阅，后来放开了，《参考消息》也就成为我们家常年订阅的刊物之一。父亲下班有个习惯，路过报刊亭会停下逛逛看看，还会带回一些《文摘》之类的报刊。晚饭后母亲为我们全家沏上一壶茶，一家人或各自半躺在床上，或坐在椅子、躺椅上，边看报刊边品茶，成了我们家当时的一道风景。说起喝茶，父母都偏爱南方的绿茶，比如杭州的龙井、江西的云雾茶，父亲有一个爱好，不仅把茶喝完，有时连杯中的茶叶也嚼着吃掉。

我上小学四五年级的时候，已经认识了不少字，对《解放军文艺》上的文章，无论是军队的训练描写，还是关于军队的小小说、散文、诗歌，每篇都会如饥似渴地看完。而对《解放军文艺》中董辰生的简笔插图，更是崇拜得五体投地，一有时间就模仿，从某种意义上说，董辰生老师的插图，对我美术兴趣的产生，特别是美术人物的速写，带来了启蒙。

后来一次偶然的机会，我看到上海出版的《红小兵》小型彩色杂志，里面以漫画、连环画为主，故事性很强。我看后就缠着母亲请上海的大姨妈帮忙订，然后每期寄来南昌，这一订就是好几年，给上海的大姨妈家添了不少麻烦，现在想想真有点不好意思。

除了阅读杂志报纸外，我大约小学四年级的时候就抱起父亲留下的繁体字的《三国演义》开始阅读，除《三国演义》外父母有时还会带些不知什么地方借来的《红楼梦》、《红岩》、《林海雪原》等残破本（章节不全）的旧书回来看，父母不仅自己看，也鼓励我阅读，大量的阅读也为我后来写作的进步，工作后兼职从事记者工作奠定了基础。我从小学到中学的作文，也常常受到语文老师的表扬，并常常被当作范文在班级中朗读。

在那个年代，家里的连环画和小人书，不仅是孩子们自己探求知识的来源，也是朋友间、小伙伴之间最好的交换礼物。那时省直机关干部由于运动等各种原因，调动和流动比较频繁。经常有干部携家带口搬迁，今天他家离开省城和机关搬去农村安家，那时叫“上山下乡，支援农村建设”，明天又有人从外地搬来。

记得我们同一栋楼住着好几个单位的干部，有和父亲一样在省轻化厅工作的干部，也有省商业厅、省农业厅、省物资局的干部。

当时我们家住的公园路七号楼，是一幢非常有特色的建筑，整幢楼三层均用青砖砌成，一个单元与一个单元之间，有一个青砖砌成的开放式长廊，长廊夏天特别凉爽，也是放学后孩子们活动和交换小人书的场所。

一天住在隔壁单元的好朋友周亮告诉我，明天他们要搬走了，全家去赣州农村安家落户。周亮的父亲是一位归侨，我印象中他父亲好像是省商业厅的工程师，母亲是上海人，家里还有一个奶奶。周亮是一个漂亮的小男孩，出来玩总是被他妈妈和奶奶收拾得很干净，黑黑的头发下面红扑扑的脸蛋显得格外细嫩，一双聪慧的大眼睛就像会说话。他特别爱学习，在学校成绩很好，说得一口不带南昌当地口音的标准普通话，同学们都喜欢他，我父母也特别喜欢他。

周亮站在长廊上，流着泪把他珍藏的几本小人书送给我，我心里也很难受，于是拉上他来到我们家，打开木箱让他也挑几本小人书带走。

晚上我把周亮家明天要下放去赣州农村的事告诉了父母，父母也很吃惊，他父母与我父亲不在一个机关工作，对他们家为什么下放，父亲也不是很了解，但父母对他们家印象也很好。父亲建议道："明天一大早，我去买些早点给他们带路上吃吧？"母亲也表示同意。

第二天天刚蒙蒙亮，父亲就早早起床，去我们家附近有名的上海餐馆去买早点，不一会儿他提了一大袋小笼汤包，还有烧卖等等匆匆赶了回来。那时上海餐馆一笼小笼包才五个，一口下去，汤肉鲜美，价格也不便宜，平时即使我们自己去买，也舍不得买太多，最多买一笼两笼，一人吃一两个。父亲提了这么一大袋回来，是我第一次见父亲这么豪爽。

不一会儿搬家的卡车来了，那时干部宿舍的大件家具都是单位给配的，比如床、衣柜、饭桌、椅子等，干部们家庭自己基本没几件家具，别的大件更少。不一会儿在两家父母和工人的帮助下就搬完了，临走前父母拎着准备好的早点，在卡车旁为周亮一家送行，周亮父母边吃边忍不住哭了起来。

那时我还小，也不明白他们家为什么会被下放，只听父亲小声安慰着周亮父亲，嘱咐道：“你们去的那地方比较偏远，估计一路颠簸要很晚才能到。”母亲则嘱咐周亮和他母亲，有机会回南昌一定到家里来玩，并把早点分给周亮的奶奶和司机一些，吩咐司机一路上多多照顾周亮一家。周亮的奶奶从楼上下来，被扶坐到驾驶室里就一直在抹着眼泪。卡车驾驶室空间有限，只有周亮和他奶奶还有司机三人坐里面，周亮父母只能蜷缩在敞开的卡车车厢里，与一堆生活用品为伴。当汽车发动时，周亮从驾驶室探出半个脑袋流着泪跟我们全家说：“再见啦!”我的鼻子也一酸，眼泪也噼里啪啦流了下来，这是我第一次感受到离别时的伤感。

后来我再也没有见过周亮，也许是因为不久省直机关干部宿舍大调整，我们家搬去了公园路十二栋的原因。

我们家住的公园路是省直机关干部宿舍的聚集地，原来公园路两边种着两排杨柳，再旁边都是水塘。夏日杨柳树上知了声声，池塘里荷花盛开，露出水面的野生莴苣轻轻随风摇曳。改革开放后水塘陆续被填埋建起了宿舍。离公园路不远，有一个丁公路百货商场，商场边就是当时有名的上海餐馆，当然如今被翻建后已经了无踪迹了。

上海餐馆给我们的童年留下了美好的记忆，基本上我们家每月会光顾一次，一般是父亲发工资以后第二天。上海餐馆的咕咾肉、杂素（里面有油炸后的猪皮、肉丸等组成），还有清蒸鱼，基本上是我们家必点的菜。

计划经济年代，我们家每人每月只有半斤肉，四个人加起来每月也就两斤肉，一般只能分成一至两次吃。这肉买回来一般我们家都做回锅肉吃，煮肉的汤一般也不会浪费，会用来下面或做成菜汤。由于家里两个男孩都在长身体，一碗回锅肉基本上不够分，其中油水也基本拌饭吃了个干净。有时见孩子们太喜欢吃肉，父母就会在饭桌上商量，是不是这个月多去一次上海餐馆，只有去餐馆吃饭才不需要肉票。

那时父亲的一百多块钱工资，除了自己留下一二十元钱外，都会交给母亲保管或者计划着支出。要不要多去一次上海餐馆，往往要看母亲的支出计划。每当父亲提出这个问题时，我和弟弟都眼巴巴地瞅着母亲。慈祥的母亲会沉默一会儿，然后抬起头："行吧，我尽量从生活费中挤出十元钱，月底我们家再增加一次聚餐。"这时我和弟弟会欢呼起来，仿佛又闻到了咕咾肉和杂素诱人的香味。

其实每月父亲给自己留下的一二十元钱，也基本买了吃的回来。南昌近郊属于丘陵地带，那时由于环境好，稻田里和水塘里有不少野生的甲鱼、黄鳝、牛蛙，甚至有时候还能捕捉到较大的黑鱼。特别是靠近小山坡的水塘，山边水塘下有很多大大小小的泥洞和石缝，里面就藏有很多野生的甲鱼、黄鳝和黑鱼等，这些物种对水质的要求一般都非常高。捕捉这些鱼，成为当地农民额外收入的来源。

由于父亲与当地农民非常熟，他们常常把捕捉到的大甲鱼、大黄鳝、大黑鱼等用水缸养着，待父亲上下班经过时告诉父亲，而父亲由于面子上抹不开，基本上都会从农民手里把他们捕捉的野味买回家。因此父亲傍晚回到家里，常常会带回甲鱼和黄鳝，然后他亲自下厨宰杀、烹调。父亲也是做鱼的好手。每当这时我们就会有一顿丰盛的晚餐，有时兴起父母还会喝上两杯，一般白酒也就是四特酒和高粱酒之类，有时也会喝些嘉兴产的黄酒，啤酒一般我们只能买到南昌啤酒厂产的南昌牌啤酒，入冬后一般母亲会做些甜米酒。除米酒外，一般其他的酒父亲不让我们小孩子喝。后来父亲调到城里工作，休息日还会常常去南昌县莲塘的农贸市场采购。直到后来由于化肥和农药污染严重了，再加上甲鱼、黄鳝、黑鱼等的人工繁殖饲养，父亲认为口味大不如前了，就很少再去了。

我印象中，小学的暑假我曾多次随父亲去田里逮过青蛙和萤火虫。逮青蛙其实很容易，我们用一根小竹竿，拴上钓鱼线，一头不用鱼钩，而是绑上一个小棉球，只要夜晚在田里打着灯，小棉球不停地水稻田里上下跳动，青蛙以为是食物一咬一个就钓了上来。由于青蛙是益虫，我们钓上来也基本上放了。去谁家田里钓，一般事先要与当地的农民打好招呼，否则极易与当地农民产生矛盾。

其实我们两个淘气的男孩子，闯祸被外人告状也是难免的。比如与小伙伴踢球，把人家一楼窗户玻璃给踢碎了，自然有人会来家里告状。遇到这种情况，父亲母亲自然是该赔就赔，好言好语赔不是，把怒冲冲来家告状的人打发走。事后只是提醒我们注意，不会像有的家庭对孩子又打又骂，甚至罚站不给饭吃。

记得有一次下午没课，同学邀请我陪他一起去他父母的厂里玩，我以为天黑前能回家，便欣然答应了陪他一起去。谁知同学对路不是太熟绕了不少弯，再加上他父母的厂子在郊区，路也相对较远。而我们两个孩子没有钱乘车，全凭两条腿赶路。因此我们到达他父母厂里时，已接近傍晚。他父母见我们两个孩子倒是非常热情，买了食堂最好的饭菜给我们吃。也不知为什么厂里每天都要加班，他父母自然离不开，同学见到了父母也不想立即回家，而我想独自一人回家，他父母又坚决不同意，坚决让我第二天天亮再走。

当时那个年代没有电话也没有通讯工具，我没法与在家的父母及时联系。这样我陪同学在他父母厂里的集体宿舍睡了很不踏实的一觉。那时已近初秋，早晚亦有寒意，天刚蒙蒙亮，我早饭也没吃，坚决告辞了同学和父母，踏着露水，独自一人匆匆往回赶。

当我疲惫地推开家门时，我发现父母都没有去上班，都在家里等我回来。看得出，因为我一夜没回家，他们显得非常焦虑。当看着我低着头满脸惭愧地进来后，父母长长舒了一口气。母亲简单地了解了情况，既没骂我也没打我，只是对我说：“你是家里的老大，你知道你一夜没有回家，父母有多担心你，以后要与同学出去玩，一定要先回家给我们留个纸条！这次就算了，下不为例啊！”说完起身要去上班，临走她告诉我：“锅里有粥和馒头，吃完洗洗涮涮后去上学，尽量不要旷课太多。”

事后听父亲说，他们因为我一夜几乎就没怎么睡觉，虽然父亲多次劝母亲：“孩子大了应该没事。”但母亲还是不时起来在客厅灯光下披衣等我，担心我半夜回来没人开门。这件事让我非常愧疚，从此我再也不敢不打招呼就离家出走，甚至夜不归宿。

我们家父母对小孩子提的要求一般都非常重视，在我的印象中，父母很少把钱花在自己身上，比如制衣、制鞋等，他们常年穿着带补丁的旧衣、修了又修的旧皮鞋上下班，而对孩子们提出的要求却尽量满足。记得那时各种活动频繁，老师常常要求各班同学，谁家有好收音机带到班级来，收听重要广播。而别的班常常有同学带较好的半导体收音机来，我们班却很少有同学能拿得出来，老师有时候没办法，只能几个班同学挤到一个教室收听广播，为此，我跟母亲提出想买一台半导体收音机。

听了我的要求，母亲扶着旧自行车，沉默了一会儿对我说：“好吧，下月我约个会，有钱了一定给你买一台。”

母亲果然没有食言，一个月后的某一天母亲对我说：“星期日我们去中山路最大的五金商店转转，给你买台好的半导体收音机。”星期日母亲骑车带上我，来到了位于中山路当时南昌市最大的五金商店。商店橱窗里摆满了各式半导体收音机，从几元到几十元不等。

开始营业员拿出了几元钱的小半体收音机给母亲看，说孩子玩玩这种就可以了。可母亲不满意，我也觉得声音太小，功能太少，她问营业员：“你们这儿最好的半导体收音机是什么样子的？”

营业员看看母亲，从后面拿出一台较大的半导体收音机，她对母亲说：“这种机型是人家结婚才买，给小孩子玩儿太可惜。”可对这台有中短波、调频功能，音质优美的半导体收音机，我一看就爱不释手。母亲问我：“这台怎么样？”

“这台太好了。”我一边调着台，一边犹豫地回答母亲，“可是，可是，会不会太贵了？”母亲问营业员：“这台价格多少？”

营业员回答道：“这是我们店里最好的半导体收音机，要四十多元。”

四十多元在当时相当于一个月的工资收入，母亲开始有些犹豫，但见我爱不释手，她又和蔼慈祥地问我：“你确定喜欢这台?”我点点头。

母亲终于下定决心面向营业员：“就这台吧。”当母亲把交款收据递给营业员时，营业员一边摇头，一边把包装好的新半导体收音机递给我们：“大姐，你是真爱孩子，舍得买这么好的半导体收音机给孩子玩，我还是第一次见到。”

母亲接过收音机笑了笑：“我们大人也要听的，我们一家人都喜欢听广播。”出了商店的大门，母亲把新收音机递给我：“一定要好好爱惜，这收音机以后就交给你保管了。”我心花怒放，郑重地向母亲点点头。从此班级活动，我们班也有自己的新半导体收音机了。

后来我们家有了第一台收录机、第一台九寸黑白电视机。我参加工作后，虽然所有的工资都交给母亲保管，但只要我提出与同事去旅游，想要购买照相机，母亲也总是非常支持。这里值得一提的是，那个年代电视机、照相机和自行车都是紧俏商品，不仅凭票供应，而且南昌市基本买不到，所以我们家无论是置办上海英雄牌九寸黑白电视机，购买上海海鸥照相机，还是购买上海凤凰牌自行车，都是托上海小阿姨一家的福，他们真的帮了我们家很大的忙，对因此而给他们增添的麻烦，我们家和母亲一直觉得非常歉疚。

七十年代末中国进入了改革开放的新时代，文化生活包括电视节目也开始丰富起来。因为我们住的地方靠近省政府大院，那时电视机还没有走入家庭，我们想看电视节目，必须托同学父母带着到各个机关会议室去看。看了几次后我们就不愿去了，一是人多非常拥挤，二是往往受到歧视，好位置要先可着领导干部和家属们坐。

父母看在眼里，决定自己家里买一台，根据当时的经济条件，只能先买一台九寸的黑白电视机，记得当时这台电视机要花费一千多元人民币，父母又是借又是凑的，好不容易从上海购到机子后，由小阿姨家托运到南昌家里。当我们家传出电视机的声音时，轰动了整个居民楼和附近的小朋友。我们家成了当时附近最早拥有电视机的家庭，大人们不好意思挤到我们家看，可左右邻居的孩子们不管那么多，所以我们家连续几天被小孩子们挤得爆满。

为此善良的父母，干脆把电视机用几个小方凳架着，放在楼梯的过道上供大家观看。当时我们家住三楼，于是乎从三楼到二楼的楼梯上，全站满了孩子和家长，有时站到了一楼。即使看不到，听听也过瘾。这一状况持续了大约半年，后来邻居们陆陆续续又有不少家庭购买了电视机，这一盛况才逐渐缓解。

但即使这样，当我们家电视机一开，只要有孩子敲门，父母都会打开房门，欢迎他们进来。我们家虽然买黑白九寸电视机是附近最早的家庭，但后来换黑白大屏幕电视机，换彩色电视机却是较晚的家庭。

这其中主要的一个原因是因为父母退休后，伴随着物价上涨，生活水平下降。另一个原因，是我们家又多了一个妹妹，生活开支增大。我们都说，妹妹是上天赐给我们父母的又一个礼物。

三十、家添小妹

大度乾坤容放步，
多情风月伴名花。
安得浩然披发去，
白云深处可为家。

——寒山

1970年初社会依然动荡，这天父亲下班后收到了北京黄镇叔叔的一封来信。开始我们以为是一封普通的来信，谁知父亲看完，便一个人躲进房里抱头大哭起来，这一举动着实把母亲和我们吓了一跳。事后才知道，黄镇叔叔在来信中告诉父亲，老领导王新元副部长已于去年底病逝在狱中。

原来去年底，父亲得知老领导王新元在“文革”中遭受迫害，特别想去北京看望他，可照原来地址写了几封信都被退了回来。于是父亲又给在北京工作的黄镇叔叔去了几封信，想打听老领导王新元的近况。

可收到黄镇叔叔的信，却被告知老领导王新元已经在狱中去世了。自从离开北京来江西工作，父亲就没有再见过这位老领导了，父亲在老领导的帮助下从云山调回南昌以后，几次都想去北京看望他，最终也因各种原因而被耽搁。

父亲一连几天心情非常不好，那几天我和弟弟都非常乖，只有母亲偶尔去劝劝他。那时我们还小，不能理解父亲，当我长大以后，理解了湘人骨子里的重情重义，理解了作为同乡的老领导王新元副部长，在父亲和他那批从湖南走出来的学生心目中，有着怎样沉甸甸的分量。

时间很快到了1974年3月，我已经读初中了，父母依然每天奔波忙碌着。这天我早早地放学回来，还没进门就发现家里有了婴儿的啼哭声。我好奇地推开门，发现母亲正手忙脚乱地在包裹着一个小婴儿。见我回来母亲非常高兴："来，儿子，赶紧帮妈妈打打下手。"

这是一个才出生几天的小女孩，非常瘦弱，总是嘤嘤嘤不停地哭。母亲用不知从哪儿弄来的奶瓶喂她，可她总是吐，母亲只好抱着她不停地哄，而且不能放下来，一放下来就不停地哭。这样晚饭只好由我来弄了，不久父亲下班回来，哄孩子的任务就交给了父亲。这也是我第一次见到劳累了一天的父亲，有如此的耐心哄着一个小婴儿，为了哄小婴儿父母那一晚几乎通宵未眠。

这个麻烦的小婴儿，后来成了我们的妹妹。

第二天母亲请了假，带小婴儿去医院看病，医生告诉她：孩子脐带有感染，可能是农村自己接生的，接生时因为不卫生造成脐带感染。由于孩子太小，病情发展得很快，医生也不好用药，但必须住院观察治疗，当天医院就给妹妹下了病危通知书，随后妹妹也住进了抢救室。

看着奄奄一息的妹妹，母亲整天以泪洗面，伤心不已。于是我们全家总动员，配合医院抢救妹妹，母亲和父亲商量后，从银行取出了家里所有的积蓄交给医院，希望医院尽最大的努力抢救。

慢慢地我们才知道母亲捡妹妹的经过。原来那天母亲晒完被单后回到饭店，见饭店大门口围了几个人，地上有个草筐，一件破棉袄包裹着一个小婴儿，小婴儿不哭不闹，正睁着惊恐的眼睛看着大家，当看到母亲时，她露出了微笑。正是这一笑，把母亲打动了，她便拨开人群，抱起这个小生命，回到了饭店。然后饭店里的叔叔、阿姨们一阵忙活，给孩子买来了奶嘴、奶瓶、婴儿米粉（那个年代奶粉是稀罕物，市面上几乎买不到，更别说婴儿奶粉），收集了各种床单做尿布、裹布（那个年代还没有纸尿裤）。大伙一边忙活着一边起哄，让冯老师把孩子收养了。有两个儿子的母亲，确实一生中希望有个女儿。母亲抱着这个女孩爱不释手，她太想要一个女孩了，于是就把妹妹抱回了家。

这样接下来的十几天，我和弟弟一放学就往医院跑，接替白天在医院看妹妹的妈妈，妈妈回来稍事休息，又要去饭店上夜班。父亲下了班也直接来到了医院，再接替我们，然后我带着弟弟回家吃饭，吃完饭再给父亲送去，然后再替父亲几个小时，让他回来洗洗涮涮休息一下，大约半夜左右，父亲再来替我，再等到第二天，母亲下了夜班回来替他。如此循环往复，把大家都搞得精疲力尽。

好在十几天后，医院终于把妹妹从死亡线上救了回来。

回来后父母商量来商量去，考虑到孩子要上学，大人又要去上班，家里又没老人，实在没人照顾，还有将来上户口等一系列困难，于是决定还是把妹妹送去民政部门的孤儿院。

这天一大早父母特意请了假，母亲用新被褥把妹妹包裹得严严实实，父亲抱着一大堆给妹妹新买的衣物、食品，把妹妹送去了孤儿院。

送去后父母心里空空落落的，并时常念叨着妹妹。这天母亲实在忍不住了，又请假去孤儿院看了一次妹妹。在一群孩子中母亲找到了妹妹，那时孤儿院条件也不是太好，一个阿姨要照顾十几个孩子，半个月不见，妹妹瘦了许多，昏昏沉沉地睡在木桶中，母亲伸手一摸，孩子似乎有点儿发烧，哭声又弱又小。

母亲去找院长，院长是位说话缓慢的中年妇女，她面相慈祥，对母亲也非常客气。见到母亲，院长同意立即送孩子去医院，同时院长劝母亲把孩子收养了，说孤儿院条件就是这样，经费也有限。当母亲提出如果收养，将来上户口等一系列问题时，院长告诉母亲：如果母亲愿意收养这个孩子，她可以帮忙负责办理正规收养手续和上户口的证明。

就这样，善良的母亲，带着孤儿院开的几张证明，又把妹妹从孤儿院抱了回来。这里还有一个插曲，开证明时，才发现妹妹亲生父母留在破棉袄中记录妹妹出生日期的字条，阴历和阳历对不上，母亲与院长讨论了半天，觉得农村人可能更记得住阴历，便采用了阴历为妹妹的生日。

再送去医院检查，发现妹妹已经得了肺炎，又是病危通知，又是抢救。我们一家又开始了轮番往医院跑，好在十几天后妹妹又病愈出院了。两次抢救，把家里的所有积蓄花个精光，不过能抢救回一个小生命，父母并不后悔。

如何带妹妹父母想尽了各种办法，请过保姆，不行辞退了，再请一个，还是不行，又辞退了。放到同事农村家里寄养，一星期后父母又接了回来，说农村卫生条件太差。就这样折腾来折腾去，原本胖胖的父母消瘦了，我们也筋疲力尽。我甚至上课常常打瞌睡，被老师叫起来罚站。

为了妹妹能喝上新鲜牛奶，母亲想尽办法才订到一份牛奶。这样我又多了一个任务，就是每天早晨七点去取牛奶。那时物资紧张，送牛奶可是一个美差，一辆小三轮车上放了几箱小瓶装的牛奶，根本不送到楼下和门口，只送到我们公园路的路口。

我们住十二栋，得花上十多分钟才能走到路口。而且送奶的只在路口等上十分钟左右，如果错过时间，不仅拿不到了，退钱是更无可能，只能自认倒霉。计划经济年代的服务就是如此。

这样我每天必须在十分钟的窗口期赶到路口，有时刮风下雨，天气寒冷，送奶人迟到了，订牛奶的用户们只能在寒风中瑟瑟发抖地等着。

在拉扯中，妹妹终于一岁了。在一年的劳累中，父母明显衰老了很多，特别是母亲，头上的白发、脸上的皱纹明显增多。妹妹再大点儿后，母亲就每天骑着自行车，在前杠扎个小座位，带着妹妹上下班了。上班时放在单位的托儿所里，下班再接回来。如果遇到风雨，要不就是父亲请假，要不就是我请假在家带妹妹。

时光荏苒，后来妹妹逐渐长大了。在母亲病危住院的日子里，我们兄妹三人轮流值班，妹妹和弟弟也付出了很多的辛劳，这也算是对母亲辛苦养育的回报吧。

时间很快到了1975年夏天，根据石油化工部和卫生部的指示，为彻底解决农药厂生产工人在包装农药中接触有机磷中毒问题，成立由八省一市组成的全国农药包装机械联合设计小组，这样父亲受江西省的指派，参加了这个联合设计小组工作。

通过一年的设计，设计小组最终完成了“NL－75型500—2000吨/年”液体农药包装机的设计、制图工作。1976年6月由石油化学工业部交由石家庄化工机械厂试制成功，经鉴定符合技术要求。

该小组在石油化学工业部石油化工规划设计院的协助下工作，工作地点主要在北京。这样父亲从1975年7月至1976年6月大部分时间都在北京出差。

父亲去北京后，带妹妹的任务就完全落到我和母亲身上，特别是母亲，付出了许多她本该休息的时间，下了夜班后，白天本该休息的母亲，几乎没有时间睡觉，长期缺少睡眠，这也是后来母亲体弱多病的诱因之一。母亲虽然每天非常劳累，但她还是关心我的学习，特别是我写的作文，在交给老师之前，我都会尽量让母亲过目一下。

母亲在文学方面的造诣是非常深厚的，记得我原来写作文时，对环境的描写总是在开篇第一段。一次母亲看了我的作文后告诉我：“景物的描述应该与自己的心情相吻合，可以放在文章的中间某个部位，比如你劳动完了以后，抬起头来看周围的景色，一定与你在劳动前看的景色感觉是不一样的。”她的话启发了我，因此我写的作文常常获得老师的表扬。

随着“四人帮”的打倒，中国历史终于翻开了“改革开放”的新篇章。

1978 年 8 月南昌市政府为满足市场对轻工业产品的需求，决定大力发展手表、自行车、缝纫机等轻工业产品。父亲也因此从南昌农药厂调入南昌缝纫机厂，依然从事普通的技术工作。

这期间我们全家在南昌市公园路的原省轻化厅的住房，被转给省商业厅后收回，几经交涉后我们全家被迫搬到了南昌市青云谱郊区的南昌缝纫机厂职工宿舍。这里周边都是江南田园风光，离厂区也不远，附近有八大山人纪念馆。但弟弟上班和我们进城却非常不方便。

1987 年 3 月 31 日，经批准父亲从南昌缝纫机厂技术科退休，退休时为当时企业干部八级，基本工资 139 元，粮食补贴 2. 4 元，副食品补贴 5 元，总计退休工资 146. 4 元。南昌缝纫机厂后被邻厂江西汽车制造厂（现江铃汽车集团）兼并，父亲的退休关系也转往江铃集团由其退休办管理。

1988 年 12 月 28 日，经江西省职称改革领导小组批准，父亲申请多年的高级工程师职称评定下来，高级工程师职称的获得，使干了一辈子技术工作的父亲得到了些许的欣慰。

母亲比父亲退休得早，1981 年 11 月母亲从国营南昌饭店退休，退休工资好像也就三四十元，后来按照国家政策，逐渐涨至每月 200 元左右。

三十一、尾声

在这短促的今生，
有你的真爱我已无憾无求。
不知在遥远的来世，
你能否记起我今日的面容。

——仓央嘉措

父母退休后总是不闲着，他们希望通过自己的努力，再改善改善家里的生活。

那时似乎是全民经商的年代，听人说卖东西挣钱，母亲就不顾年老体弱，骑一辆小三轮车去批发市场批发些饼干到市场上去卖。可母亲不是做买卖的人，只要有小孩看着饼干眼馋，她就送给孩子们吃。卖不掉就给我们兄弟姊妹吃，那时我们常笑话母亲：妈妈批发什么，我们家里就吃什么。

后来母亲还去学校代过课，她干老本行教师还是挺受学生们欢迎的，可后来由于身体原因，她实在坚持不下去了。看着母亲退休后干这干那，忙这忙那，我们儿女心里很不是滋味，虽然那时我们都参加了工作，但母亲总是不要我们对家里付出太多，她不希望自己拖累孩子，她希望用自己的余光，再为孩子们发发热。

父亲也一样，退休后不愿闲着，他总希望用自己的技术为社会发挥余热。他热心参与各种社会活动，包括南昌市技协和科协的活动。

那时我们家住在一楼，有一个小院子，父母便爱上了养花，看着满院的鲜花，往往使人的烦恼瞬间消散。

父母晚年由于多病，常常去我们家附近的武警江西总医院治疗，因而父母与那里的医生大都熟悉。

那时，我参加工作后工厂里面分了房，与父母已分开居住，只有妹妹尚与父母住在一块，不过我们两家距离并不远。1995 年 3 月 7 日晚，妹妹赶来告诉我们：父亲不行了，已被邻居送去了厂职工医院。

当我赶到厂职工医院时，见父亲躺在地上的担架上，医生正在手忙脚乱地给他打点滴。见我到来，父亲挣扎着微微抬起头，嘴巴嚅动着想要说什么，可已经说不出话了。

急救车把父亲送到了离家最近的武警江西总医院，此时父亲已经处于深度昏迷状态。

CT 检查的结果是，父亲脑干中部大面积出血，病情十分凶险。在抢救了一晚后，直到天亮父亲都没能醒来，就这么离开了我们。

在父亲去世前，我们一直认为父亲身体比母亲要好。每次母亲住院或去治疗，都是由父亲陪伴着，他总是跑前跑后帮母亲挂号、取药。母亲住院，也是父亲陪伴母亲最多。父亲的突然去世，让我们全家瞬间沉浸在极大的悲痛之中。

父亲去世后的两年六个月又十五日，母亲也因为糖尿病晚期肾衰和心衰而去世。母亲是位知道感恩的人，在弥留之际，知道自己时日不多，便与亲戚朋友们一个个打电话告别。并要求我们在她去世后，给武警江西总医院的医生、护士们去封感谢信，感谢他们多年来对自己的照顾和关心。母亲是在病痛的折磨中静静地闭上眼睛的，就像劳累的一生的人，终于得到了休息。

父亲、母亲合葬于南昌市郊区的青山墓园，在这片土地父母曾献出过他们的青春、他们的汗水，这片土地有他们热爱的事业和家庭。后来我去外地工作和定居，但每年清明节都会去看望父母和奶奶，奶奶的墓和父母的墓离得不远。

在整理父母的遗物时，发现母亲生前所抄写的一首诗，笔法遒劲。现摘抄如下：

暮从碧山下，山月随人归。
却顾所来径，苍苍横翠微。
相携及田家，童稚开荆扉。
绿竹入幽径，青萝拂行衣。
言欢得所憩，美酒聊共挥。
长歌吟松风，曲尽河星稀。
我醉君复乐，陶然共忘机。

我想，这首诗一定表达了劳累一生的母亲内心的追求与梦想。

还是在整理遗物时，发现一本书中夹着一张纸条，是父亲的笔迹：

诗书行世善缘随，忠孝立身富贵至。

2021 年 5 月第一稿
2021 年 9 月第二稿

图书在版编目(CIP)数据

我的父亲母亲 / 林韵著. －－ 北京 ：中国文史出版社，2022.1

ISBN 978－7－5205－3227－3

Ⅰ. ①我… Ⅱ. ①林… Ⅲ. ①纪实文学－中国－现代 Ⅳ. ①I25

中国版本图书馆 CIP 数据核字(2021)第 195270 号

责任编辑：薛媛媛

出版发行：中国文史出版社
社　　址：北京市海淀区西八里庄路 69 号院　邮编：100142
电　　话：010－81136606　81136602　81136603（发行部）
传　　真：010－81136655
印　　装：廊坊市海涛印刷有限公司
经　　销：全国新华书店
开　　本：720×1020　1/16
印　　张：18.5　　　字数：242 千字
版　　次：2022 年 1 月第 1 版
印　　次：2022 年 1 月第 1 次印刷
定　　价：69.80 元